# Parle-moi

Josie N. Winters

© 2025, Josie N. Winters
D/2025/Josie N. Winters, éditeur
Hana Press
Aucune partie de ce livre ne peut être reproduite sous quelque forme que
ce soit sans l'autorisation écrite de l'éditeur ou de l'auteur, sauf dans les
cas autorisés par la loi sur le droit d'auteur.
Impression : Libri Plureos GmbH, Friedensallee 273, 22763
Hamburg (Allemagne)
Couverture faite par Fleurie
ISBN version papier : 978-9-0834-8862-2
ISBN version numérique : 978-9-0834-8864-6
Dépôt légal : Juin 2025

Pour Céleste,

ma petite étoile dans le ciel

# PLAYLIST COMPLÈTE

Lovely – Billie Eillish, Khalid
Stressed Out – Twenty One Pilots
Alien – Cary Brothers
Uptown Girl – Billy Joel
GUNSHOT – KARD
Child at Heart – Hanson
Spring – Ballad ver. – Park Bom, Park Goeun
Skinny Love – Birdy
Here With Me – Dido
Ghost Of You – 5 Seconds of Summer
Family portrait (2020) – Kim Jin Ho
The Feels – TWICE
Demons – imagine Dragons
Sugar – Maroon 5
Supalonely – BENEE, Gus Dapperton
Sorry – The Rose
Kill My Time – 5 Seconds of Summer
Nobody Like You – Little Mix
She Will Be Love – Maroon 5
Feel Special – TWICE
Give Me Love – Ed Sheeran
Cruel Summer – Taylor Swift
Distance – Christina Perri
The Little Things – Colbie Caillat
How You Get The Girl (Taylor's Version) – Taylor Swift
Middle Of The Night – Monsta X
In the Name of Love – Martin Garrix, Bebe Rexha
Best Of Me – BTS

Umbrella – Rihanna, JAY-Z
Bad Liar – Imagine Dragons
Love Poem – IU
Monsters – Katie Sky
Sugar Sugar – The Archies
Euphoria – BTS
Holiday – Little Mix
Just My Type – The Vamps
Alcohol-Free – TWICE
This Love – Maroon5
Style (Taylor's Version) – Taylor Swift
To My Youth – BOL4
My Sea – IU
Elastic Heart – Sia
Stereo Hearts – Gym Class Hero, Adam Lavine
High Hopes – Panic! At The Disco
Travel – BOL4
Birds of a Feather – The Rosenbergs
Blueming – IU
Wings – Birdy
Ready Or Not – Puggy
Animals – Maroon 5
Need You Now – Lady A
Symphony – Clean Bandit, Zara Larsson
You In Me – KARD
My Star – MAMAMOO
You Found Me – The Fray
Fine – TAEYEON
Last First Kiss – One Direction


Retrouvez la playlist complète sur Spotify :


https://rb.gy/r1bem

# CHAPITRE 1

## *Elena*

Un petit garçon construisait un château dans le bac à sable du parc. Bien que son édifice tombe en morceaux à plusieurs reprises, il ne lâchait pas prise et recommençait jusqu'à ce que sa construction tienne. Une fois réussi, son père le félicita et lui proposa d'aller chercher une glace. Le petit garçon et le père marchèrent main dans la main en direction du marchand de glace, pas le moindre nuage dans leur ciel. J'avais un petit pincement au cœur en les voyant, et ne pus m'empêcher de me demander si ma vie retrouverait un jour cette insouciance que connaissent les enfants.

Comme tous les mardis, j'attendais dans le parc près de l'école que ma mère vienne me chercher pour me déposer à l'un de mes cours de danse classique. Réglée comme une horloge, son Audi A3 argentée s'approcha. J'inspirai un bon coup et essayai de chasser ce sentiment de malaise. Voir ce garçon avec son père m'avait émue, tout comme ça m'avait rappelé tout ce que j'avais perdu. *Respire, Léna.*

Je montai dans la voiture et regardai par la fenêtre. Le temps était doux et ensoleillé pour une fin de septembre. Ce qui était étonnant si l'on connaissait l'humeur capricieuse de la météo belge. Maman pianotait impatiemment sur son volant. Elle avait toujours été une personne incroyablement nerveuse. « Le temps c'est de l'argent », comme elle le disait si bien. Généralement, moi non plus je n'aimais pas perdre mon temps inutilement, comme dans des bouchons bruxellois par exemple, mais je préférais mille fois perdre mon temps dans un embouteillage plutôt que devoir rentrer à la maison. Cet endroit qui était censé être mon « chez-moi », mais qui en réalité était mon pandémonium. Une fois rentrées, l'enfer sur terre recommencerait, comme c'était le cas depuis bien trop longtemps. Et pourtant, rien ne changeait. Nous devrions alors supporter cet ivrogne qui me servait de père une journée de plus. Une semaine de plus. Un mois de plus. Sans que cela s'arrête un jour.

— Ça a été tes cours ?

— Oui, comme toujours, répondis-je en gardant les yeux rivés sur la route.

— D'accord.

Communiquer avec ma mère n'était pas facile. Même si je l'aimais, nous n'étions jamais sur la même longueur d'onde. Elle ne me comprenait pas, et moi je la comprenais encore moins. Parfois, j'avais l'impression que nous n'étions que des étrangères au visage familier, et non une mère et sa fille. On ne se parlait presque pas. En fait, *je* ne parlais presque pas. Rien sur terre ne changerait si j'exprimais ce que je ressentais.

Plus le temps passait, plus je lui en voulais pour ce qu'on subissait. Malgré le fait que j'essayais d'oublier ce que j'avais vu dans le parc, l'image de cet enfant qui souriait était désormais gravée dans mon esprit. Et elle me rendait triste. Il fallait que je sache.

— Maman, pourquoi tu ne divorces pas ?

Je retenais ma respiration le temps qu'elle réagisse à la bombe que je venais de lui lancer. Mon cœur battait dans mes oreilles.

— C'est quoi cette question ? demanda-t-elle soudainement alarmée.

Je lâchai mon souffle. J'inspirai profondément, essayant de mettre mes idées en place. Je n'en revenais pas d'avoir vraiment posé cette question. Maintenant, je devais assumer et aller jusqu'au bout, pas vrai ? *Oh Seigneur…*

— Ben… commençai-je, mal assurée. Tu n'en as pas assez qu'on se fasse traiter comme de la merde par un moins que rien ? On serait tellement plus heureuses sans lui.

En plus, il ne participait pas lorsqu'il s'agissait de payer les factures, alors il ne servait tout simplement à rien. Excepté le fait qu'il pourrissait nos vies avec son attitude négative et agressive. Autant mettre les déchets à la poubelle comme il se doit.

— Ne parle pas comme ça de ton père.

— Je ne le considère pas comme mon père… Je suis sûre que dès qu'on sera rentrées, on va encore avoir droit à une crise de colère.

Elle arrêta de pianoter nerveusement sur son volant et vérifia son vernis juste pour ne pas me regarder en face. Ma mère était une femme faible. Était-ce dans sa nature, ou à cause de son vécu ? Je ne m'en souvenais pas. À vrai dire, je n'arrivais pas à trouver beaucoup de souvenirs heureux qui incluaient ma mère.

—J'ai déjà essayé, tu sais… Mais il semblerait que je ne sache pas m'éloigner de lui. Dis-toi que dans quelques mois tu seras adulte et tu pourras aller à ton école de danse à Saint-Pétersbourg. Tu seras loin de lui pour de bon.

Si je réussissais les concours d'entrée. Ça, c'était une autre histoire.

— Et toi alors ?

—Je me débrouillerai…

Maman se gara devant le conservatoire de ballet. Elle se tourna enfin vers moi et me regarda avec un sourire triste. Je me sentais bouleversée et frustrée. Cette conversation n'avait servi à rien. J'attrapai mon sac et sortis de la voiture. Rester avec elle dans un si petit espace était étouffant. Il fallait que j'enfile mes pointes et que je me change les idées.

Plusieurs danseuses me saluaient. Ma maison n'était plus mon chez-moi depuis des années, mais le studio de danse était mon havre de paix. Comme tous les autres, je faisais mes étirements et me laissais retomber dans une routine familière. Danser était comme respirer, et ce n'était que lorsque je dansais que je me sentais vivante. Mais malgré le fait que j'étais dans mon élément et que j'avais fait cette chorégraphie des centaines de fois, ma performance n'était pas au point. Mes mouvements étaient moins fluides et j'avais du mal à rester dans le rythme. Ce qui ne passait pas inaperçu aux yeux de ma prof.

— Elena, concentre-toi.

Lorsque mon tour de faire un grand jeté arriva, je sentais que mon équilibre n'était pas bon, mais il était trop tard. Au moment où mon pied toucha le sol, je m'écroulai. Un craquement sourd se fit entendre et une douleur aiguë se propagea dans mon genou droit. Les personnes autour de moi commencèrent à s'agiter.

— Qu'est-ce qui est arrivé à sa jambe ?

— Appelez une ambulance, vite !

Des points blancs brouillèrent ma vision. Quelqu'un me secoua l'épaule, mais je n'arrivais pas à me concentrer sur ce qui m'entourait. En un clin d'œil, le monde avait disparu.

***

Un étrange bourdonnement me sortit du néant. Ma conscience semblait avoir du mal à se manifester, comme si un lourd sommeil m'avait envahie et que j'essayais de me réveiller. Le bruit semblait devenir de plus en plus fort, et cette drôle de léthargie se dissipa enfin. En ouvrant les yeux, une lampe LED puissante m'aveuglait. Je devais cligner des yeux plusieurs fois pour que ma vue redevienne plus ou moins claire. Une douleur martelait l'intérieur de mon crâne tandis que mon corps était tout endormi. Comme si je m'étais transformée en guimauve géante. Pourquoi mon esprit n'arrivait-il pas à se concentrer ?

Maman était assise à côté de moi, serrant ma main, mais moi j'étais *où* ? Des murs bleu clair, un lit avec des barreaux en métal, des draps blancs qui semblaient avoir été lavés mille fois… *L'hôpital ?* J'essayai de me lever rapidement, mais mon corps me hurlait de ne pas bouger. Il s'opposait au moindre mouvement. Mon cœur loupa un battement et je sentis la panique m'envahir. Maman se leva d'un bond pour tenter de me retenir. C'était inutile, j'étais incapable de me lever de cet horrible lit. *Qu'est-ce qui se passe ?*

— Du calme, ma chérie. Tu viens de te réveiller de ton opération.

Malgré tous mes efforts pour me concentrer, la douleur me fit tourner de la tête. À plusieurs reprises, j'essayais de lever la voix, sans grand succès. Ma bouche était aussi sèche que du parchemin.

— Qu'est-ce qui est arrivé ? demandai-je d'une voix rauque.

Maman me donna un verre d'eau et attendit que je finisse de boire avant de parler.

— Tu as fait une chute pendant la danse. Le choc a été violent, mais tu as eu de la chance. Tu n'as que quelques séquelles.

Pourquoi je n'arrivais pas à me souvenir de quoi que ce soit ? Mon esprit était incapable de recoller les morceaux tout seul. C'était comme si quelque chose dans mon système m'empêchait de fonctionner correctement. Comme si j'avais été sédatée. Je me battais contre la drogue qui circulait dans mon sang et fis de mon mieux pour rester éveillée. Il fallait que je sache.

— Quelques séquelles ?

Elle me regardait d'un air désolé avant de baisser les yeux. Là, c'était bon. J'avais compris ce qu'elle voulait me dire. Je m'assis malgré les nombreuses protestations de ma mère et de mes membres. Ma jambe droite était plâtrée des orteils jusqu'au haut de ma cuisse. *Ce n'est pas possible, ce n'est pas possible, ce n'est pas possible !* Comment j'allais danser maintenant ? Comment j'allais m'entraîner pour mon spectacle de fin d'études ou les concours d'entrée ? La panique qui m'avait envahie augmenta.

— Elena, calme-toi.

À cet instant, le docteur Petit entra dans la chambre. Ses cheveux avaient légèrement grisonné depuis la dernière fois, mais il avait toujours ce sourire chaleureux. Mon angoisse se tassa, laissant place à la tristesse qu'il m'évoquait.

— Bonjour Elena, ça fait longtemps.

De fait, la dernière fois que j'avais été à l'hôpital pour moi, c'était parce que je m'étais cassé le poignet après avoir sauté d'une balançoire. À ce moment-là, ça m'avait semblé une bonne idée. Jusqu'à ce que je touche le sol. Tout ça pour impressionner Ella, ma cousine. C'était le docteur Petit qui s'était occupé de moi. On s'était également revu dans ce même hôpital lorsque Mick, mon frère ainé, était tombé malade. Je secouai la tête. Il ne fallait vraiment pas que je pense à ça.

— Vous m'apportez une bonne nouvelle ?

Le docteur vint s'asseoir sur la chaise en face de moi.

— Ne t'en fais pas, tu vas guérir. Tu as une fracture du tibia ainsi qu'une rupture totale du ligament croisé antérieur, mais les deux se soignent. Et ton opération du genou s'est très bien déroulée.

Son sourire faiblissait un tout petit peu. Juste assez pour faire revenir mon angoisse au triple galop. Je jouai nerveusement avec le bord du drap de lit.

—Je sens comme un « mais » qui va suivre.

— Plutôt un cependant. Cependant, tu as fait une mauvaise chute. Comme tu le sais, la guérison à la suite d'une rupture des ligaments a besoin de temps. La rééducation physique sera longue.

Pendant quelques secondes, je patientais. *C'est tout ?* J'avais besoin de plus que ça.

—Je pourrai encore danser ?

Docteur Petit et ma mère échangèrent un regard qui ne prédisait rien de bon.

— Peut-être. Je ne peux rien te promettre pour l'instant. Comme je l'ai dit, ton opération s'est bien déroulée, mais je ne vais pas te cacher que dans de rares cas, la guérison ne se fait pas à cent pour cent.

Un sanglot se forma dans ma poitrine. En un quart de seconde, tous mes rêves et mes plans d'avenir étaient devenus inaccessibles, ne laissant rien d'autre qu'une immense tristesse sur leur passage. C'était toute ma vie qui était partie en fumée en un claquement de doigts.

# CHAPITRE 2

# Alex

Une nouvelle rumeur parcourait les couloirs de l'école lorsque Alex arriva. Le plus étonnant était qu'elle ne le concernait pas pour une fois. Sachant que la plupart du temps les rumeurs étaient plus fantastiques que la réalité, il essayait de ne pas les écouter. Si l'on se fiait à celles qui circulaient sur lui, Alex était un vampire qui ne buvait que du sang de vierges. Sa peau pâle et ses cheveux foncés ne jouaient pas en sa faveur. Ou bien il était mêlé à un gang. C'était absolument absurde, bien sûr, mais il l'avait déjà entendu.

— Alex.

Alex se retourna vers Yves et lui serra la main.

— C'est vrai ce qu'on dit ? demanda son ami, une curiosité morbide dansant dans ses pupilles brunes.

— Qu'est-ce qu'on dit ?

— Qu'une fille de notre année a eu un accident. Elena.

Cette nouvelle rendit Alex perplexe. Il ne la connaissait pas bien, mais elle était une fille gentille. Depuis qu'ils étaient à l'école secondaire, ils n'avaient parlé qu'une seule fois. Lors d'un mariage, qui plus est. Même s'ils ne s'étaient plus jamais parlé après, Alex avait toujours ressenti une certaine sympathie pour cette jeune fille qui, malgré ses airs timides, avait un caractère drôle et plein d'énergie. D'ailleurs, il ne l'avait jamais avoué à qui que ce soit, mais Alex avait eu le béguin pour Elena lorsqu'ils étaient à l'école primaire. Il ne put s'empêcher d'avoir de la peine pour elle si les rumeurs étaient vraies. Yves lui lança un drôle de regard, mais Alex se contenta de lever les épaules. Peu importe si elles s'avéraient vraies, cela ne le concernait pas, alors il n'allait pas chercher plus loin. Il ne pouvait pas commencer à se faire du souci pour quelqu'un d'autre ; il arrivait à peine à gérer sa propre vie et ses propres problèmes. Pendant toute la matinée, Alex parvenait à faire comme si de rien n'était. Jusqu'à ce qu'une petite brune l'interpelle lors de la pause de midi.

— Salut, Alex !

Il s'agissait de Kelsey, la meilleure amie d'Elena. Elle avait de grands yeux verts qui semblaient toujours pétiller de malice. Pour quelqu'un dont la meilleure amie était à l'hôpital, elle était étrangement de bonne humeur. À moins que ce ne soit vraiment qu'une rumeur. Il l'espérait. Kelsey remit sa mèche derrière son oreille avec la plus grande insouciance du monde.

—J'ai un service à te demander. Je suis censée aller apporter les notes des cours à Elena à l'hôpital, mais le problème c'est que j'ai un empêchement. Tu pourrais y aller à ma place ? Comme vos mères sont proches, elle te connaît mieux que le reste de la classe.

Que pouvait-il bien y avoir de plus important qu'aller voir sa meilleure amie à l'hôpital ? Alex secoua la tête et décida de ne pas trop la juger. Il accepta, même s'il avait un drôle de pressentiment.

***

— Salut.

Elena leva les yeux de son magazine avant de hausser un sourcil. Elle ne s'attendait pas à voir Alex débarquer à l'hôpital. Même lui ne s'attendait pas à être ici. Son teint était légèrement grisâtre et des cernes sombres creusaient la peau en dessous de ses yeux bleus. La danseuse avait une mine épouvantable. Autrefois, elle avait été tellement souriante et pleine de vie. Maintenant elle avait juste l'air irritée et vide.

— Que me vaut cet honneur ?

Sa voix était plus grave et plus sombre que la dernière fois qu'ils avaient parlé, ce qui remontait à un peu plus d'un an.

— Je suis venu t'apporter tes notes de cours.

— Pourquoi est-ce que c'est toi qui viens me les apporter ?

— Pourquoi pas ? demanda Alex du tac au tac.

Elena fit claquer sa langue avant de secouer la tête.

— On n'est pas amis, alors je ne vois pas pourquoi tu te déplaces inutilement. Tu n'as pas mieux à faire ?

Elle reposa son attention sur son magazine et fit comme s'il n'était pas là. Alex était pris au dépourvu. Contrairement à la jeune Elena d'il y a quelques années, la personne en face de lui était en colère. Agressive. Il laissa couler et décida de rester positif. Elena venait d'avoir un accident. Un peu de compassion à son égard ne ferait pas de mal. Il pouvait le faire. Pourvu qu'elle reste calme.

— On pourrait être ami si tu veux.

Les mots étaient sortis avant même qu'Alex n'ait eu le temps d'y réfléchir. D'une lenteur extrême et calculée, Elena tourna une page.

— Tu me dis ça maintenant que je suis à l'hôpital alors qu'on se voyait tous les jours à l'école sans se parler ? Garde ta pitié, je n'en veux pas.

— C'est de la compassion.

— C'est kif-kif bourricot.

Pendant un bref instant, Alex hésitait à simplement lui donner ses notes et de s'en aller comme si de rien n'était.

— Tu pourrais essayer de voir le verre à moitié plein plutôt que de le voir à moitié vide ?

En voyant l'attitude de la jeune femme changer, Alex comprit qu'il avait été trop loin.

— Ils m'ont dit que je ne guérirais peut-être jamais complètement de cette blessure, et tu t'attends à ce que je sois positive ? C'est ça que tu me dis ?

Se passant une main dans les cheveux, Alex soupira. Il avait su que c'était une mauvaise idée de venir. Il aurait dû suivre son intuition et faire comme si de rien n'était. Pourquoi avait-il accepté de venir alors qu'il savait pertinemment bien qu'il ne pouvait pas perdre de temps avec les conneries des autres ? Il pouvait à peine gérer ses propres problèmes. Et encore, il ne gérait pas tant que ça. Alex inspira un bon coup et prit sur lui.

— Désolé, je ne savais pas.

— Bien sûr que tu ne savais pas. Tu ne sais rien de moi !

Colérique, Elena jeta son magazine. Venir ici avait été une erreur. Il s'était dit que comme ils se connaissaient, sa visite ne la dérangerait peut-être pas trop. Or, Elena était hors d'elle. Alex se trouvait face à un lion en cage qui n'allait pas hésiter à le déchirer en lambeaux. Il déposa les copies des profs sur la table avant de se diriger vers la sortie.

— Bon rétablissement.

# CHAPITRE 3

## *Elena*

Le jour d'après, c'était Kelsey qui venait me rendre visite. Comme toujours, elle était radieuse. La voir aussi souriante alors que j'étais au plus bas me mettait tout de suite de mauvaise humeur. Au fond de moi, je savais que c'était mal de vouloir que le monde entier souffre avec moi, alors je me taisais. Mais tout ce que je voulais, c'était hurler à pleins poumons.

— Bonjour, ma belle ! s'exclama-t-elle.

Rien que son optimisme m'épuisait.

— Salut.

Elle s'assit sur la chaise sur laquelle Alex s'était assis un jour auparavant. Pendant plusieurs secondes, elle regardait ses ongles fraichement manucurés. Lorsque j'avais vu Alex, j'avais compris qu'elle avait mieux à faire que venir me rendre visite à l'hôpital. J'avais espéré que ce serait pour quelque chose de plus essentiel qu'une stupide manucure, mais visiblement je valais moins que ça.

— Jolis ongles.

— Merci ! dit-elle, un grand sourire aux lèvres.

— C'est pour ça que tu as demandé à Alex de venir à ta place ?

J'aurais dû avoir plus de respect pour le fait qu'Alex soit venu me voir. Il n'avait rien demandé à personne. Or, je m'étais comportée de manière odieuse avec lui. Il méritait mieux. Kelsey fit une grimace étonnée. On se connaissait depuis la maternelle. Bien sûr que je l'avais percée à jour. Ce qui m'étonnait était qu'elle croyait que ses ongles rose bonbon allaient passer inaperçus. J'étais peut-être naïve, mais pas stupide. Le fait qu'on me prenne pour une idiote fit monter ma mauvaise humeur d'un cran. J'inspirai un bon coup, essayant de ne pas cracher de venin.

— Oh, je suis désolée ! Mais tu sais, ce rendez-vous était déjà prévu depuis deux semaines. Je ne pouvais pas annuler. Mais je te promets que je me rattraperai !

Kelsey mit ses deux mains ensemble comme si elle me demandait pardon. Bien sûr qu'elle ne se rattraperait pas. Je la connaissais que trop bien. Mais au point où j'étais, c'était bien le cadet de mes soucis. La seule chose qui m'intéressait encore était de pouvoir disparaître dans un trou et de ne plus ressortir pendant quelques mois. Ou plus.

— Sinon, comment ça va ?

— Mal, avouai-je.

À quoi bon mentir ? Je ne voulais pas de pitié ni de « compassion », mais faire semblant n'était pas dans mes cordes en ce moment.

— Ah bon ?

— Oui, le médecin dit que je vais guérir, mais que je risque de ne pas me rétablir entièrement. Ça risque de mettre ma carrière de danseuse en péril.

—Je suis désolée pour toi.

Kelsey me prit la main et y déposa un baiser pour se montrer compatissante. C'était un geste doux et affectueux, si on ignorait son air joyeux.

—Et toi, quoi de neuf? demandai-je faussement intéressée.

—J'ai un rendez-vous avec Tiago ce soir!

Tiago. Bien sûr… C'était l'un des meilleurs amis d'Alex et l'un des meilleurs joueurs de l'équipe de foot de notre école. Alex y était aussi. Ça faisait des mois qu'elle tournait autour de ce gars pour n'avoir ne serait-ce qu'un regard de sa part. Au fond, je ne pouvais pas la juger. Moi-même j'avais été raide d'un gars de ma classe de danse contemporaine pendant des années, même s'il n'avait jamais montré le moindre signe d'intérêt envers moi. Kelsey était pareil avec Tiago, tout comme je l'avais été avec Robin. Sauf que voici comment vont les choses : ce genre de gars ne voit pas les filles invisibles comme nous. Jusqu'à aujourd'hui, semblerait-il. Toutes les filles lui couraient après, comme si le fait qu'un gars qui courait après un ballon attirait d'office la gent féminine. Alex était lui aussi convoité par trois quarts des filles du bahut. Ils étaient beaux et doués en sport. Mais là où Tiago était connu pour être un véritable dragueur, Alex avait la réputation d'un jeune homme dangereux et mystérieux. L'attirance physique était une chose bien étrange. On va dire que les hormones en ébullition sont à blâmer.

—Je suis heureuse pour toi. Mais dis-moi, tu as mis ton plan à exécution et tu l'as harcelé pour qu'il daigne te répondre ?

—Même pas !

Comme une enfant à qui l'on allait offrir une glace, elle se mit à taper dans ses mains. Bien sûr que je comprenais son enthousiasme. Aller retrouver le garçon dont on est amoureuse depuis des mois est bien plus excitant que de glander à l'hôpital. Même si c'est pour rendre visite à sa « meilleure amie ». Qui est-ce que j'essayais de tromper à ce stade ? Un fossé s'était creusé entre nous depuis la mort de mon frère trois ans plus tôt. J'avais perdu ma meilleure amie en même temps que mon grand frère. La seule différence était que le corps de l'un se trouvait six pieds sous terre, alors que l'autre corps se trouvait à côté de moi.

— Bon, je file, ma belle. Ne fais pas de bêtise en mon absence !

Qu'est-ce que c'était drôle, dis donc. Je me bidonnais de rire. Mon Dieu, qu'est-ce que j'étais devenue aigrie.

— Difficile dans mon état.

Elle déposa un bisou furtif sur mon front avant de quitter la pièce. Et voilà que je me sentais encore plus seule qu'avant.

*✸✸✸*

# Alex

— Bonjour, Alex ! Ça fait longtemps.

Alex fut étonné de voir Maura, la mère d'Elena, dans le rayon des bonbons de la supérette du coin. Il avait eu l'habitude de la voir lorsqu'il était petit. Après tout, Maura était l'une des amies d'enfance de sa propre mère. Trois ans plus tôt environ, elle avait cessé de venir. La dernière fois qu'il l'avait revue était à ce fameux mariage de Jennifer, une autre amie d'enfance de sa mère.

— Madame Fleureau.

— Appelle-moi Maura. Je te connais depuis que tu es né.

Autrefois, il la considérait comme un membre de sa famille. Ça remontait à des années. Il avait exclu beaucoup de gens de sa vie depuis. Ne sachant pas quoi lui dire, Alex se contenta de lui sourire. Pourvu qu'elle ne le retienne pas trop longtemps. Ayant un duel ce week-end, il ne pouvait pas se permettre de rater son entraînement de kick-boxing.

— Tu as été voir Elena à l'hôpital, n'est-ce pas ?

Il observa les gens se dépêcher d'attraper leurs produits dans les rayons avant de se ruer vers les caisses. Alex n'aimait pas perdre son temps. La patience était une vertu qu'Alex ne maîtrisait pas toujours.

— Oui.

— Vous vous entendez bien ?

Des images de quelques jours plus tôt lui revenaient en tête. Elena avait accepté sa présence à l'hôpital comme elle avait accepté sa jambe cassée. Autant dire que non, ils ne s'entendaient pas tant que ça.

— Pas spécialement. On se connaît à peine.

— Selon ta maman, tu es franc et direct. C'est vrai ?

Cette conversation allait durer une éternité.

— J'imagine, répondit-il sur ses gardes. Pourquoi toutes ces questions ?

— Je peux te demander un service ?

— Ça dépend du service.

Maura réfléchit, comme si elle voyait en lui la solution à tous ses problèmes. Il avait un autre mauvais pressentiment.

— Tu veux bien passer un peu de temps avec Léna de temps en temps ?

Pendant un instant, Alex se demandait ce qu'il allait y gagner. Il n'avait pas envie de jouer les baby-sitters. Surtout que la personne en question ne semblait pas avoir envie de le revoir. Non pas qu'il sautait à l'idée de la revoir non plus. Maura semblait comprendre qu'il n'avait pas envie d'accepter.

— Allons boire un café. Je t'invite.

Alex réalisa qu'elle n'allait pas le lâcher aussi facilement et hocha la tête à contrecœur. Il valait mieux la caresser dans le sens du poil et écouter ce qu'elle avait à dire s'il voulait que ça aille vite. Il se dirigea vers la caisse et prit un paquet de cigarettes. Une fois qu'ils étaient dans le café, Maura fit claquer sa langue d'un air désapprobateur.

— Tu ne devrais pas fumer à ton âge.

Le jeune homme devint irrité. Il n'avait déjà pas envie d'être ici, alors il pouvait bien se passer de commentaires inutiles. Alex savait que fumer était mal, tout le monde le sait. Il ne trouvait juste pas la motivation d'arrêter.

— Pouvez-vous en venir au fait, s'il vous plaît ?

Maura pinça les lèvres face à son ton abrupt. Si elle connaissait un tant soit peu sa réputation, elle aurait dû savoir qu'il n'était pas apprécié par les adultes. Alex était un élément à ennuis et peu fréquentable. Et encore, peu fréquentable était généralement un euphémisme. Il ne voulait pas que les gens le voient de cette façon ; comme un moins que rien ou un délinquant, mais certains événements avaient fait en sorte que cette image lui colle à la peau.

— Alors je vais aller droit au but. J'aimerais que tu passes un peu de temps avec ma fille.

Ce fait avait déjà été établi.

— Pourquoi ?

— Tu savais qu'Elena a été muette tout un temps à cause d'un traumatisme ?

Alex secoua la tête. Il l'ignorait. Il ne l'avait jamais fréquentée depuis qu'ils avaient quitté l'école primaire ; il ne savait presque rien à son sujet. Alex avait passé une soirée avec elle, alors qu'ils étaient les seuls de leur âge coincé à un mariage qui ne les intéressait pas. Elena avait été très gentille et drôle, mais ils ne s'étaient plus reparlé ensuite. Savoir que cette même personne souriante et gaie avait été muette était une tout autre image. Maura passa un doigt sur le bord de sa tasse de café.

— Tu vois, elle n'a pas la vie facile, ce qui est sans doute ma faute. Elena avait trouvé son refuge dans la danse. Avec l'accident qu'elle vient d'avoir, j'ai peur qu'elle ne rechute. Elle ne parlera peut-être plus à personne maintenant qu'elle ne sait plus danser. Je n'arrive pas à l'atteindre. J'ai l'impression de me heurter à un mur quand je lui parle.

Son regard était désespéré. Elle perdait sa fille, chaque jour un peu plus. Chaque seconde, Elena perdait l'envie d'avancer. Elle se perdait, se vidait pour devenir l'ombre de celle qu'elle avait été autrefois. Tout cela semblait bien trop familier. Alex avait de la peine pour la danseuse qui avait dû dire adieu à la seule chose qui lui avait permis d'aller d'avancer.

— Pourquoi moi ? Un psychologue serait plus judicieux.

— Elle en voit déjà un. Mais je crois que parler avec quelqu'un de son âge peut lui être bénéfique.

Alex soupira. Sans avoir demandé quoi que ce soit, il avait l'impression de se retrouver dans un nid de serpents. Il n'était pas convaincu que forcer Elena à passer du temps avec lui allait l'aider. Par contre il savait que s'il refusait, il culpabiliserait. *Quel merdier.*

—Je passerai demain. Au revoir, Madame Fleureau. Merci pour le café.

La journée de demain s'avérait plus longue que prévu.

# CHAPITRE 4

# Alex

En se garant devant la maison des Fleureau, Alex réalisa à quel point leur maison était grande. Même s'il était toujours dans la même ville, Alex ressentait un certain choc. Il n'y avait pas de maisons qui faisaient la taille d'un manoir dans son quartier. Maura le laissa entrer, son sourire forcé. Alex avait l'impression d'être tombé comme un cheveu dans la soupe. Il regrettait déjà d'être là. Il entra dans le hall.

Cette baraque était censée être la maison de rêve de tellement de personnes. Spacieuse avec de grandes fenêtres. Or, elle était froide et peu accueillante. Il secoua la tête et gravit les escaliers. Sa présence n'allait pas être appréciée. Ça, il le savait déjà. Du moment que ça aille mieux que ce fameux fiasco à l'hôpital.

La chambre d'Elena était ouverte. La danseuse était allongée sur son grand lit, le regard rivé sur le plafond. Alex toqua à sa porte, mais elle ne réagissait pas. C'était presque comme si elle ne respirait pas. Les secondes s'écoulèrent et Alex craignit qu'elle le laisse sur le pas de la porte. C'était la première fois qu'une fille le faisait poiroter ainsi, et il n'était pas sûr que cela lui plaise. Au bout d'un moment, elle fit un signe de la main et Alex entra dans la chambre. Elle était grande et spacieuse comme le reste de la maison. Les murs peints d'un rose pâle avec des silhouettes peint en noir représentant des positions de danse classique. Cette chambre aurait beaucoup plu à sa petite sœur, Audrey.

— Combien ? demanda-t-elle.

— Quoi ?

Alex pencha la tête légèrement sur le côté. Elle hésita un bref instant avant de reprendre.

— Elle te donne combien ?

— Qui ?

— Ma mère. Elle te paie combien pour que tu passes du temps avec moi ?

Elle était plutôt perspicace. Alex s'assit sur le Chesterfield en velours noir qui se trouvait sous la fenêtre. Même l'air ici semblait cher.

— Rien, je ne veux pas d'argent.

— Alors qu'est-ce que tu veux ? lança Elena du tac au tac.

— Je ne sais pas.

Elena s'assit. Elle pianotait nerveusement avec ses doigts sur son bras. À quoi elle pensait ? Cette fois-ci, elle paraissait plus docile que lorsqu'il avait été la voir à l'hôpital.

— Tu peux partir. Tout ce que je veux c'est avoir un peu de paix et de tranquillité.

*Ou pas…* Qu'est-ce qu'elle était obstinée. Alex avait envie de prendre ses clics et ses claques et de repartir comme si de rien n'était. Mais il avait fait une promesse à Maura. Et cette jeune femme chiante finirait bien par capituler. Si aucun d'entre eux ne voulait être ici, ils pouvaient au moins essayer de tirer le meilleur parti de cette situation inutile dans laquelle ils se trouvaient. Ne serait-ce que pour une heure. Puis ils pourraient continuer à vivre comme si de rien n'était.

— Ce dont tu as besoin, c'est d'une thérapie et d'un ami.

— Tu vas me forcer à devenir ton amie ? C'est comme ça que ça marche maintenant ?

*Elle est douée.* Maura avait parlé d'une fille fragile et timide, mais Alex se retrouvait face à une lionne enragée. La plupart des filles qu'il côtoyait n'allaient jamais à l'encontre de ce qu'il disait. Elles avaient peur. Personne de la gent féminine ne le contredisait, ce qui pouvait devenir ennuyeux. Elena, elle, n'était soit pas au courant de la réputation d'Alex, soit elle s'en fichait. Et s'il commençait à la cerner correctement, la deuxième option était la bonne. Peut-être que tout ceci allait être plus amusant que prévu.

— Non, je ne vais pas te forcer, mais avant de claquer la porte, tu peux au moins me donner une chance ?

Il se sentit stupide de lui demander de devenir son ami. Elena baissa les yeux. Elle avait l'air si triste et seule. Maura avait raison, elle avait besoin de quelqu'un. Alex n'était pas sûr d'être à la hauteur, mais il n'avait pas envie de laisser tomber.

— Crois-moi, tu ne veux pas être ami avec quelqu'un comme moi.

— Quelqu'un comme toi ?

— S'il te plaît, pars ! C'est mieux pour toi si je ne fais pas partie de ta vie.

Elle l'implora du regard. Elena se sentait impuissante, comme lui s'était senti quelques années plus tôt. À l'époque où il avait eu l'impression qu'il n'y avait pas de lumière au bout du tunnel. Alex avait saigné, seul et incompris, et il avait eu l'impression qu'il n'y avait pas d'issue pour lui. Elena éprouvait la même chose. Il ne voulait pas ça pour elle. Alex voulait répondre, mais un bruit étrange retentit dans le couloir. Elena écarquilla les yeux et se contracta comme un arc. Des bruits de pas irréguliers s'approchaient. Un homme de taille moyenne dans la quarantaine avec un visage vaguement familier entra dans la chambre en titubant. Il empestait l'alcool. Alex jeta un coup d'œil vers la jeune femme. Elle était pétrifiée.

— Te voilà ! bafouilla l'homme. La plus grosse erreur de ma vie. Regarde-toi !

Son sang se glaça. L'homme se rapprocha d'Elena et Alex s'interposa entre eux avant d'avoir eu le temps de réfléchir. Quelque chose en lui criait de ne pas laisser ce type s'approcher. Si Elena était paralysée, elle devait avoir une bonne raison. Alex se força à sourire et tendit la main. L'homme fronça les sourcils, confus, mais accepta sa main.

— Bonjour, je suis Alex.

— Frank.

Alex l'avait croisé à de multiples reprises lorsqu'il était petit. Sauf que la personne dans ses souvenirs ne correspondait pas à l'homme qui se trouvait en face de lui. Frank quitta la chambre sans ajouter un mot.

Malgré qu'Elena fit de son mieux pour se montrer forte, Alex remarqua à quel point ses mains tremblaient. Il ne savait pas quoi dire pour briser le silence. Il venait de se faire aspirer dans les malheurs de cette famille. Peut-être qu'Elena avait eu raison, il aurait dû partir. Mais maintenant qu'il savait ce qui se passait réellement ici, il ne pouvait plus partir comme si de rien n'était.

— Voilà pourquoi je ne voulais pas que tu viennes.

— Je suis désolé.

— Pas autant que moi.

# CHAPITRE 5

## Elena

— Alors, Léna, comment vas-tu ?

Mon cœur battait nerveusement dans mes tempes. Comment allais-je ? Honnêtement, je ne savais pas ce que j'étais censée répondre. Il s'agissait d'une simple question : bien, ou pas bien. Je ne me souvenais pas de la dernière fois que quelqu'un avait pris de mes nouvelles, en voulant savoir comment j'allais vraiment.

Stacey, ma psychologue, m'observait en silence. Ses grands yeux bruns étaient pleins d'espoir. Je déglutis. Que pouvais-je bien lui dire ? Au fond de moi, je savais que je n'allais pas bien. Je n'avais pas été bien depuis… depuis que Mick avait été diagnostiqué avec une leucémie. Mais après avoir essayé de ne plus rien ressentir pendant des années, admettre que j'avais mal semblait être une trahison envers moi-même. J'avais tellement essayé de me convaincre que j'allais bien, et pourtant j'étais bel et bien là, une faible sur le point de s'effondrer devant une thérapeute qui n'avait jamais réussi à me faire dire un seul mot auparavant. Aucun thérapeute n'avait réussi à me faire parler, mais Stacey était gentille. Elle était également la seule à croire que je m'en sortirais. Tous les autres m'avaient classifiée comme irrécupérable. Or, c'était un leurre. La raison pour laquelle elle croyait que j'allais m'en sortir, était uniquement parce qu'elle ne connaissait que des bribes de ma réalité, et non toute la vérité.

Après la tragédie qui avait brisé ma famille, Stacey m'avait donné un journal intime lorsque ma mère s'était rendu compte que j'étais devenue muette. Pendant un petit temps, j'avais cru que laisser sortir mes sentiments et mes pensées sur papier serait une chose sûre et sans conséquence. Comme j'avais tort. Le jour où mon père avait découvert le journal, j'avais appris à mes dépens que le mensonge était ma meilleure option. Ma *seule* option.

Aujourd'hui je ne pouvais plus tromper personne. Alex savait. Et s'il savait, quelqu'un d'autre finirait par le savoir. J'avais tellement peur. Qu'est-ce qui allait m'arriver maintenant ? Il fallait que je garde la tête sur les épaules. Je ne m'écroulerais pas. Je levai la tête vers Stacey. Elle attendait toujours une réponse de ma part.

— Vous voulez que je sois honnête ?

Elle haussa un sourcil.

— C'est le but d'une session chez un psychologue.

Je passai mes mains dans mes cheveux en inspirant un bon coup. *Arrête de mentir, Léna.*

— Ça pourrait aller mieux.

Stacey me sourit et hocha la tête. Je laissai tomber ma tête en arrière. Mon cœur continuait à battre dans mes tempes. Pourvu que je ne le regrette pas.

— Comment se passe la relation entre ton père et toi ces derniers temps ?

J'avais du mal à ravaler mes larmes, la déception sur le point de m'envahir. Après tout ce temps, j'aurais dû avoir l'habitude. Alors pourquoi cela me contrariait encore autant ?

— Il n'est jamais venu me voir à l'hôpital.

— Et comment t'es-tu sentie ?

Être honnête me terrifiait. Cette fois, je savais que je ne pouvais pas mentir. Les mensonges devenaient trop lourds à porter.

— Abandonnée et sans valeur.

— Tu as des nouvelles de ta famille ?

Je secouai la tête, incapable de répondre. Si j'ouvrais la bouche, soit j'allais éclater en sanglots, soit j'allais vomir mes tripes. Ma famille me manquait énormément. Je pensais qu'après un moment, ils me manqueraient moins, pourtant plus le temps passait, plus je réalisais que je n'avais plus personne dans ma vie. Entre mon grand frère qui était décédé, ma mère qui ne pouvait plus me regarder dans les yeux depuis qu'elle savait que mon père avait essayé de m'étrangler quelques années plus tôt, ou ma famille qui avait cessé de donner des nouvelles, je savais que j'étais seule. Mais le pire, c'est que j'étais entouré de gens qui me faisaient me sentir seul. Comme si j'étais transparente. Et je ne savais pas comment m'en sortir.

***

Pendant de longues minutes, je patientais dans le bureau du médecin. Après ce qui semblait avoir été un siècle, mais qui en réalité n'était que six semaines, on m'avait enfin retiré mon plâtre. Adieu le passage maladroit en béquilles d'une classe à l'autre, et bonjour la rééducation lente et douloureuse. Je mordillai l'ongle de mon pouce en attendant que le médecin revienne pour me donner des résultats. J'avais demandé à maman de m'attendre dans le couloir. J'étais étonnée lorsqu'elle avait proposé de m'accompagner dans le bureau du médecin. Depuis des années, j'avais l'impression qu'elle me laissait de côté ; l'avoir près de moi à cet instant ne faisait qu'ajouter à mon malaise.

— Ta jambe se porte très bien, Elena, annonça le docteur Petit en rentrant dans le bureau.

— Est-ce que ça veut dire que je vais pouvoir danser à nouveau ?

Il fallait que je sache. Ces dernières semaines, j'avais passé tout mon temps à angoisser. Est-ce que mon rêve allait s'arrêter ici ? Avais-je encore une chance de réussir à danser ? Allais-je pouvoir danser de manière professionnelle ? Tant de questions se bousculaient dans ma tête au point de me donner des vertiges. Le docteur Petit retira ses petites lunettes rondes et me fixa du regard. Il avait une calvitie naissante, ce qui accentuait étrangement son aura sympathique.

— C'est une question à laquelle je ne peux pas encore répondre. Tant que tu n'as pas commencé la rééducation de ton genou, je ne peux pas te faire de promesse. Si tu suis à la lettre les consignes de ton kinésithérapeute, je crois que oui, tu pourras danser à nouveau.

C'était un soulagement. Mais même si je me sentais un peu mieux, il y avait toujours quelque chose qui me tracassait : j'étais bonne pour perdre un an de ma vie… Un an en plus à passer dans cette maison, avec un ivrogne et une mère absente.

— J'ai perdu un an pour rien…

— Ne vois pas cette pause comme un obstacle, mais comme une opportunité. Peut-être que c'est le moment idéal pour te focaliser sur d'autres choses que tu aimerais accomplir ou améliorer.

*Tu parles…* Je n'avais pas d'autre endroit où aller. Ma mère s'en est assurée quand elle a décidé que je ne pouvais plus voir ma famille après la mort de mon frère. Cette bonne nouvelle ne suffisait pas à faire disparaître toute cette douleur qui s'était logée dans ma poitrine.

Sur le chemin du retour, maman parlait de tout et de rien pour combler le vide. Le fait qu'elle se montre concernée ne me faisait pas autant de bien que je n'espérais. En arrivant à la maison, j'étais surprise de voir Alex qui attendait sur le porche. Il leva les yeux de son iPhone et observa ma jambe avec étonnement. On aurait pu penser que maintenant que je pouvais remarcher seule et aller à l'école, il cesserait de venir. Mais non.

— Je vois que tu n'as plus besoin de béquilles.

— Il était temps, marmonnai-je en rentrant dans la maison.

Je ne prenais pas la peine de fermer la porte, sachant pertinemment bien qu'il allait me suivre. Marcher sans plâtre et sans béquilles restait très inconfortable. Je boitais encore légèrement, ce qui m'embêtait. J'en avais marre de me sentir comme une poupée cassée.

Alex déposa des notes de cours sur mon bureau et s'installa dans mon divan. Il continuait à m'apporter ses notes, comme si j'étais incapable de reprendre les cours sans lui. Je commençais à penser que ce n'était qu'une excuse pour venir ici.

— Alors, comment s'est passée la visite chez le docteur ?

— Bien.

Je me laissai tomber sur mon lit, la tête la première dans les coussins. Pourvu que cette journée se termine vite. Après la séance chez la psychologue et la visite à l'hôpital, j'étais exténuée. Et comme toujours, la présence d'Alex me mettait à cran. Il n'avait plus aucune raison de m'ennuyer désormais.

— Quelles sont les nouvelles ?

— Arrête de m'embêter, dis-je en soupirant. Je vais bien, je n'ai pas besoin de toi.

— Tu vis avec un père alcoolique et violent, ton frère est mort et tu viens d'avoir un accident qui va peut-être mettre fin à tes plans de carrière. Je ne crois pas que tu ailles bien.

*Attends, mais il est sérieux ?* Je me retournai vers lui en le fusillant du regard. C'était *ça* sa façon de me faire sentir mieux ? Si c'était le cas, il pouvait s'abstenir.

— Merci d'avoir résumé ma vie. Tu te sens mieux maintenant ?

Alex passa ses mains sur son visage, exaspéré. J'étais insupportable avec lui. J'en étais bien consciente. Mais tout ce que je voulais, c'était qu'il me fiche la paix. Ses iris verts perçaient des trous dans mon crâne. C'était comme s'il pouvait lire en moi, comme si j'étais un livre ouvert. Cette idée m'effrayait. Alex en savait déjà trop.

— Elena, quand vas-tu arrêter de mentir à tout le monde ? Tu ne vas pas bien.

— Si j'accepte le fait que je ne vais pas bien, je vais m'effondrer. Et il n'y aura personne pour m'aider à me relever.

Voilà la triste vérité. Il fallait que je m'en sorte seule.

— Je t'aiderai.

Un frisson me parcourut. Je frottai nerveusement mes bras en secouant la tête. Il fallait qu'il arrête ça tout de suite. Il fallait qu'il parte.

— Non, c'est faux. Personne ne le fait. Pour l'instant tu y crois, mais tu me quitteras. Tout le monde part. Alors, ne me laisse pas croire à quelque chose qui n'arrivera pas. C'est juste cruel.

Contrairement à ce à quoi je m'attendais, le regard d'Alex devint bienveillant. Ce gars est bien trop sage et mature pour quelqu'un de notre âge.

— Peut-être que tu devrais voir cette période de rééducation comme une opportunité pour aller mieux, et non comme une punition.

J'avais déjà entendu ce sermon quelque part. Je haussai un sourcil, peu convaincue. Le docteur Petit m'avait dit la même chose quelques heures plus tôt. Autant dire que je n'y croyais pas trop. Et puis, pourquoi venait-il jouer au moralisateur chez moi ? Voyant que je ne répondais pas, Alex continua :

— Ce serait le moment parfait pour régler certains problèmes.

— Mais de quoi je me mêle ?

Je le regardai, incrédule. Pendant un bref instant, j'hésitais à lui balancer un coussin à la figure. Alex laissa échapper un petit rire silencieux.

— Ne me regarde pas comme ça. En fait je ne fais que te dire ce que m'a dit ma psy.

— Tu… commençai-je mal assurée. Tu vois un psy ?

— Plus maintenant, mais j'en ai vu une pendant des années.

J'étais piquée par la curiosité malgré moi. Moi je devais voir une psychologue, car soi-disant j'avais plusieurs traumatismes à surmonter. Ce qui voulait dire qu'Alex était comme moi quelque part. Cette révélation me décontenança. Je voulais vraiment le détester pour qu'il puisse sortir de ma vie. Mais peut-être que lui aussi était brisé. Je me sentais triste pour lui. Malgré que je veuille qu'il parte et ne revienne jamais, je ne pouvais m'empêcher d'espérer qu'il n'eût pas à voir un psy pour les mêmes raisons que moi : la mort, le déni, le comportement autodestructeur… Ou pire. Peu importe ce que cela sous-entendait.

— Ne me regarde pas avec des yeux aussi tristes. Je vais bien.

*Oh non.* Je ne pouvais pas laisser mon masque tomber devant lui. Je reniflai et regardai de l'autre côté, faisant semblant de ne pas m'en soucier.

— Je n'ai pas demandé à savoir.

Alex laissa retomber sa tête en arrière. Il me considérait comme un casse-tête qu'il voulait à tout prix résoudre. Il n'y avait rien de mystérieux chez moi ; j'étais juste une pauvre fille qui essayait de montrer aux autres qu'elle allait bien.

Non pas que je réussissais vraiment à convaincre qui que ce soit ces jours-ci. Surtout pas moi-même.

— Tu as vraiment un cœur de pierre par moments.

C'était l'image que je cherchais à donner depuis des années. Maintenant que quelqu'un me confirmait que j'étais de pierre, mon cœur s'affaissa. Je ne voulais pas être comme ça. Jamais je n'avais voulu être comme ça. Mais comment pouvais-je me protéger si je laissais les gens entrer dans mon cœur ? La seule chose qui découle de la confiance est la douleur et la tromperie. Je le savais. J'avais appris cette leçon il y a bien longtemps. Alors même si Alex me regardait avec ces yeux doux et patients, je ne pouvais pas me laisser entraîner dans ce pétrin. Je n'étais pas assez forte pour me relever s'il décidait que je n'étais pas assez bien. Et je n'étais pas assez bien. Cela aussi avait été établi il y a longtemps.

# CHAPITRE 6

## *Elena*

Le moment où Alex passa le seuil de la porte, j'avais envie de lui arracher les yeux avec mes ongles. Il n'avait rien fait de mal ; ça ne changeait en rien que sa simple présence m'irritait. Sa pitié me donnait la gerbe. Même s'il était là de bonne volonté, je n'arrivais pas à supporter la manière dont il me regardait. Ce regard triste, impuissant… Il me donnait l'impression d'être faible et coincée dans une impasse, et je n'aimais pas ce sentiment. Même si objectivement, oui, j'étais faible, mais je ne voulais pas me sentir ainsi. Or, quand Alex était là, je n'arrivais pas à me sentir autrement qu'inutile et impuissante.

Il vint s'asseoir en face de moi à la table de cuisine, et je faisais de mon mieux pour l'ignorer. Peut-être que si je l'ignorais suffisamment longtemps, Alex finirait par se lasser et partirait. Et ainsi nos chemins se sépareraient et tout redeviendrait normal. *Normal…* La tristesse me submergea.

Pourquoi le fait de penser à la normalité me donnait un tel sentiment de solitude ?

— Allons au Jardin botanique, proposa Alex en me sortant de mes pensées. Il fait beau aujourd'hui.

Il me souriait d'un air compatissant et l'envie de hurler me consuma. Alex me regardait toujours comme s'il savait lire mes pensées. Mais il ne pouvait pas lire en moi, n'est-ce pas ? Je sentais mon pouls s'accélérer et mes paumes devenir moites. Il fallait qu'il parte d'ici. Maintenant.

— Va-t'en !

Mon ton mordant me choqua, mais Alex continuait de sourire. Pourquoi restait-il ? Personne n'était aussi patient et aussi gentil. *Personne.* Et certainement pas lui. Je ne savais pas pourquoi il s'entêtait tant à vouloir m'aider. Alex n'était pas quelqu'un de gentil. Si je l'emmerdais suffisamment, il finirait bien par lâcher l'affaire. Il n'y avait pas de place dans ma vie pour lui et sa pitié. Ça ne ferait que causer plus de souffrance. Mes yeux me brûlaient. Pourquoi étais-je aussi faible ? Bon sang, je n'allais pas me mettre à pleurer devant lui tout de même !

Ma mère entra dans la cuisine et je baissai les yeux. Manquait plus qu'elle.

— Maura, je pensais emmener Elena au Jardin botanique. Qu'en pensez-vous ?

— Quelle magnifique idée ! Elena, habille-toi. Prendre l'air te fera du bien.

*C'est une blague ?* Je me levai et quittai la cuisine sans dire un mot. Je me demandais pourquoi la vie s'acharnait autant sur moi, mais je commençais à avoir l'habitude que jamais rien ne se déroule selon mes plans. Passant par la salle de bain, j'aspergeai mon visage d'eau froide. Pas étonnant qu'Alex m'ait regardé avec tant de pitié dans les yeux. J'avais l'air pathétique. J'enfilai un jeans et des bottines avant de descendre. Même si je me sentais au plus bas, je n'allais pas lui montrer mes faiblesses. Je ne laisserais pas une autre personne me marcher dessus comme mon père le faisait. Alex m'attendait près de la porte d'entrée. Sans lui lancer un regard, je sortis de la maison.

— Mêler ma mère était un coup bas.

— Tu ne m'as pas laissé le choix.

*Ça, c'est la meilleure.*

— Il ne devrait même pas y avoir de choix. Laisse-moi tranquille et sors de ma vie. Et tu pourras continuer à faire comme si je n'existais pas.

— Où serait le plaisir dans tout ça ?

Mon sang ne fit qu'un tour. Je vis rouge.

— QUOI ? glapis-je. Suis-je une blague pour toi ? Tu passes du temps avec moi parce que tu veux te divertir ? Alors quoi, tu veux me mettre dans ton lit ? Ne crois pas que je ne suis pas au courant de ta réputation. Je sais quel genre de personne tu es, et je n'ai ni le temps ni l'énergie pour ça.

Est-ce que ceci était juste un jeu pour lui ? C'était le cas, n'est-ce pas ? Il n'y avait aucune chance pour qu'il soit ici parce qu'il se souciait de moi. Ça, je le savais déjà. Mais jouer à des jeux… Non. J'avais espéré qu'il était mieux que ça. Visiblement, j'avais eu tort. Alex rigola comme si je venais de raconter la blague du siècle, alors que je sentais la colère bouillir en moi. Je serrai les poings.

—J'aime à croire que je suis un peu plus qu'un sale type qui couche avec toutes les filles qu'il rencontre… Ne te fais pas d'idées, chérie. Les filles coincées comme toi ne sont pas du tout mon genre.

Et maintenant, il m'insultait. *Super.* Il tapota mon épaule, un petit sourire satisfait sur les lèvres. Le tuer semblait une idée tellement tentante. J'avais envie de mordre mon poing.

— Oh, vraiment ? Je me sens tellement mieux maintenant. Merci.

Je me retournai et descendis la rue. *Allons dans ce stupide parc, que je puisse passer à autre chose.*

— Hé, où tu vas ?

— Au Jardin botanique, maugréai-je en levant mes paumes vers le ciel. Où est-ce que j'irais ?

— Allons en voiture. C'est à quelques kilomètres d'ici.

Alex ouvrit la portière de sa Polo bleu foncé et je montai en levant les yeux au ciel. Est-ce que ce jour pouvait devenir encore plus bizarre ? Une fois installé en voiture, Alex pouffa. J'attachai ma ceinture en silence. Pourvu qu'il me laisse tranquille.

— Tu as l'air tellement blasée. Je t'ai juste demandé de monter dans ma voiture, pas de coucher avec moi.

*Charmant.*

— On se connaît à peine, Alex. À ce que je sache, tu pourrais très bien être un tueur en série, et me faire monter dans ta voiture est la première étape de ton plan diabolique. Un peu comme Ted Bundy faisait avec ses victimes.

— Si tu crois que je suis un tueur en série, pourquoi tu es montée sans riposter ?

Je haussai les épaules. Au point où j'en étais, autant crever dans une ruelle. Même si ce n'était pas une fin très glamour.

— Yolo.

Le reste du trajet, Alex ne disait plus rien, se concentrant sur la route. Je regardai le paysage défiler. Alex n'avait pas menti. Il faisait vraiment beau dehors. Dans d'autres circonstances, j'aurais peut-être apprécié cette journée. Alex gara sa voiture et vint m'ouvrir la portière. Il fallait bien que je le reconnaisse : ses manières étaient impeccables. Bien que ça ne change rien au fait que je voulais m'éloigner le plus possible de lui.

On s'arrêta devant une petite échoppe qui vendait des boissons et des glaces. Alex essaya de me convaincre de prendre quelque chose. Il « m'invitait ». Autrement dit, il essayait de m'amadouer. *Bien essayé mon pote, mais je n'aime pas les sucreries.* Je secouais la tête. Je voulais juste rentrer et m'enrouler dans ma couverture. Mais c'était trop demander.

— Tu veux quoi ? Une glace ? Un café glacé ?

Je continuais à secouer la tête. Il finirait bien par comprendre que je n'étais pas intéressée. La vendeuse commença à s'impatienter alors qu'Alex continua à me proposer des boissons avec une patience hors norme. Je devais lui donner des points pour tous ses efforts. Ça me faisait presque regretter d'agir comme une garce. Presque.

— Un bubble tea ?

J'hésitai une seconde de trop avant de secouer la tête. Alex le remarqua et sourit.

—J'en étais sûr.

À ce stade, je le laissai faire. La vendeuse prépara un bubble tea au lait et un café glacé. Lorsque les boissons furent prêtes, Alex me fit signe de le suivre dans le Jardin botanique. Ne sachant pas quoi dire, je le suivais en silence. Quelques mètres plus loin, des touristes prenaient des photos et je m'arrêtais pour faire la photobomb. Une grimace et un triple menton plus tard, je continuai mon chemin. Alex m'observa, visiblement confus. Je haussai les épaules.

— Il faut bien leur donner un souvenir de la population locale.

— Je ne m'attendais pas à ça.

J'acceptai le bubble tea qu'il me tendait. Que pouvais-je bien dire ? Le bubble tea est mon péché mignon. La seule boisson sucrée que je me permettais de boire de temps en temps. Bon OK, la plupart du temps.

— Quoi ? demandai-je en aspirant une gorgée. Parce que je suis coincée du cul, tu crois que je ne sais pas faire autrement que me prendre au sérieux ?

Alex était désemparé. Je ne savais pas pourquoi, mais je prenais du plaisir à faire augmenter sa confusion. « Les filles coincées ne sont pas mon genre ». *Tu vas voir ce que tu vas voir.* OK, d'où venait cette mesquinerie ? En général, je ne me souciais pas de ce que les gens pouvaient penser de moi. Mais j'étais jolie, et plutôt bien proportionnée. Les seules qualités que je savais me donner. « Les filles coincées ne sont pas mon genre ». *C'est cela, oui.* La façon dont il l'avait dit m'avait pris à rebrousse-poil bien plus que je ne voulais l'admettre. Alex se frotta l'arrière de la tête, ne sachant pas trop quoi dire. À ce moment-là, il avait l'air si jeune et ouvert, chose que je ne voyais pas souvent chez lui.

— Hum, eh bien… oui.

Il était vrai que je passais toujours pour la fille coincée et un peu hautaine, mais c'était juste une façade. J'aimais faire des plaisanteries. Je n'avais juste plus mon acolyte qui participait dans mes espiègleries.

— Touché, acceptai-je en prenant une autre gorgée. Tu sais, il y a quelques années, je n'étais pas ainsi. J'ai dû grandir très vite lorsque mon frère était tombé malade, mais je n'étais pas aussi sérieuse et chiante autrefois. J'adorais faire des blagues et pour tout te dire, mon frère et moi étions un duo plutôt infernal. Ma mère devenait folle à cause de nous. Il nous arrivait d'échanger le sucre et le sel, ou d'appeler des inconnus en essayant de leur vendre des sex-toys.

*Attends. Pourquoi est-ce que je lui raconte ça ?* Le but était de le faire chier au point où il ne voudrait plus me voir, et non lui raconter des faits personnels. Alex vint s'asseoir à côté de moi, les yeux rivés sur la fontaine.

— J'aurais aimé rencontrer cette partie de toi.

— Les gens changent, pour le meilleur ou pour le pire.

— Je veux bien lever mon verre à ça.

On trinqua. C'était bizarre, mais pour une fois, il y avait une sorte de compréhension entre nous. J'espérais juste que cela ne devienne pas une habitude.

# CHAPITRE 7

# Alex

— Ça va, ma rouquine ?

Comme à son habitude, Alex entra dans la chambre d'Elena pour l'aider avec les cours. Depuis que la rééducation de sa jambe avait commencé, sa présence à l'école se faisait plus rare. Elena fronça les sourcils en voyant Alex débarquer. Malgré le fait qu'il venait plusieurs fois par semaine, elle se mettait toujours à râler dès son arrivée.

— Mes cheveux ne sont pas roux, mais blond vénitien. Il y a une nuance.

Alex leva les yeux au ciel. Est-ce qu'elle allait être contente de le voir un jour ? Il décidait de l'embêter un peu plus.

— Tu rigoles ? Tes cheveux sont orange. Ça veut dire que t'es rousse, chérie.

Contrairement à ce qu'il attendait, Elena posa ses mains sur son cœur et fit semblant d'être blessée. Alex sourit. Ça n'arrivait pas facilement qu'elle se prête au jeu.

— Zut. Tu brises mes rêves. Il paraît que les roux n'ont pas d'âme.

— Et tu y crois ?

— Non, dit-elle d'un ton détaché.

— Cesse d'être aussi dramatique alors.

Alex sortit les manuels de son sac et s'assit au bureau. La jeune femme rouspétait régulièrement sur la présence d'Alex dans sa maison, mais elle semblait avoir compris qu'il allait continuer à venir. Au départ, il était venu à la demande de sa mère ; maintenant il se trouvait être intrigué par la danseuse. Tous les deux assis devant le MacBook d'Elena, Alex tenta de charger une page de recherche. Or, rien ne se passait et le curseur de progression dansait devant leurs yeux. Alex soupira.

— Je déteste ce petit cercle coloré.

— Moi aussi, mon cher.

Il décidait d'être aussi dramatique qu'elle.

— Regarde-moi ça ! On a un point en commun. Tu vas voir, on va se lier d'amitié grâce à ce qu'on déteste.

Elena haussa un sourcil. Si elle essayait de rester impassible, les coins de sa bouche se levèrent malgré elle. Alex comprit qu'il était sur la bonne voie.

— Je doute qu'on ait des points en commun.

Son attitude était un peu snob, mais cela faisait partie du deal. Alex avait compris comment elle fonctionnait. Sous son attitude hautaine et froide, Elena cachait un cœur sensible qui avait été blessé bien trop souvent. Sa façade servait de protection. Il devait continuer sur sa lancée. Peut-être qu'il finirait par trouver une faille dans ses défenses.

— Alors, que détestes-tu ?

Elena cligna une seule fois avant de répondre.

— Je hais l'hypocrisie.

— Moi aussi.

— Et la pitié.

Elle voulait faire passer un message. Un message on ne peut plus clair. Alex n'allait pas se laisser abattre. Il était si près du but.

— Moi aussi ! Tu vois ? Pleins de points en communs.

Elena fit claquer sa langue. Elle avait espéré trouver une faille chez Alex, mais elle n'arrivait pas à passer à travers sa bonne humeur. Elle soupira et joua le jeu. D'un air peu enjoué, elle demanda :

— Et toi qu'est-ce que tu détestes ?

*Trop de choses.*

— Le coca cerise et le coca vanille. C'est immonde.

— Tu rigoles ? Le coca vanille c'est super bon !

Alex ne put s'empêcher de grimacer, ce qui causa l'hilarité d'Elena.

— J'arrive pas à croire que tu aimes cette horreur. Ça a un goût tellement chimique.

— Et le goût du coca classique c'est pas chimique ?

— Touché, avoua-t-il en soupirant.

Ils reportaient leur attention sur l'écran, mais la page ne chargeait toujours pas. Alex ferma l'ordinateur et sortit ses notes de son sac.

— Bon, peu importe si la vidéo ne charge pas. Je l'ai déjà vue, alors je peux t'expliquer. Ce n'est pas compliqué.

— Il s'agit d'une vidéo qui explique le rayonnement radioactif. D'où c'est pas compliqué ?

Elena fronça les sourcils, visiblement pas convaincue. *Voilà une faille.*

— Tu as des difficultés en physique ?

— Tu n'en as pas ? s'étonna la jeune femme.

— Non, j'aime bien.

— Oh, tu aimes les sciences ?

Contrairement à beaucoup de gens, Alex aimait bien tout ce qui était en rapport avec des chiffres. Il y avait des règles et de la logique. Et tout ce qui avait des règles bien définies était prévisible. Et Alex aimait ce qui était prévisible. Les choses logiques étaient faciles à contrôler.

— Juste la physique et les maths. Tout ce qui est chimie et bio me paraît plus abstrait.

— Moi c'est l'inverse. Je comprends la chimie et les maths. Mais plus j'essaye de comprendre la physique, moins je comprends.

Alex lui sourit et ouvrit son bloc de feuilles. Il lui expliquait et l'aidait à résoudre les exercices. Pendant qu'ils étudiaient, Alex comprenait comment Elena avait réussi à être en tête de classe chaque année. Elle était une bosseuse. Même quand elle ne comprenait pas, elle s'entêtait et recommençait jusqu'à ce qu'elle y arrive. Alex était impressionné.

Au bout de quelques heures, ils s'arrêtaient enfin. Méritant une pause, ils décidaient d'aller chercher une glace. Alex fut étonné de voir qu'Elena ne prenait qu'une boule de glace vanille et un bubble tea. C'était un choix de parfum étrangement basique pour quelqu'un avec un caractère aussi ronchon, mais il décida de ne faire aucun commentaire. S'il disait quoi que ce soit, elle serait capable d'écraser son cornet sur le haut de sa tête. Ils s'assirent sur un banc dans le parc et regardèrent les canards nager dans l'étang. Alex ne comprenait pas trop pourquoi elle aimait tant observer des volatiles dans une mare. Après tout, ils faisaient la même chose tous les jours.

— Parle-moi de toi.

Alex tourna la tête vers Elena, ses paumes devenant moites. Son attention était toujours rivée sur l'eau. C'était la première fois qu'elle montrait une certaine curiosité envers lui. Mais maintenant qu'Elena souhaitait en savoir plus à son sujet, il ne savait pas quoi lui répondre.

— Qu'est-ce que tu veux que je te dise ?

Elle haussa les épaules.

— Peu importe. J'ai l'impression que tu sais presque tout à mon sujet, même si cette idée ne me plait guère. Or moi je ne sais rien à propos de toi. Ça semble plutôt injuste, tu ne crois pas ?

Elena se retourna vers lui. Quelque chose dans ses yeux bleus indiquait qu'elle n'avait pas l'intention de le laisser se défiler. Elle avait encore du mal à soutenir son regard, mais au moins elle essayait d'aller vers lui. Alex se passa une main dans les cheveux en réfléchissant. Il avait voulu qu'elle s'ouvre à lui, et maintenant elle semblait attendre la même chose de sa part. Et ça, ça ne faisait pas partie du plan. Que pouvait-il bien dire qui n'était pas trop personnel, mais suffisamment intéressant pour qu'elle soit satisfaite de la réponse ? La seule idée qui lui venait n'était pas brillante, sauf qu'il n'avait pas trop le choix. Les choses avaient été tellement plus simples lorsqu'elle s'était contentée de l'ignorer.

—À l'école primaire, j'avais le plus gros béguin imaginable pour toi.

Elena avala son bubble tea de travers et attrapa un mouchoir dans son sac. Elle frotta son nez tout en toussant. Comment une fille aussi élégante arrivait à faire sortir du thé par son nez était un mystère. Alex l'observa, à moitié dégoûté et à moitié amusé. Au bout de quelques secondes, elle retrouva son allure habituelle.

—Je croyais que je n'étais pas ton genre.

— Tu l'étais à l'époque.

Un sourire moqueur se dessina sur ses lèvres.

— Décidément. Tu avais des goûts de chiotte à l'époque.

— Pourquoi tu dis une chose pareille ?

— De toutes les filles en primaire, je n'étais pas la plus jolie ni la plus raffinée.

C'était vrai. Lorsqu'ils étaient en début de primaire, Elena était complètement différente de la personne qu'elle est aujourd'hui. Ses cheveux roux lui arrivaient juste au-dessus des épaules et ses yeux brillaient toujours de malice. À l'époque, Alex la trouvait très cool. Si elle ressemblait plus à un garçon manqué, son grand sourire aux dents inégales l'avait toujours charmé. Quand il était enfant, il était si timide alors qu'elle était un rayon de soleil très bruyant. Les temps avaient changé et ils avaient grandi. Maintenant ses dents étaient toutes droites, mais son sourire chaleureux avait disparu.

— C'est vrai, mais tu étais la plus chouette de toutes. J'essayais de t'impressionner.

Elle pouffa.

— Ce n'est pas comme ça que je m'en souviens. Un jour tu m'as offert un bracelet avec des coquillages, et le lendemain tu me lançais tes crayons à la figure.

Alex rigola à son tour. Il avait été très pataud avec les filles en primaire. À plusieurs reprises il s'était promis qu'il irait lui confesser ses sentiments, et à chaque fois il avait fini par se dégonfler. C'était agréable de penser à ces moments où ils avaient été deux enfants normaux que la vie n'avait pas encore détruits. C'était bon de renouer avec quelqu'un à qui il avait tant tenu autrefois. Même s'il devait rester sur ses gardes.

—Je n'ai jamais affirmé que ma tactique pour t'impressionner allait fonctionner.

La jeune femme secoua la tête, mais elle s'amusait. Au moins un tout petit peu.

— Merci, dit Elena en fourrant une cuillère de glace dans sa bouche. Je te dois une fière chandelle.

— Tu ne me dois rien du tout.

Elle pinça les lèvres. Elle avait vraiment envie de lui écraser son cornet sur la tête. Il le voyait à son regard.

— Tu viens de passer toute l'après-midi à m'expliquer le rayonnement et de m'aider à résoudre les exercices préparatoires alors que tu n'y étais pas obligé. Je te suis reconnaissante.

— Avec plaisir.

Elena reposa son attention sur les canards. Parfois il se demandait ce qui passait dans sa tête. À quoi pensait-elle ? Comment voyait-elle le monde ? Elena se retournait à nouveau vers lui. Maintenant qu'elle s'était réveillée, elle commençait à creuser.

— Pourquoi tu es aussi gentil avec moi ? Depuis le début je me comporte mal avec toi.

Alex sourit. Il était vrai qu'elle avait été vache par moments, ce qui était une bouffée d'air frais. Contrairement à beaucoup de personnes, Elena lui tenait tête. Les gens avaient tendance à rester loin de lui. Surtout quand ils avaient tort. Elena, même quand elle savait qu'elle avait tort, ne démordait pas. Était-ce de la mauvaise volonté où de l'entêtement, Alex l'ignorait. Si seulement elle pouvait le regarder dans les yeux quand ils se prenaient la tête. Mais ça, c'était un souci pour plus tard.

—Je ne suis pas aussi gentil que tu le crois.

Il n'allait pas prétendre l'être. Il y avait une partie de lui qu'il ne voulait pas qu'elle découvre. Une partie de lui pleine de noirceur. Et s'il le pouvait, il l'effacerait de sa mémoire pour toujours, mais en aucun cas Elena ne pouvait le savoir. Ça entacherait la façon dont elle le voyait, et il ne pouvait pas vivre avec ça. Elena le regardait comme si elle savait ce qu'il pensait. C'était impossible, pourtant la sincérité dans ses yeux lui donnait la chair de poule. Pourvu qu'elle n'y voie que du feu.

— Tu l'es avec moi. Pourquoi ?

*Parce que tu es comme moi.*

— Disons que je crois que ma présence peut être bien pour toi. Je sais que tu traverses une période difficile en ce moment. Il n'y a pas si longtemps, j'ai moi aussi traversé une période difficile, et si j'avais eu un ami qui était resté auprès de moi à cette époque, je crois que ça m'aurait permis d'avancer plus facilement.

Cela l'aurait peut-être aidé de prendre un meilleur chemin que celui qu'il avait emprunté.

— Tu veux être mon ami juste parce que tu ne veux pas que je sois seule ?

— J'apprécie aussi ta compagnie.

Bien plus que ce à quoi il s'était attendu.

— Tu le penses vraiment ?

Alex avait réussi à passer à travers la muraille d'Elena. Il espérait juste qu'elle n'arriverait pas à franchir la sienne. Elle avait l'air si vulnérable et si pleine d'espoir. À ce moment-là, elle ressemblait à la petite fille qu'il avait tant adorée autrefois, et Alex savait qu'il avait perdu la partie. Mais que pouvait-il faire quand la chute était si facile ?

— Bien sûr. Soyons amis ?

Elena finit par hocher la tête.

— J'aimerais beaucoup.

# CHAPITRE 8

# Alex

La maison des Fleureau était baignée dans un silence peu commun. Généralement il y avait toujours la télévision ou une radio allumée dans l'une des pièces. Aujourd'hui le silence absolu régnait. Alex fut surpris de voir Elena couchée en boule sur son lit. C'était comme si elle essayait de se faire plus petite. Pour ainsi disparaître. Quelque chose de mal avait dû se passer. Cette réalisation le désarçonna.

Il posa sa main sur son épaule pour essayer d'attirer son attention. Elena sursauta et leva la tête vers Alex, retirant ses écouteurs. Elle ne l'avait pas entendu entrer. Ses joues étaient baignées de larmes. Alex avait eu raison. Sans lui laisser le temps de réagir, il vint s'asseoir à côté d'elle et la prit dans ses bras. Elena éclata en sanglots. Il la laissa pleurer. Il semblerait que personne n'avait été là pour elle depuis bien trop longtemps.

— Qu'est-ce qui ne va pas ?

Elena s'accrochait à lui comme à une bouée de sauvetage. Alors qu'Alex s'était promis de ne pas trop s'attacher à elle, aucune de ses résolutions n'avait d'importance quand Elena était si proche de lui.

— Aujourd'hui ça fait trois ans que mon frère est mort.

— Je suis désolé pour toi.

— Ne le sois pas. J'aurais dû mourir à sa place.

Il sentit son cœur louper un battement. Alex savait qu'Elena avait beaucoup de mal avec sa situation familiale et son accident, mais jamais elle n'avait parlé de mourir. Il n'avait jamais réalisé à quel point elle était brisée à l'intérieur. Comme lui.

— Ne dis pas ça. Ta vie vaut autant que celle de n'importe qui.

— Alors pourquoi j'ai l'impression de ne pas mériter de vivre ?

Ses larmes se mirent à couler de plus belle. Comment une personne aussi gentille pouvait-elle se sentir si jetable ? Alex resserra son étreinte. Si seulement il pouvait lui faire comprendre à quel point elle était précieuse.

— C'est ton père qui t'a dit ça ?

— Je me demande si quelqu'un réaliserait si je disparaissais. Je ne manquerais à personne.

— Tu me manquerais à moi.

Cette nouvelle le décontenança. Alex mit cette pensée dans une boîte de son esprit. Une qu'il ouvrirait plus tard.

— C'est faux. Il n'y a rien en moi qui puisse te manquer.

Alex ne savait pas quoi faire. Elena était désespérée. Lorsqu'il avait été plus jeune, Alex s'était trouvé au bout du gouffre, mais sa mère avait été avec lui à chaque instant. Entre un père qui ne l'aimait pas et une mère qui ne la défendait jamais, Elena était seule. Alex lui caressait les cheveux.

— Tu es mon amie. Bien sûr que tu me manquerais. Je sais que tu n'arrives pas à y croire pour l'instant, mais je serais triste si quelque chose t'arrivait.

Elena nicha son visage dans le cou d'Alex, l'enveloppant avec son doux parfum de fleurs de cerisier.

— Mes parents sont partis visiter sa tombe. Il n'a pas voulu que je vienne.

— Tu n'as jamais eu la chance de faire le deuil de sa mort. Ton père ne t'a jamais laissé faire, n'est-ce pas ?

Elena avait toujours pris sur elle, avait toujours encaissé les coups émotionnels et physiques sans jamais avoir eu l'occasion de se remettre, croyant ne pas mériter d'aller mieux. Alex n'arrivait pas à imaginer ce que c'était de se faire écraser sans relâche jusqu'au point de croire que sa propre vie n'avait plus la moindre valeur.

— Allons-y.

Elena s'écarta de lui comme s'il venait de la gifler.

— Quoi ?

— Allons voir sa tombe.

La jeune femme joua avec ses mains, comme si elle ne savait pas quoi faire d'elle-même. C'était troublant de la voir ainsi. Elle qui avait toujours l'air si calme et stoïque, était maintenant une épave. Alex se demandait si c'était une erreur de lui avoir proposé d'aller au cimetière, mais au fond de lui il savait que c'était ce dont elle avait besoin. Il était temps qu'elle puisse enfin accepter la mort de son frère. Sinon jamais elle ne serait capable d'aller de l'avant.

—Je ne sais pas si c'est une bonne idée. Mon père m'a dit de ne pas y aller.

— Quand vas-tu commencer à vivre pour toi ?

— Tu dis ça comme si c'était facile.

— Ce n'est pas facile.

Oh Seigneur, il savait. Lui-même n'avait pas eu facile à remettre sa vie sur pied, mais il essayait. Même s'il luttait la moitié du temps. La vie était dure. En fait, c'était un putain de merdier, mais il fallait aller de l'avant. Il voulait qu'elle avance et aille mieux. Elena leva les yeux vers lui. Pour la première fois, elle était capable de le regarder dans les yeux. Elle était prête. Alex se leva et de lui tendit sa veste.

—Je suis en pyjama.

—Je ne suis pas sûr que ton frère y aurait vu un inconvénient. Allons-y.

Il s'attendait à ce qu'elle riposte. Elle se contenta de frotter ses yeux avant de hocher la tête. Alex lui ébouriffa les cheveux et elle repoussa sa main, mais un petit sourire se dessina sur ses lèvres.

Pendant le trajet, Elena ne dit rien. Elle tordait ses doigts nerveusement. Lorsqu'ils arrivèrent, Alex attendait à ce qu'elle réagisse, or Elena était perdue dans ses pensées.

— Tu veux que j'attende ici ?

Contre toute attente, elle secoua la tête. Au loin ils voyaient Maura et Frank rejoindre leur voiture. Une fois qu'ils étaient partis, Alex et Elena sortirent de la Polo. Il posa sa main sur son dos. Elle tremblait légèrement.

— Ne t'en fais pas princesse, tu n'es pas seule.

***

# Elena

Voir la tombe de mon frère m'avait permis de comprendre certaines choses. Un, Mick était bel et bien mort, et plus jamais il ne me reviendrait. Je le savais de manière objective, mais voir sa tombe trois ans plus tard ne faisait que confirmer ce que j'avais essayé d'ignorer pendant tout ce temps. Cela faisait prendre ma tristesse de l'ampleur, chose que je croyais impossible. Apparemment il n'y a pas de limite à la quantité de douleur qu'un cœur humain peut ressentir. La seule chose qui change est qu'on finit par s'y habituer.

Deux, je n'avais plus aucune nouvelle de ma meilleure amie. On n'avait jamais été ce duo qui s'envoyait des messages tous les jours, mais pour l'anniversaire de la mort de mon frère, j'avais espéré un peu de soutien de sa part. Or, depuis plus d'une semaine, je n'avais plus aucune nouvelle. Pourtant, elle avait vu mes messages. Était-ce ainsi que notre amitié allait se finir ? En s'ignorant ? C'était l'impression que j'avais en tout cas.

Trois, je ne voulais pas mourir. En voyant la tombe, je m'étais préparée à l'idée de me sentir encore plus coupable d'avoir été celle qui vivait ; ce n'était pas le cas. Je suis sûre que la présence d'Alex y était pour beaucoup.

Et quatre, je ne voulais plus mener la vie que je menais actuellement. Mais j'étais lâche. Et j'avais peur. Mon seul ticket de sortie m'avait été enlevé le jour de mon accident.

Maintenant j'étais coincée dans une vie dont je ne voulais pas, tout en étant incapable d'en sortir. Et cette réalisation était la pire de toutes. La psychologue m'observait, les lèvres pincées. Cela faisait une demi-heure que j'étais assise sur son canapé sans avoir dit le moindre mot.

— Elena, je crains que tu ne t'enfermes à nouveau dans un mutisme. S'il te plaît, dis-moi comment tu te sens ?

Mal ? Triste ? Désemparée ? Complètement dépassée ? Une chiée de réponses me venait en tête, mais je ne savais plus laquelle choisir. J'étais tellement fatiguée.

— Ça changerait quoi que je cesse de parler ? Ce n'était pas comme si ma parole avait la moindre valeur.

— C'est là que tu te trompes. Tu as autant de valeur que n'importe quelle autre personne.

Je sentis le vide qui s'était installé dans ma poitrine se creuser. Oui, j'avais autant d'importance que n'importe quelle autre personne, mais non, ma parole n'avait pas la moindre valeur. Si quelqu'un pouvait essayer de faire comprendre à mes parents que tout comme mon grand frère (paix à son âme), j'avais moi aussi une âme et des sentiments, et que je valais autant que lui, j'étais preneuse. Sauf que personne ne ferait ça. Et ça, c'était la réalité dans laquelle je me trouvais.

—Je n'ai pas l'impression d'être une personne. Je n'ai même plus l'impression d'être humaine. Juste une tache indélébile qu'on essaye de faire disparaître coûte que coûte. Alors quelle importance ?

La psychologue me sourit, les larmes aux yeux. Je venais littéralement d'insinuer que ma vie ne valait rien et que je pouvais probablement disparaître de la surface de la Terre sans que personne ne le remarque. Pourquoi avait-elle l'air si soulagée ?

— Ceci est la première fois que tu es honnête lors d'une séance. Tu es enfin prête à aller mieux.

Je ne me sentais absolument pas prête. Comme toujours, j'avais l'impression que tout dans ma vie allait de travers et que je n'arrivais pas à garder la tête hors de l'eau. Je coulais, encore et toujours. J'étais habitué à ce sentiment de couler, maintenant. Et jamais je ne touchais le fond. Ça aussi c'était devenu une habitude.

— Je ne me sens pas prête.

— Mais tu l'es.

***

Kelsey entra dans ma chambre et alla s'asseoir sur le divan. Pas de bonjour, pas de bisou, rien. Elle avait l'air d'être venue ici pour parler affaires. Elle qui était généralement si heureuse et pétillante, je la reconnaissais à peine. J'avais l'impression de me trouver face à un mur.

— Où étais-tu passée ? Ça fait plus d'une semaine que j'essaye de te joindre.

— J'étais occupée.

Sa voix était froide. Comme si elle venait de réciter un texte qu'elle avait appris par cœur. Je fronçai les sourcils. Qu'est-ce qui lui prenait ?

— Occupée avec quoi ? Qu'est-ce qui pourrait être plus important que le troisième anniversaire de la mort de Mick ?

— Moi, répondit-elle sans cligner des yeux.

— Je ne suis pas sûre de comprendre.

— J'avais besoin de temps pour moi.

— Et moi j'avais besoin de toi !

Pendant trois ans j'avais fermé ma gueule, mais maintenant j'avais vraiment besoin du soutien de ma meilleure amie. Son regard devint froid. Elle aussi allait me quitter. C'était ça qui allait se passer, n'est-ce pas ?

— Tu n'es pas la seule à avoir perdu quelqu'un d'important ce jour-là, Léna. J'avais besoin de temps pour moi. J'ai toujours besoin de temps pour moi, alors je crois qu'il serait mieux qu'on s'éloigne un peu.

— Qu'est-ce que tu me dis ?

— On n'est pas bien l'une pour l'autre. Je pense que nous ne devrions plus être amies.

Kelsey quitta la chambre sans se retourner. Mon cœur était lourd, mais il n'y avait plus de larmes. J'étais trop fatiguée pour pleurer.

***

# Alex

Elena se plaça devant Alex, un bouquet de tulipes jaunes en main. Elle se tenait droite comme un i, déterminée. Alex haussa un sourcil. Il referma son casier et lui accorda son attention. La dernière fois qu'il l'avait vue, était lorsqu'ils avaient été voir la tombe de son frère. Cet événement lui avait fait quelque chose. Il y avait quelque chose de légèrement différent chez elle, mais il n'arrivait pas à mettre le doigt dessus.

— Tu as un admirateur secret ?

Elena fronça les sourcils, ne comprenant pas où il voulait en venir.

— Quoi ? Pourquoi tu crois ça ?

Alex montra les fleurs du menton. Pour une raison étrange, Elena s'empourpra. *Adorable.* Certains élèves les regardaient avec curiosité avant de continuer leur chemin. Ils formaient un duo assez particulier.

— Oh heu… elles sont pour toi en fait.

Alex pouffa. Il avait clairement mal entendu. La danseuse fronça les sourcils de plus belle, visiblement vexée. Peut-être qu'il avait bien entendu. Elena lui balança les fleurs à la figure avant de relever la tête et de partir dans la direction opposée. Alex dut faire de son mieux pour les rattraper. Elle pressa le pas et sortit du bâtiment.

— Elena, attends ! Ne sois pas vexée.

— Laisse tomber.

— Merci pour les fleurs.

D'un geste vif, elle se retourna vers lui. Voilà donc ce qui avait changé. Elena devenait plus téméraire. Il lui restait un long chemin à parcourir, mais la danseuse semblait avoir décidé de ne plus se laisser marcher dessus aussi facilement.

— Est-ce que c'est une blague ?

— Quoi ? Non !

— Tu ne sembles pas très heureux de recevoir des fleurs.

Elle croisa ses bras sur sa poitrine en levant le menton. Seigneur, elle était exaspérante, et pourtant il aimait ça.

— Pourquoi tu voudrais m'offrir des fleurs ?

Sa façade retomba.

— Elles étaient jolies…

— Tu… m'as offert des fleurs, car tu les trouvais jolies.

Elena dansa nerveusement d'un pied à l'autre. Elle avait eu l'air d'une dure à cuire pendant un moment ; maintenant elle ressemblait juste à un chou à la crème. Alex avait envie de l'enrouler dans une couverture, et de lui donner de la glace. *Attends, c'est bizarre ça.* Il secoua la tête.

— Pourquoi es-tu aussi gentille avec moi ? Je ne le mérite pas.

—Je t'aime bien, alors il faudra t'y faire.

Elena s'assit sur un banc du parc en face de l'école. Kelsey passa devant eux sans lancer un regard dans leur direction. Au début, il pensait qu'elle ne les avait pas vus, mais en voyant la tête de chien battue d'Elena, Alex comprit que quelque chose se tramait. Au moment où il se retournait vers elle pour poser la question, elle parlait.

— Alex, tu penses que je suis une mauvaise personne ?

— Non. Pourquoi tu penses ça ?

— Tu me trouves égoïste ?

— Tu l'es. Nous le sommes tous. C'est pour ça que tu es humaine.

—Je suis trop égoïste ?

D'où lui venait cette idée ? Oui, Elena était parfois difficile à vivre, et oui, c'était très difficile de l'atteindre tellement elle était fermée et butée. Mais de tous ses défauts, égoïste n'était pas un mot qui lui venait en tête lorsqu'il pensait à elle. Elena essayait toujours de plaire aux autres au point de ne pas vivre pour elle-même. Alex croisa les bras.

— OK, qu'est-ce qui se passe ?

Pendant un instant, elle ne dit rien. Alex attendait, mais aucun son ne sortait de sa bouche. Il décida de la brusquer un peu. Elle était le genre de personne qui avait besoin d'un coup de pouce par moments.

— Elena, parle-moi.

Elle leva les yeux vers lui et soupira. Le temps qu'elle lui raconte, Alex se pinça l'arête du nez. Au début il avait jugé Kelsey, tout en lui laissant le bénéfice du doute. Au bout du compte, il avait eu raison. Elle était une peste. Ne pas avoir ce genre de personne dans sa vie était probablement la meilleure chose qui pouvait arriver à Elena, même si ça la rendait triste.

—Je pense qu'il est temps pour toi de passer ta vie avec des gens qui se soucient de toi.

—Je suppose que je serai toujours seule, alors.

— Nah, tu m'as moi.

Elena posa sa tête sur son épaule.

— Pauvre de toi.

# CHAPITRE 9

## *Elena*

Je m'emmitouflai dans mon manteau bordeaux et mon écharpe moutarde, et me dépêchai de sortir de la maison pour attendre Alex. Après quelques minutes, la Polo se gara devant ma maison. Mon ami haussa un sourcil en me trouvant à l'extérieur, étonné. Il était vêtu d'un jeans délavé et d'un de ses éternels pulls à capuche. Celui-ci était bleu foncé, comme sa voiture.

— Tu aurais pu rester à l'intérieur, je n'allais pas t'oublier.

— Et si pour changer on allait chez toi ?

Je voyais l'hésitation dans son regard. Peut-être n'aurais-je pas dû demander une telle chose.

— Pourquoi ? Ici c'est bien aussi.

— Je n'ai pas trop envie de rester ici aujourd'hui, avouai-je.

Mes parents s'étaient encore embrouillés quelques heures plus tôt, et je préférais ne pas être dans les parages quand mon père allait rentrer de Dieu ne sait où. D'un autre côté, en voyant le regard méfiant d'Alex, avais-je commis une erreur en lui demandant d'aller chez lui ? Peut-être qu'il ne voulait pas que je rencontre sa famille ? Ce serait absurde. Je la connaissais déjà. Peut-être qu'il préférerait que notre amitié et le reste de sa vie soient séparées. Étions-nous vraiment des amis du coup ? Comme toujours, mes pensées devinrent incontrôlables. Les idées négatives se bousculèrent les unes les autres. Alex posa une main sur mon épaule, ce qui me sortit de ma transe.

— Je sais à quoi tu penses. Ne fais pas cette tête. On va y aller si tu veux.

Je secouai la tête et fis un pas en arrière. Qu'est-ce qui m'avait pris ? J'aurais mieux fait de ne pas sortir de ma chambre.

— Tu ne veux pas que j'aille chez toi. Je ne vais pas m'imposer.

Alex leva les yeux au ciel, exaspéré. D'où il sortait toute cette patience à mon égard, je l'ignorais. Parfois elle s'effritait. Pourtant, Alex tenait bon.

— On y va.

Il se dirigea vers sa voiture, puis se retourna pour vérifier si je le suivais. Voyant que je n'avais pas bougé d'un poil, il soupira et se passa une main dans les cheveux déjà ébouriffés à la Stiles Stilinski.

— Est-ce que tu sais ce que tu veux ?

Je fronçai les sourcils.

— Je sais que tu ne veux pas que j'aille chez toi. Laisse tomber, je ne te le demanderai plus.

Alex se plaça devant moi et mit son visage au niveau du mien. Il avait vraiment l'air agacé. Ne sachant pas soutenir son regard, je baissai les yeux.

— Soit tu montes dans cette voiture de ton plein gré, soit je te mets dedans.

Je soufflai. Il ne le ferait pas, si ? J'étais une personne faible et il le savait.

— Tu n'oserais pas.

— Tu veux essayer ?

Je me dépêchai de monter dans la Polo et évitai de regarder dans la direction d'Alex. Le paysage défilait sous mes yeux pendant qu'il conduisait, mais je n'arrivais pas à me focaliser sur ce qui se trouvait en face de moi. J'avais vraiment l'art de toujours faire tout capoter. Pourquoi je devais toujours tout gâcher ? C'était dans ces moments précis que je me demandais si Alex regrettait d'être venu me rendre visite à l'hôpital. S'il avait su que j'étais ainsi, aurait-il vraiment insisté pour que nous devenions amis ?

— Cesse de ruminer ainsi.

Sa perspicacité n'avait aucune limite.

— Comment tu sais ce que je pense ?

— Ton regard est triste. Je ne voulais pas te donner l'impression que tu n'es pas la bienvenue. Je n'ai juste pas l'habitude d'avoir du monde chez moi.

Il se gara devant sa maison et sortit. Je suivis Alex à l'intérieur de la maison tel un chiot perdu. Je n'arrivais même pas à me souvenir de la dernière fois que j'avais mis les pieds ici. On entra dans la cuisine pour se retrouver nez à nez avec Lexi, la maman de Alex. Ses grands yeux verts s'écarquillèrent lorsqu'elle se rendit que compte que je me retrouvais dans sa maison, en face d'elle.

— Oh Léna, quelle joie de te revoir !

Lexi me serra dans ses bras comme elle l'avait fait tant de fois par le passé. Pendant quelques instants, j'hésitai à la serrer dans mes bras à mon tour, mais finis par céder et lui rendis son étreinte. Il fut un temps où je la considérais comme une tante tellement je la voyais chez moi. Les choses avaient bien changé depuis. Quelque chose dans son regard était triste lorsqu'elle m'observait maintenant. Depuis que mon frère était mort, ma mère s'était laisser submerger par le travail et Lexi avait fini par ne plus venir chez nous. Était-ce parce que ma mère lui avait tourné le dos ou l'inverse ? Je l'ignorais. Dans ses yeux je voyais la pitié qu'elle éprouvait à mon égard, comme si j'étais une petite chose brisée qu'elle n'avait pas réussi à recoller. Elle avait raison. Quelque part je lui en voulais de ne plus être venue me voir ces trois dernières années. Mais quand je regarde comment les choses ont mal tourné pour ma mère et moi, c'était peut-être mieux ainsi.

— Comme tu es devenue belle ! Une véritable femme.

Elle frotta ses yeux humides en souriant. Je lui rendis son sourire. Sa présence me mit étrangement mal à l'aise. Ça faisait trop longtemps. Je ne me souvenais plus vraiment de comment j'étais avec cette femme avant que ma vie ne bascule. Du coin de l'œil, j'aperçus qu'Alex nous observa, les sourcils froncés. C'était bizarre de se dire qu'autrefois, Lexi avait fait partie de mes proches alors qu'Alex et moi nous parlions à peine, et qu'aujourd'hui c'était le contraire.

— Hé, maman, tu n'aurais pas vu mes leggings de danse ?

Une ado aux cheveux brun foncé comme ceux d'Alex entra dans la pièce, mais s'arrêta net en me voyant. Décidément, ils avaient tous du mal à se faire à l'idée que je sois là. J'observai la gamine en silence. J'avais l'impression de l'avoir déjà vue, mais je n'arrivais pas à mettre mon doigt dessus.

— Ça alors, j'en reviens pas que tu sois ici ! s'exclama la gamine en sautillant vers moi. Depuis le temps que je rêve de te rencontrer.

*Attends, quoi ?*

— On se connaît ? demandai-je mal à l'aise.

—Voici Audrey, ma sœur, annonça Alex en faisant tourner sa clé de voiture entre ses mains.

Généralement, j'arrivais à retenir le visage des gens que je rencontrais, sauf que je n'arrivais pas à me souvenir du sien. Elle avait tellement grandi depuis la dernière fois.

—J'allais entrer dans ta classe de danse, mais comme tu as temporairement arrêté…

Audrey ne finit pas sa phrase, ne voulant probablement pas me mettre mal à l'aise davantage. Ses paroles me donnèrent un petit pincement au cœur. Tous les jours, j'essayais de m'occuper l'esprit le plus possible afin de ne pas devoir regarder la vérité en face. J'inspirai un bon coup et me forçai à sourire. Audrey changea vite de sujet.

— Es-tu aussi souple qu'on le dit ?

Je ne pus m'empêcher de rigoler et acquiesçai. Son insouciance était rafraichissante.

— Tu veux voir ?

La jeune fille hocha la tête à son tour de manière enthousiaste. Gardant mes pieds sur le sol, je laissai mon buste partir en arrière jusqu'à ce que j'arrive à toucher le carrelage avec les mains.

— Mais cette fille n'a pas de colonne vertébrale, s'écria Audrey.

— Je n'arrive pas à savoir si je suis dégoûté ou impressionné, rajouta Alex.

***

— Apprends-moi une chorégraphie, s'il te plaît !

Avant que je n'aie eu le temps de répondre, Alex réprimanda déjà sa sœur. Son regard était sévère. Être un grand frère lui allait comme un gant. Cela lui donnait un air attachant. Et encore plus attirant.

— Audrey, tu sais qu'elle s'est fait opérer. Laisse-la tranquille.

— Ça ne me dérange pas, le rassurai-je, haussant les épaules.

Cela me donnait une bonne excuse pour pouvoir danser, et ça me permettait de rendre une ado de quatorze ans heureuse. Je vis à son regard qu'il avait envie de me contredire. Au lieu de ça, Alex soupira, mais hocha la tête.

— Ne force pas. D'accord ?

— OK ! s'exclama Audrey. Apprends-moi une danse bien badass !

Si seulement je pouvais être aussi insouciante qu'elle. Ma vie avait pris un mauvais tournant quand j'avais son âge. Tout ce qui avait eu lieu avant ça semblait être des fragments d'une autre vie. D'une autre moi.

— Que penses-tu de *The Feels* de Twice ? Elle n'est pas si compliquée que ça, mais elle est chouette.

Elle hocha avec tellement d'enthousiasme que je craignais qu'elle ne perde sa tête. Mon Dieu, c'était si bon de pouvoir danser à nouveau.

Mes mouvements n'étaient pas aussi précis que je ne l'aurais voulu, mais pour la première fois depuis des mois je dansais. Même si je ne pouvais faire qu'une partie des pas, c'était déjà plus que ce que je n'avais espéré. Plus que ce que je pensais était possible. Audrey et moi passions plus d'une heure à revoir les pas du premier couplet et refrain. Au moment où je comptais enchaîner, Alex posa sa main sur mon épaule.

— C'est bon comme ça.

— Mais on n'a pas terminé ! m'écriai-je.

— Tu as tout le temps du monde pour lui apprendre la suite. Tu en as fait assez pour aujourd'hui.

Je croisai mes bras sur ma poitrine, me tenant le plus droite possible. D'accord, j'avais dit que l'image du grand frère lui convenait, mais pas quand c'était dirigé contre moi.

— Ce n'est pas à toi de décider.

Alex et moi nous jaugions du regard pendant quelques secondes. Le sien était trop fort et trop intense. Je baissai les yeux au bout de quelques secondes interminables. J'allais vraiment devoir apprendre à soutenir son regard un jour.

— C'est vrai, mais tu sais que j'ai raison.

J'avais envie de riposter, juste par principe, mais Alex avait bel et bien raison. Maintenant que je me tenais immobile, mon genou était un peu douloureux, sans pour autant être inquiétant. Je hochai la tête.

Au moment de souper, Lexi m'invita à manger avec eux. J'essayai de me défiler, mais au moment où Alex et Audrey se mirent à insister, impossible de refuser. C'était agréable de manger avec quelqu'un d'autre que son reflet dans la fenêtre de la cuisine. Lexi déposa un grand plat de pâtes carbonara sur la table, et ça sentait divinement bon. Elle attrapa mon assiette.

— Tu me dis stop, d'accord ?

La maman d'Alex commença à remplir l'assiette. À plusieurs reprises, elle leva les yeux vers moi jusqu'à ce que je fasse signe. Alex haussa les sourcils.

— Tu vas manger tout ça ?

— Tu ne croyais tout de même pas que j'ai survécu à quarante heures de danse par semaine en mangeant une feuille de salade par repas ?

Alex pouffa de rire et Audrey se servit de plus belle. Une fois le repas terminé, je suivis Alex à l'étage. Lorsque nous étions dans sa chambre, Alex ferma sa porte. J'en profitai pour voir à quoi sa chambre ressemblait, mais réalisai à quel point elle était sobre. Même la chambre de Mick avait l'air plus vivante, et pourtant plus personne n'y entrait depuis des années. Le lit était impeccable comme ceux faits à l'armée. La pièce était parfaitement rangée et n'avait presque rien qui la rendait personnelle. Les murs étaient d'un taupe fade, il y avait un lit double et une TV contre le mur. La chambre d'Alex ressemblait plus à une chambre d'amis qu'à la chambre d'un jeune adulte plein de vie. La seule chose qui montrait qu'il y avait quelqu'un qui vivait ici était la PS4 branchée à la télévision et un chargeur iPhone posé sur l'une des tables de nuit. Je m'assis sur le bord du lit, de peur de le défaire.

—Je ne savais pas à quoi m'attendre, mais je ne m'attendais pas à ceci, avouai-je.

Je m'étais attendue à une chambre comme celle de mon grand frère : un lit défait, des chaussettes sales qui traînaient à terre, et peut-être une boîte de mouchoir sur la table de nuit. Mais il n'y avait rien de tout ça. Alex vint s'asseoir à côté de moi en souriant d'un air gêné. Ses joues avaient légèrement rosi.

—Je sais. Ma chambre est plutôt bancale.

Le silence qui régnait dans la pièce me rendait mal à l'aise. Maintenant que j'étais ici, je ne savais pas quoi dire. Comment un jeune homme de dix-huit ans en était-il arrivé là ? Alex fut le premier à briser le silence.

— Parle-moi de ton frère.

Alex était la première personne en dehors de Stacey qui me demandait de parler de Mick depuis son décès. Au début, je ne savais pas quoi faire. Je ne savais pas quoi dire. J'avais évité de parler de lui pendant si longtemps. Faire face à sa mort était encore quelque chose que je devais apprendre à gérer. Alex s'assit contre la tête du lit et je suivis son mouvement. Mick…

—Je ne sais pas si tu l'aurais aimé, avouai-je en souriant. Il était très gentil, mais très énergique. Si extraverti qu'être auprès de lui était parfois fatigant.

Alex était bien plus à l'aise en groupe que moi, mais mon frère avait été d'une tout autre trempe. Il complétait chacune mes lacunes. Lorsque Mick était avec moi, j'avais l'impression d'être une meilleure version de moi-même. Une version plus fière. Maintenant qu'il n'était plus là, c'était comme si la meilleure partie de moi était partie avec lui. Alex me fit signe de poursuivre.

— Il était drôle, et il était ma personne préférée. Tu vois, on a toujours su qu'il était l'enfant préféré de mon père, mais Mick… il n'a jamais laissé ce fait me blesser. Il m'a toujours fait passer en première, il a toujours été à mes côtés, il m'a toujours fait me sentir aimée, même avec les parents que nous avions.

Le perdre, c'était comme perdre mon soleil. Ma gorge se serra. J'inspirai un bon coup en serrant l'un des oreillers contre ma poitrine. Le parfum d'Alex embrumait mon esprit, atténuant légèrement la douleur.

— Dis-moi quelque chose d'autre.

Brisant la barrière invisible entre nous, Alex posa une paume chaude sur mon bras.

— Mick m'emmenait toujours chercher des hamburgers, même si je n'avais pas le droit d'en manger. À cause du ballet, je devais surveiller de très près ma consommation de nourriture, ce qui ne me dérange plus, mais au début, c'était très dur d'être au régime chaque jour de sa vie. Alors il m'apportait secrètement des hamburgers de temps en temps. Et il ramenait des chips dans ma chambre quand personne ne regardait.

—Je suis désolé que tu l'aies perdu. Ton frère semblait être une personne incroyable.

Je mordillai l'ongle de mon pouce en regardant par la fenêtre les voitures circuler. Le monde autour de nous semblait avancer à un tout autre tempo.

— Il l'était et il me manque terriblement. Je ne sais pas si le paradis existe, mais croire qu'il est quelque part là-haut m'aide à accepter qu'il ne soit plus là.

Même si cette pièce semblait vide, il y avait quelque chose ici qui me mettait à l'aise. En quelque sorte.

— Je peux te poser une question ? demandai-je.

Alex me fit signe de parler. Maintenant que j'avais mis mon cœur à nu devant lui, il ne semblait plus si intimidant. En fait, bien qu'il le cachait, Alex était une personne très empathique.

— Pourquoi as-tu hésité lorsque je t'ai demandé de venir ?

— Comment dire… Je n'ai plus ramené qui que ce soit à la maison depuis facilement sept ans. En fait, je ne laisse tout simplement personne entrer dans ma chambre quand je suis là.

Cela expliquait pourquoi sa mère et sa sœur avaient été aussi choquées en me voyant débarquer. Plus je passais de temps avec Alex, plus je le trouvais mystérieux. Pourtant, en règle générale, c'est censé être l'inverse. Avec Alex, j'avais l'impression que dès qu'on essayait de se rapprocher de lui, on se heurtait à un mur. Et pas un mur fait de planches d'OSB. Je parle d'un véritable mur de forteresse, prêt à subir toute attaque venue de l'extérieure. Je ne pouvais m'empêcher de vouloir savoir ce qui se trouvait derrière cette façade. Après tout, il savait déjà tout de moi.

— Pourquoi ?

— Je n'aime pas quand les gens se rapprochent trop de moi. J'ai l'impression de suffoquer.

— Sois honnête. Est-ce que ma présence ici te dérange ?

J'avais peur de ce qu'il allait répondre. Alex comptait vraiment pour moi, même si j'avais souvent l'impression que je tenais plus à lui que lui ne tenait à moi. Rien que l'idée d'être une gêne pour lui me donnait envie de vomir.

— Non. Je me sens étonnamment calme.

Son visage était plus serein que d'habitude.

— Tu n'as donc jamais ramené de fille ici avant moi ?

— Non, jamais, affirma-t-il en secouant la tête.

Impossible.

— Tu faisais comment alors avec tes copines ? Elles ne se sont jamais demandé pourquoi elles ne pouvaient pas venir chez toi ?

Alex se frotta l'arrière de la tête, l'air gêné. C'était étrangement adorable. Je devais faire de mon mieux pour ne pas pincer ses joues.

— Ça va peut-être t'étonner, mais je n'ai jamais été en couple.

J'en perdais mes mots. Alex était réputé pour avoir eu beaucoup de relations. Le fait qu'il n'ait jamais été sérieux me semblait peu crédible. Même les playboys tombent amoureux, non ? Je secouai la tête.

— Tu mens.

— Je ne mens pas. Je ne suis jamais sorti avec personne.

— Comment c'est possible ? Tu as une certaine réputation.

Alex haussa un sourcil, amusé. Il me fit une pichenette sur le front.

— Es-tu vraiment en train de me demander pourquoi je couche autant à droite à gauche ?

Oh, eh bien, c'était une façon assez directe de dire les choses. Son franc-parler ne cessera jamais de m'impressionner.

— J'imagine. Tu n'as jamais rencontré quelqu'un qui te plaisait parmi elles ?

— Si, mais pas suffisamment pour vouloir m'engager dans une relation sérieuse.

Il me sourit, mais il y avait beaucoup de doute dans ses yeux. Pour la première fois depuis qu'on se côtoyait, je voyais qu'Alex était enfin sur le point de vouloir partager une partie de sa vie avec moi. Alors je hochai pour l'encourager.

— J'ai peur de m'attacher à quelqu'un, tout comme j'ai peur de partir en vrille dans ma relation. Si je suis seul, je ne peux faire de mal à personne tout comme personne ne peut me faire de mal. Et même si je trouvais quelqu'un, cette personne finirait par partir une fois qu'elle me connaît vraiment.

Mon Dieu, comme je le comprenais.

# CHAPITRE 10

## *Elena*

Contrairement à ce que j'avais planifié, je passai mon vendredi soir chez Alex. Moi qui pensais qu'il voudrait éviter de m'avoir chez lui, voilà qu'il m'invitait pour qu'on passe la soirée ensemble.

Appuyée contre le plan de travail, j'observais Alex pendant qu'il coupait un concombre en rondelles. Il avait décidé de faire des hamburgers maison, chose que je ne mangeais jamais chez moi. Maman n'aimait pas perdre son temps à cuisiner après le travail, alors elle se contentait de préparer des plats simples et rapides. C'était étrangement domestique d'avoir Alex qui nous préparait à manger.

— Donc non seulement tu es beau et intelligent, mais en plus de ça tu sais cuisiner, observai-je. Les atouts ne sont vraiment pas distribués de manière égale à la naissance.

*Cet homme est trop parfait.* Je commençais à me sentir vraiment nulle en sa présence. Mis à part le sport et l'étude par cœur, je n'avais rien pour être à sa hauteur. Alex haussa un sourcil.

— Au lieu de te plaindre, tu ne voudrais pas m'aider ?

—Je ne sais pas cuisiner.

Sans me laisser le temps de filer, Alex me passa une planche en bambou, un couteau et des tomates.

— Il n'est jamais trop tard pour apprendre. Coupe les tomates en dés.

— Oui, m'sieur.

Je coupai la première tomate tant bien que mal et grimaçai en voyant le résultat. Chaque dé de tomate avait une taille et une forme différente. En coupant la deuxième tomate, je me coupai, comme une conne. Alex leva les yeux vers moi, étonné.

—Je rêve ou tu as réussi à te blesser en coupant une tomate ?

—Je t'ai dit que j'étais nulle en cuisine ! m'écriai-je en faisant la moue.

Je m'assis sur le plan de travail avec mon doigt bandé, laissant Alex s'occuper du repas. Chaque fois qu'il ne regardait pas, je picorais dans le plat de salade, piquant des rondelles de concombres. À un moment donné, Alex réalisa que la quantité de crudités avait diminué. Il retira le saladier et le mit hors de ma portée.

— Si tu ne cuisines pas, tu ne picores pas.

Je soupirai.

—J'ai intérêt à me trouver un copain qui sait cuisiner ou je vais mourir de faim.

— Ne t'en fais pas, j'ai plusieurs recettes dans ma manche.

— Quoi ?

Ses paroles me prirent au dépourvu. J'étais incapable de répondre quoi que ce soit de cohérent. Il ne pensait pas ce qu'il venait de dire, si ?

— Toi et moi, on est chiants. Je ne crois pas qu'on trouvera quelqu'un qui va vouloir de nous une vie entière. Autant rester ensemble.

Même si je savais qu'il plaisantait, je ne pouvais pas m'empêcher de me demander s'il pensait ce qu'il disait. Connaissant Alex, probablement.

— Tu me trouves chiante ?

— Oui. Toi aussi tu me trouves casse-couille.

Ces mots eurent l'effet d'une gifle au visage. Bien sûr, je savais que j'étais ennuyante, mais l'entendre le dire à voix haute faisait mal.

— Pas vraiment, marmonnai-je.

Il était vrai que je n'aimais pas le fait qu'il se soit incrusté dans mon quotidien sans me laisser de choix. Pourtant j'avais fini par apprécier sa compagnie. Quand il ne passait pas son temps à faire des blagues nulles, Alex était plutôt gentil et attentionné. Le fait qu'il me trouve chiante ne me plaisait pas. Comme toujours, j'avais l'impression de ne pas être assez bien.

Alex posa son couteau, fixant toute son attention sur moi.

— Je t'ai vexée. Pourquoi ?

Ne comprenait-il vraiment pas ?

— Tu me trouves casse-couille. Pourquoi ?

— Parce que tu ne me laisses pas entrer dans ta vie.

J'entrelaçai mes doigts, le regardant dans les yeux. Il soutint mon regard avec tellement de force que je devais résister de baisser les yeux. J'avais un mauvais pressentiment pour la suite de cette soirée. Peu importe. Il fallait que je sache.

— D'accord, jouons cartes sur table. Si je te raconte mes secrets les plus douloureux, tu feras pareil ?

— Je n'ai pas de secrets, répondit-il du tac au tac.

Une réponse trop rapide, trop défensive. Il mentait. J'étais stupide, mais pas à ce point.

— Et tu disais que tu n'aimais pas l'hypocrisie.

Alex serra et desserra les poings. Je devais lui taper sur le système. Généralement, il faisait preuve d'un calme imperturbable, mais des craquelures étaient désormais visibles dans sa façade. J'avais enfin eu un aperçu de la personne qui se cachait sous les faux-semblants, et je ne savais pas si cela me plaisait ou non. Alex était détruit, comme moi. Or, lui et moi avions évolué de manières différentes. La vie avait fait de moi une fille apeurée et renfermée sur elle-même. Alex semblait avoir une bête sauvage enfermée au fond de lui. Et lorsqu'elle se libérait de ses chaînes, je n'osais pas y penser. J'avais entendu de nombreux murmures dans les couloirs de l'école, disant qu'Alex avait encore une fois perdu son sang-froid et s'était battu avec quelqu'un à sang. On disait qu'il devenait incontrôlable lorsque la colère le submergeait. En fait, plus je passais de temps avec Alex, plus je comprenais à quel point je ne savais rien sur lui. La partie raisonnable en moi me murmurait de laisser tomber et de ne pas creuser. Pourtant je n'arrivais pas à m'écouter. Comment étais-je censée faire confiance à Alex et construire une amitié avec lui s'il ne me parlait pas ?

— Que s'est-il passé pour que tu sois devenu ainsi ?

Alex croisa les bras.

— Ainsi comment ?

— Tu sais… commençai-je en tournant mes doigts. Légèrement ravagé ?

— Tu crois que je suis ravagé ?

L'air autour de nous devint plus lourd. Plus dangereux.

— Ne sommes-nous pas tous un peu ravagés dans le fond ?

— Tu n'as peut-être pas tort.

Il retourna vers ses légumes, comme si j'allais lâcher l'affaire.

— Qu'est-ce qui t'est arrivé ? demandai-je d'une petite voix.

C'était la goutte de trop. Alex se tourna vers moi, la mâchoire serrée.

— Est-ce que ça a de l'importance ?

Alex commençait à devenir agressif. Une lueur dangereuse dansa dans ses yeux, et mes mains se mirent à trembler. J'avais vu ce genre de regard un nombre incalculable de fois ; ils m'avaient souvent été adressés. Je savais aussi comment les choses pouvaient mal tourner en un clin d'œil si je ne faisais pas attention. Et pourtant, je n'arrivais pas à m'empêcher de dire :

— Oui, ça en a.

— Arrête ! Laisse tomber, s'énerva-t-il en claquant sa paume sur le plan de travail.

Sentant ma peur m'envahir, je décidai de lâcher l'affaire et de prendre du recul. Peu importe ce qu'il cachait, le jeu n'en valait pas la chandelle.

— Crois-tu que tu saurais capable de me faire suffisamment confiance pour que tu puisses m'en parler un jour ?

Le regard perdu dans le vide, Alex releva le menton.

— Il ne s'agit pas de confiance. Je ne veux pas que mon passé influence l'image que tu as de moi.

# CHAPITRE 11

## *Elena*

Alex : *Je vais au terrain de basket. Tu viens ?*
Elena : *Pourquoi pas* ¬ ( ￣ ワ ￣ ) ┌

J'enfilai à la va-vite un jogging gris, un crop top de sport blanc et mes Supra Skytop rouges. Qu'est-ce que je pouvais bien dire ? Le sport, c'est ma vie. Et maintenant que j'étais enfin autorisée à bouger, je n'allais certainement pas gâcher cette opportunité. Ce n'était pas ce même sentiment de bien-être que lorsque j'enfilais mes pointes, mais je ne pouvais pas me plaindre. Sans perdre de temps, j'attrapai mes clés et je partis en direction du terrain de basket. Le temps était étrangement chaud et ensoleillé pour une journée en plein automne. Au bout de vingt minutes de marche, j'apercevais le terrain de basket. Plusieurs personnes étaient déjà arrivées.

Alex s'étirait. Il me fit un petit signe de la main en souriant. Ne connaissant pas ses amis, je me plaçai à côté de lui, légèrement en retrait. Je n'étais pas aussi douée que lui pour les relations sociales avec les gens de mon âge. Je reconnus Lucas et Yves. Ils étaient dans la même équipe de foot qu'Alex. Ils me sourirent, bien qu'ils se demandaient pourquoi j'étais là.

— Où est Tiago ? Ça fait un moment qu'on ne l'a pas vu, demanda Lucas.

— Il est chez Kelsey, répondit Alex en laçant ses chaussures.

— Ça alors, est-ce que notre Wonder Boy deviendrait enfin sérieux ?

— Ne sois pas ridicule, dit Yves. Il va se lasser à un moment donné. Il finit toujours par se lasser, surtout quand c'est la fille qui lui court après.

Je me sentis un peu mal. Devrais-je prévenir Kelsey ? Après tout, elle avait été mon amie pendant des années. Puis je me rappelai que je ne lui devais plus rien. Elle était une grande fille. Elle s'en sortirait bien sans moi. Yves haussa les épaules.

— C'est comme Alex. On se demande combien de temps il va jouer avant de se lasser d'Elena.

*Ça mérite d'être clair.* Lucas me lança un regard paniqué, et Yves sembla se rappeler que je me trouvais parmi eux. Il baissa les yeux.

— Désolé.

— Je ne l'ai pas mal pris. Je me pose la même question.

Alex me lança un regard noir. Je levai les mains d'un air interrogateur. Ça faisait des semaines que je me demandais quand il allait se lasser de moi. Je n'étais pas une personne très intéressante.

— Quoi ?

— Ne te rabaisse pas comme ça.

Deux autres gars nommés John et Gauthier se rajoutèrent au groupe. Autant Gauthier m'ignorait plus ou moins, autant John m'observait d'un regard malicieux. Ses yeux s'attardaient un peu trop longtemps sur mon ventre nu ainsi que ma poitrine avant de relever la tête et de me sourire. Il était assez beau avec sa peau plus basanée et ses cheveux courts et bouclés, mais le fait qu'il me regarde comme si j'étais un sandwich n'était pas quelque chose que j'appréciais.

Yves créa les équipes : Yves, Gauthier et moi vs Alex, John et Lucas. John vint se mettre à côté de moi et posa sa main sur le bas de mon dos, là où ma peau était dénudée. *Ben tiens…* Tout en moi criait pour qu'il me lâche, mais ne voulant pas faire de scène, je souris.

— Tu veux que je t'explique comment jouer ? susurra-t-il dans mon oreille.

— Ne te fais d'idées, je sais jouer, répliquai-je en m'écartant légèrement.

Aussitôt que le jeu commença, je me précipitai sur le ballon. Mon Dieu, ça faisait du bien de pouvoir bouger à nouveau ! Mon genou était encore un peu douloureux, mais rien d'alarmant. Alex et John menaient la partie, ils marquaient le plus de paniers. Après plusieurs paniers ratés de mon équipe, l'équipe gagnante nous accorda une pause pas vraiment méritée. Alex trottina vers moi et tapota mon dos en souriant. Je déteste perdre, mais il semblerait que je n'avais aucune chance contre deux gars qui faisaient près d'un mètre nonante. L'un des deux concernés me lança un sourire de l'autre bout du terrain.

— Je n'aime pas la manière dont John me regarde, chuchotai-je.

Cela faisait un moment qu'il me lançait des regards affamés. Était-ce parce que j'étais la seule fille du terrain ou parce que je lui plaisais ? Difficile à dire. Dans tous les cas, c'était malaisant. Je ne pouvais pas m'empêcher d'espérer qu'il regarde ailleurs. Alex jeta un regard dans la direction de son pote et soupira.

—Je n'aime pas ça non plus.

Je me retournai vers Alex en souriant de toutes mes dents.

— Tu veux me faire un suçon ? Peut-être qu'il arrêtera.

Alex leva les yeux au ciel, absolument exaspéré.

— Mais d'où tu sors tes idées aussi saugrenues ?

— Ça pourrait marcher, je dis ça comme ça.

Mon ami ébouriffa mes cheveux avant de me tendre une bouteille d'eau que j'acceptais volontiers.

— Ne me tente pas.

Mes joues viraient au cramoisi. Il blaguait, n'est-ce pas ? Lorsqu'Alex se rapprocha de moi, son souffle chatouilla la peau de mon cou. Oh la la, il n'allait pas vraiment le faire ? Voyant que j'étais bouche bée, Alex pinça ma joue en rigolant.

— Adorable.

On faisait une nouvelle partie de basket, et cette fois-ci Alex et moi étions dans la même équipe. Pendant tout le jeu, c'était comme si nous étions sur la même longueur d'onde. Il suffisait d'un regard ou d'un simple petit signe de tête pour que notre défense et offensive soit au point. Les paniers s'enchaînèrent.

— Alex et Léna sont un duo de choc, rigola Lucas.

Je ne pouvais pas le contredire. Alex et moi étions plutôt forts à deux. John se colla à moi pour essayer de reprendre le ballon. Pendant tout un temps, j'essayais de trouver une issue afin de pouvoir faire une passe à Alex. Jusqu'à ce que je sente une main frôler mes fesses. Je laissai tomber le ballon et me retournai vers lui. Cette fois, c'était trop. La main dans le creux du dos, bof, mais la main qui frôle les fesses, non.

— Touche-moi une fois de plus et je t'éclate.

Cette ordure avait le culot de rire, en plus.

— Ne sois pas aussi coincée.

Mon sang ne fit qu'un tour. Je repris le ballon et le lançai contre son visage le plus fort possible. John grogna de douleur.

— Ça s'appelle un attouchement sexuel, dis-je en croisant mes bras sur ma poitrine. Quand une femme dit non, c'est non. Pauv' type.

— Regarde-toi ! Tu viens me critiquer avec tes grands airs, mais tu n'es qu'une allumeuse.

Alex vint se placer à côté de moi. Maintenant je comprenais pourquoi tant de personnes avaient peur de lui. Non seulement il était plus grand que la plupart des gens, mais son regard était glaçant. Comme s'il suffisait d'un claquement de doigts pour qu'il lui saute à la gorge. Même si ce n'était pas moi qu'il jaugeait, j'avais envie de disparaître.

— On va reformuler. La prochaine fois que tu la touches, *je* t'éclate. C'est plus clair ?

— N'importe quoi. Elle n'en vaut pas la peine.

Sans crier gare, John quitta le terrain de basket. Yves, Lucas et Gauthier nous lançaient des regards interrogateurs, sans oser s'approcher d'Alex plus que nécessaire. Je dansai nerveusement d'un pied à l'autre. Donc… Alex m'avait défendue, ce qui était plutôt sympa. Peu de gens prenaient ma défense, alors je lui en étais reconnaissante. Mais il semblait si énervé, je ne savais pas quoi faire. Après quelques secondes, Alex se tourna vers moi. Toute trace de danger avait disparu.

— Je vais te ramener chez toi.

— D'accord. À la Batmobile !

Alex renifla. Il me jugeait tellement.

— Quoi ?

— Oh… tu préfères la Alexmobile peut-être ? demandai-je. Au temps pour moi.

— Tu n'as pas toutes les frites dans le même paquet dis-moi.

— Nope !

Il me tapota la tête avant de se diriger vers le parking. Je le suivis et grimpai dans la Polo. Comment était-il possible que, même si je le connaissais à peine, je ne me sois jamais sentie plus moi-même que lorsque Alex était avec moi ? J'observai son profil pendant qu'il conduisait. Sa peau semblait dorée sous le soleil de fin d'après-midi, et une étrange envie de lui caresser la joue me titilla l'esprit. Inutile de me demander pourquoi toutes les filles tombaient à ses pieds. J'avais l'impression que mes hormones s'emballaient quand il était si proche.

— Merci.

— Pour ?

— Avoir pris ma défense, même si c'est ton ami.

— Pas vraiment un ami. C'est un connard.

— Merci quand même.

— Je t'en prie. Toujours au service des jolies demoiselles en détresse.

Je levai les yeux au ciel en souriant. Demoiselle en détresse. *C'est cela, oui.*

— N'exagère pas. Je m'en sortais pas trop mal. Je suis une ninja !

Alex rigola. L'atmosphère entre nous était tellement légère, comme si rien ne s'était passé. C'était un changement agréable d'avoir un ami qui assurait mes arrières et qui participait à mes blagues stupides. Ça faisait une éternité que je n'avais plus eu quelqu'un comme ça dans ma vie.

— Rappelle-moi de ne jamais te mettre en colère.

*Sugar* des Maroon 5 passait à la radio. Instinctivement, je levai la main pour monter le son, puis me ravisai. Du coin de l'œil, j'apercevais Alex qui souriait. Il monta le son.

— Je ne te savais pas fan.

C'était mon groupe préféré depuis des années. Même si je connaissais la chanson par cœur, je me retenais de chanter en présence d'Alex. Nous étions loin d'en être là dans notre amitié.

— Que puis-je dire ? Je suis pleine de surprises.

— Je vois ça. Un vrai Kinder surprise.

Je me retournai vers lui, une main sur le cœur, faussement offusquée.

— Tu te moques de moi ?

— Je ne sais pas. À toi de me le dire.

Je soufflai.

— Je tiens à préciser que je suis plus intelligente que tu ne le penses.

— Et jolie, et talentueuse, et badass. Je sais. Tu es parfaite.

Étonnamment, sa voix ne dégoulinait pas de sarcasme. Il était vraiment doué pour raconter des salades.

— Encore une fois, je ne sais pas si tu te moques de moi ou pas.

— Eh bien, si tu es aussi intelligente que tu le dis, tu le découvriras toi-même.

J'aimais me chamailler avec lui. Une insouciance me submergea lorsque nous agissions comme des enfants ensemble. Avec Alex, je retrouvais une version de moi que je croyais avoir perdue pour de bon.

— Si je peux interpréter ça comme bon me semble, je dirai que tu es complètement sous mon charme. C'est mieux pour mon ego.

Au lieu de me déposer devant chez moi, Alex partit en direction du Jardin botanique.

— Où va-t-on ? demandai-je.

Mon ami me lança un sourire avant de se garer.

— Au Partea. Après l'effort, le réconfort.

En passant par les jets d'eau du parc, je passai ma main dans l'eau, éclaboussant Alex au passage.

— Mais t'es sérieuse ?

Je répétai l'action. Alex imita mon geste, envoyant plein d'eau dans ma figure. Sans me laisser le temps de riposter, Alex me souleva et passa à travers les jets. En moins de deux secondes, nous étions trempés de la tête aux pieds. Il me déposa sur le sol et me fit un clin d'œil. Je faisais la moue.

— C'est pas juste !

Je levai les yeux vers lui. C'était la première fois qu'on se tenait si proche, et maintenant qu'Alex se trouvait à deux doigts de moi, j'étais incapable de regarder ailleurs. Des gouttelettes brillèrent dans ses longs cils et le soleil de fin d'après-midi rendit le vert de ses iris plus chaleureux. Son t-shirt blanc lui collait à la peau, laissant peu d'imagination sur ce qui se trouvait en dessous de cette fine couche de tissu. Bien sûr, je savais qu'Alex était quelqu'un de musclé. Lorsqu'il n'était pas en train de jouer au foot ou en train de s'entraîner dans un ring de boxe, il passait son temps sur un terrain de basket. Pourtant, l'avoir si proche de moi me donnait le vertige. Je croyais être la seule à ressentir cette étrange énergie, mais en voyant les yeux d'Alex, je compris que ce n'était pas le cas. Ses pupilles étaient dilatées et sa respiration plus rapide que d'habitude. Je posai ma main sur sa joue et Alex entrelaça ses doigts avec les miens. On restait là un moment, à s'imprégner de la présence de l'autre. Était-ce normal de vouloir embrasser son ami à ce point ? Son regard descendit vers ma poitrine et il détourna le regard.

— Rentrons.

— D'accord.

J'étais un peu déçue. L'attirance entre nous avait semblé presque palpable, alors pourquoi s'écartait-il aussi soudainement ? Alex sortit un pull noir de son coffre et me le tendit.

— Je n'ai pas froid, dis-je.

— S'il te plaît, enfile ce pull.

— Mais pourquoi ?

Il ne regardait toujours pas dans ma direction. Mais qu'est-ce qui lui prenait ? Moi qui pensais que nous avions eu un moment spécial. Peut-être que j'étais vraiment la seule à avoir ressenti ça.

— Ton top est devenu transparent.

*Zut...*

— Ne regarde pas alors.

Alex fixait ses yeux aux miens, évitant à tout prix de regarder plus bas. Son regard intense me fit me sentir vulnérable, et désirée en même temps. Je déglutis. Alex était mon ami. Il fallait que je garde ça en tête.

— Princesse, je reste un homme.

— Tu es attiré par moi ?

Alex hocha la tête, ce qui m'étonnait. Je croyais que comme j'étais dans la catégorie amitié, mon apparence aurait zéro impact sur lui.

— Chaque gars avec des yeux est attiré par toi.

— Je croyais que je n'étais pas ton genre ?

Un petit sourire en coin se dessina sur ses lèvres.

— C'était un mensonge évidemment.

— Donc tu *es* sous mon charme.

J'aimais le charrier. C'est pour ça que ses paroles suivantes me prirent au dépourvu :

— Bien sûr que oui.

Cette révélation me rendit étrangement euphorique. Je ne m'étais jamais vraiment souciée de ce que les garçons pouvaient penser de moi. Pourtant, la façon dont Alex me voyait m'importait. Beaucoup. J'attrapai son pull. Hors de question que je lui avoue cela. Je relevai la tête.

— Contente d'avoir fait le point là-dessus.

— Tais-toi.

# CHAPITRE 12

## *Elena*

Plusieurs semaines étaient passées, et je me retrouvais de plus en plus souvent chez les Niessen. C'était toujours étrange d'être dans une maison dans laquelle les gens se parlaient, mais c'était un genre d'étrange que je commençais à associer avec mon quotidien. Un quotidien que je chérissais bien plus que je n'osais l'avouer. Si seulement j'avais su à quel point cette nouvelle normalité était fragile.

Je scrollai sur le téléphone d'Alex, cherchant des idées de film sur son compte Disney Plus. Un message de Tiago entra et j'essayai de faire glisser le message, finissant par ouvrir la boîte de messagerie sans faire exprès.

— Oh zut !

Je voulus fermer les messages, mais le contenu m'interpella.

Tiago : *Y a un bal, tu sors ce soir ?*
Alex : *Une autre fois.*
Tiago : *J'ai réussi à convaincre Melissa de venir.*

Alex : *OK, laisse-moi juste annuler mes plans.*
Tiago : *Cool.*


La déception m'envahit. Quelle idiote j'avais été de croire qu'Alex voulait vraiment passer du temps avec moi. Comme si lui, Alex Niessen, dragueur et tombeur, voulait qu'on devienne amis. J'avais foncé dans le panneau comme l'imbécile que j'étais. Alex s'était bien foutu de moi. J'aurais dû apprendre ma leçon et savoir que c'était trop beau pour être vrai. Je n'étais jamais le premier choix de quelqu'un. Je n'étais même pas un deuxième choix. En fait je ne faisais que remplir inutilement l'espace. *Mais quelle conne !* Je sentis mes yeux picoter, les larmes sur le point de couler. Il semblerait que mon cœur était juste fait pour être brisé, encore et encore, sans jamais me laisser le temps de recoller les morceaux. J'attrapai mes affaires et me levai pour sortir de la chambre quand Alex entra.

— Où tu vas ? s'étonna l'étranger en face de moi.

Car au fond, c'est tout ce qu'il était. Je baissai les yeux. Je n'allais pas lui donner la satisfaction de me voir pleurer. Il n'avait pas besoin de savoir que j'étais brisée. Bon sang, il n'avait pas besoin de savoir que c'était lui qui m'avait brisée cette fois.

—Je rentre chez moi. Où voudrais-tu que j'aille ?

Mon ton était plus mordant que prévu. Je n'arrivais plus à garder mes émotions sous contrôle. Il fallait que je file avant que je ne m'écroule.

— On allait travailler sur notre projet de physique.

—Je t'enverrai ma partie.

— Tu es nulle en physique.

—Je me débrouillerai.

À chaque fois que j'essayais d'avancer vers la porte, Alex me barrait la route. Pourvu qu'il me laisse partir, et que je ne doive plus le revoir après.

— Pourquoi tu essayes de me fuir tout d'un coup ?

— Tu allais trouver un moyen pour te débarrasser de moi ce soir, alors je ferais mieux de partir maintenant.

— Comment tu sais ça ?

Donc il n'essayait même pas de nier. Ça faisait mal. Je pris une inspiration, essayant de garder les larmes à distance, et relevai la tête vers lui. Je lui rendis son téléphone et sentis que j'allais passer un sale quart d'heure si je ne partais pas directement. Une lueur dangereuse dansa dans les yeux d'Alex.

— Tu ne peux vraiment pas t'empêcher de creuser, même quand je te dis de ne pas le faire.

Sa voix était plus grave que d'habitude, et son ton était plus qu'accusateur. Malgré le fait que j'avais envie d'être le plus loin de lui que possible, je ne pouvais pas le laisser me marcher dessus. Toute ma vie, les gens m'avaient piétinée, oubliant que j'étais un être humain comme les autres. Maintenant, j'en avais assez.

— C'était un accident. Je ne voulais pas voir le message.

— Cesse de mentir !

Il m'accusait, moi, de mensonge, alors qu'il avait eu l'intention de m'abandonner avec une excuse bidon ? J'avais des envies de meurtre. Sauf que je n'étais pas la seule sur le point d'exploser.

— Tu n'es qu'une hypocrite, Elena. Tu fais toujours semblant d'être compréhensive, mais en réalité tu es comme tout le monde. Tu ne respectes pas la vie privée des autres.

Sans réaliser ce que je faisais, je le giflai. Alex était incapable de réagir, pris au dépourvu. Ma paume commença à picoter, mais je l'ignorais.

— Et quand est-ce que tu as respecté la mienne ?! explosai-je au bord des larmes. Tu ne m'as jamais laissé le choix, tu ne m'as jamais rien demandé. Tu es un connard et un menteur, et je ne veux plus jamais te revoir.

C'était pas juste. Pourquoi étais-je un simple objet aux yeux de tout le monde ? Pour la première fois, je voyais enfin le véritable visage d'Alex apparaître, et je n'aimais pas ce que je voyais. Il fallait que je parte. Maintenant.

— Putain, tu fais chier ! hurla Alex.

Prise de peur, je me pétrifiai. Plus que jamais, j'espérais pouvoir disparaître pour de bon.

***

# Alex

— Putain, tu fais chier ! hurla Alex, hors de lui.

Sous un accès de colère noire, il frappa dans le mur. Alex sentit la douleur se former dans sa main, mais l'ignora. Il se retourna vers Elena pour lui dire sa façon de penser. Son cœur se serra lorsqu'il la vit tétanisée. Ses yeux grands ouverts, Elena était figée par la peur. Sa colère s'évapora et de la culpabilité prit le dessus. Elle n'était pas comme les autres. Elena avait des antécédents avec la violence au sein de son propre foyer. Sans le vouloir, Alex était devenu le genre de personne qui l'avait traumatisée toutes ces années.

— Hé, ce n'est que moi.

Il fit un pas vers elle, ce qui la sortit de sa torpeur. Elena fit quelques pas en arrière, voulant mettre le plus de distance entre elle et lui. Alex sentit la tristesse le submerger. Comment avait-il pu perdre toute maîtrise de lui avec elle ? Le dos d'Elena heurta le mur. Réalisant qu'elle était coincée, elle se laissa glisser sur le sol et se cacha le visage. Tout son corps tremblait, comme s'il savait déjà ce qui allait se passer. Alex s'approcha doucement et s'assit en face d'elle. Il posa sa main sur le bras d'Elena et elle se mit à trembler de plus belle. Ne sachant pas quoi faire, Alex écarta ses bras pour pouvoir voir son visage.

— Léna, s'il te plaît, regarde-moi.

Elena tirait sur ses bras, essayant de s'écarter d'Alex, mais il ne la lâchait pas. Il serait incapable de vivre avec lui-même si elle le détestait. Pas elle.

— S'il te plaît, implora le jeune homme.

Elena leva la tête. Ses joues étaient humides et son regard paniqué.

— S'il te plaît, ne me fais pas mal.

Il sentit son cœur se briser en l'entendant parler.

— Je ne pourrais jamais te faire de mal.

Alex essuya ses joues en essayant d'être le plus délicat possible. Il s'assit à côté d'elle et lui fit signe de se rapprocher. Elena hésita un instant. Alex la supplia du regard. Il ne pourrait plus se voir dans une glace si elle commençait à le voir comme un monstre. Pas elle. Elena finit par se rapprocher et accepta les bras de son ami.

—Je suis désolé de t'avoir fait peur. Je sais que tu n'arriveras peut-être pas à me croire, mais jamais je ne lèverais la main sur toi.

Il avait espéré qu'en la touchant, elle se calmerait, mais son corps se mit à trembler de plus belle. À cause de lui. Qu'est-ce qu'il avait fait ?

—J'ai peur, Alex.

—Je sais. Je ne le ferai plus.

— Tu ne veux pas me frapper ?

—Je n'ai jamais voulu te frapper.

Elena pinça les lèvres, peu convaincue.

—Je n'ai jamais frappé une femme, et jamais je ne frapperai une femme. J'ai un certain code, tu sais.

Elena lui sourit, même si ses lèvres tremblaient encore, et Alex avait l'impression de pouvoir respirer à nouveau. Du moins un peu.

— Ta main saigne.

— Merde.

# CHAPITRE 13

# Alex

Quelques jours plus tard, Alex passa chez Elena pour travailler sur le projet de physique. Même si elle disait que tout allait bien, son regard semblait toujours perdu dans le vague. Depuis qu'Alex avait perdu les pédales, il était devenu impossible de lui parler. Une fois qu'il s'était calmé, Elena était rentrée chez elle. Même si elle avait affiché un petit sourire, il avait compris qu'elle avait besoin d'être loin de lui. Peu de gens voulaient garder Alex dans les parages une fois qu'ils avaient vu cette partie de lui. Il espérait juste que, contrairement aux autres, Elena s'en remettrait.

— Tu as besoin d'aide pour ta partie ?

— J'ai terminé.

— J'ai envie de sortir. On va chercher une glace ?

— Non, vas-y, répondit-elle d'une voix distante.

— Tu comptes me faire la gueule encore longtemps ?

Ses sourcils se froncèrent et son regard devint glacial. Alex avait l'habitude de ses regards critiques – cette fois c'était différent. Elena ne lui faisait plus confiance. Il n'arrivait plus à l'atteindre. Si elle avait placé des murs autour de son cœur autrefois, cette fois elle était préparée, et Alex n'arriverait plus à passer à travers. Il savait qu'il avait merdé. Alex croyait avoir su rectifier le tir la dernière fois. Maintenant qu'Elena avait les idées claires, elle ne semblait plus vouloir de lui. Il ne s'attendait pas à ce que son rejet pique autant, mais c'était le cas. C'était une fille adorable, et même s'il s'était promis de ne pas la laisser trop près de lui, elle avait trouvé un moyen de se faufiler dans sa vie. Et maintenant qu'elle s'en allait, il ne voulait pas qu'elle parte. Il fallait qu'il rattrape le coup. Alex quitta la maison des Fleureau, le cœur lourd. Bien qu'Elena était une chieuse, il avait fini par se soucier d'elle et par aimer passer du temps avec elle. Maintenant que cela allait peut-être se terminer, il se sentait vide et seul. Peut-être qu'il aurait dû être honnête avec elle, et avec lui-même. Alex avait tellement essayé de devenir son ami, mais il ne l'avait jamais laissée se rapprocher suffisamment pour que ce soit réciproque. C'était une erreur. Et il allait la réparer. Elena était son amie. Il espérait juste que maintenant qu'elle avait vu ce qu'il y avait sous son masque, elle ne resterait pas à l'écart.

***

— T'es sûr que c'est ça qu'il lui faut ?

— Tu n'aimes pas ? demanda Alex en regardant sa sœur, puis la peluche.

Audrey leva un sourcil, peu convaincue. Il tenait une licorne blanche avec un crin holographique rose et mauve.

Quand il appuyait dessus, elle jouait une petite musique country. Elle était ridicule ; c'était exactement ce qu'il fallait à Elena. Lorsqu'ils étaient à l'école primaire, elle adorait les chevaux. Alex espérait qu'en jouant la carte sentimentale et nostalgique, elle serait moins réticente à le revoir.

— Tu es sûr que tu essayes de te faire pardonner là ?

— Qui sait ?

Alex avait passé la semaine à chercher un cadeau qui lui ferait plaisir, même si ce qu'il avait prévu lui avait couté un bras. Il devait lui prouver qu'il tenait à elle.

En arrivant chez Elena, il frappa à sa porte, cachant la peluche derrière lui. Elena leva la tête de son livre, visiblement étonnée de voir Alex. Elle remarqua immédiatement qu'il cachait quelque chose. Elle leva les sourcils.

— Salut. Tu ne m'avais pas dit que tu passerais.

Sa voix était plus grave que d'habitude. Alex haussa les épaules.

—J'aime improviser.

Elena ne broncha pas. Elle attendait qu'Alex dise ce qu'il avait à dire, puis qu'il parte. Il le vit à sa tête. Elle n'avait pas envie de se trouver dans la même pièce que lui. Ça faisait mal, mais Alex continua sur sa lancée. Il ne pouvait pas se permettre de merder maintenant s'il voulait ravoir sa place dans le cœur d'Elena.

—Je t'ai apporté un cadeau.

Sans lui laisser le temps de répondre, il lui tendit la licorne aux grands yeux mauves pailletés. Elena prit la peluche d'un air méfiant.

— Il y a une bombe à l'intérieur ?

Alex leva les yeux au ciel. Elle était aussi dramatique que d'habitude, ce qui était une bonne chose en soi. Du moins, il l'espérait.

— Merci, je suppose.

Alex sortit deux billets de sa poche et les lui tendit. Elena hésita un instant.

— C'est quoi ?

— Deux tickets pour le ballet de *Casse-Noisette* au Bozar.

Elle fixait les billets sans répondre. Elle avait envie de prendre les billets, mais résistait à la tentation. Elena finit par secouer la tête.

— C'est gentil, mais je ne peux pas accepter un tel cadeau.

*Pas de ta part.* Alex savait qu'elle le pensait. Il décida de changer de tactique. Peut-être qu'essayer de la convaincre en lui offrant des choses qu'elle aimait ne marcherait pas.

— Le spectacle aura lieu ce vendredi à dix-huit heures. Sois prête à dix-sept heures. Je viendrai te prendre.

Sans lui laisser le temps de répondre, il quitta la chambre et retourna vers sa voiture. Une fois installé dans la Polo, il laissa tomber sa tête en arrière en soupirant. Toute cette histoire de pardon était bien plus difficile que ce qu'il avait anticipé, mais Alex n'allait pas se laisser abattre. Il ne voulait pas la laisser partir, pas s'il restait une chance pour qu'elle puisse le pardonner. Alex s'accrochait à cette idée.

***

Contre toute attente, Elena était prête pour la soirée. Légèrement maquillés, ses grands yeux bleus semblaient encore plus intenses.

Sur tout le trajet, elle restait silencieuse. Du coin de l'œil, Alex apercevait qu'elle triturait nerveusement ses doigts. Elle avait toujours peur de lui. Il avait envie de prendre ses mains et de lui dire que tout irait bien, qu'elle ne reverrait plus jamais cette partie de lui, mais Alex ne pouvait pas promettre une chose pareille. Il avait commencé à vriller trop tôt, il ne savait plus comment devenir normal. Alex essayait de parler de la pluie et du beau temps, mais tout comme il y avait quelques jours, il se heurtait à un mur.

Pendant le spectacle, ses yeux brillèrent. Elle observa chaque pas de danse avec beaucoup d'attention. Une fois le spectacle terminé, elle se tourna enfin vers lui. Elle ne le regarda pas dans les yeux, mais c'était un début. Et c'était tout ce qu'il avait espéré.

— Merci pour la soirée. J'ai passé un bon moment.

Elena lui sourit pour la première fois depuis des jours. Même si son sourire était simplement poli, Alex considérait cela comme une victoire. Il devait juste persévérer.

— Tu as faim ? On peut aller manger un bout.

— J'ai pas faim.

Au moment où elle parla, son ventre gargouilla. Elena leva les yeux au ciel. C'était presque convaincant. Alex pouffa.

— Bon visiblement j'ai faim. Mais je mangerai en rentrant.

Elle avait vraiment envie de se séparer de lui le plus vite possible. Elle continuait à s'entêter et Alex décida de prendre le taureau par les cornes. C'était ce qui semblait le mieux marcher. Il attrapa sa main et se dirigea vers la rue commerçante. Au moins elle ne protestait pas. Peut-être qu'Alex était trop insistant, mais il devait lui parler. Il devait s'excuser. Si après ça, elle ne voulait toujours pas qu'il revienne, il accepterait son choix. Mais seulement à ce moment-là.

— Tu aimes les fast-foods ?

— Ça peut aller.

Ils entrèrent dans un Burger King. En attendant que leur commande arrive, ils s'assirent dans un coin du fast-food. Alex essaya de détendre l'atmosphère.

— Tu m'excuseras, mais je n'ai pas les moyens de t'inviter dans un restau cinq étoiles.

Contrairement à ce qu'il attendait, elle sourit. Et cette fois, son sourire était sincère.

— Tu aurais dû me le dire. J'aurais pu payer la nourriture.

— Le but de cette soirée était de me faire pardonner. Te laisser payer quoi que ce soit n'en fait pas partie.

— Donc tu essayes d'acheter mon pardon.

Elena croisa les bras, son visage devenu sévère. C'était comme si elle avait un interrupteur qui pouvait transformer son cœur en glace en moins d'une seconde. Était-ce un truc typique de fille ? Ou c'était juste un truc typique d'Elena ? Malgré le fait qu'elle ressemblait à un chiot fâché, sa vivacité d'esprit et son agressivité le tenaient en haleine. Un seul faux pas et le chiot se transformerait en chien enragé.

— Oui. Heu non !

Alex se passa une main dans les cheveux en soupirant. Il semblait tout faire de travers quand il s'agissait d'Elena. Pourquoi est-ce qu'elle voyait toujours le mal partout ? Il prit son mal en patience. S'il voulait qu'elle revienne vers lui, il allait devoir travailler dur. Elena croisa les bras. Toute trace de bonne humeur, aussi friable soit-elle, s'était évaporée.

— Pourquoi mon pardon t'importe autant ?

— Je ne veux pas laisser les choses comme elles sont depuis…

Il gesticula nerveusement ses mains, ne sachant pas comment appeler cette journée. Tout ce qui pouvait mal se passer ce jour-là, s'était mal passé.

— Je ne suis pas une œuvre de charité, dit-elle sur un ton dur. Tu n'es pas obligé de faire tant d'efforts pour avoir la conscience tranquille. Je m'en remettrai. Tu peux retourner à ta petite vie tranquille.

Elena semblait prête à passer à autre chose, ce qui le désemparait. Alex avait pris l'habitude de savoir qu'Elena n'arrivait pas facilement à passer à autre chose. Or, depuis qu'elle avait commencé à s'appliquer lors de ses séances de thérapie, elle n'hésitait plus à faire le tri dans sa vie. Y compris lui. Alex n'avait pas été aussi honnête avec toute cette histoire d'amitié qu'il n'aurait dû l'être, et la voir prête à passer à autre chose si vite piquait plus qu'il ne voulait l'admettre.

— Tu ne comprends vraiment pas, n'est-ce pas ?

Elle garda ses yeux sur son gobelet pendant qu'elle triturait l'emballage d'une des pailles. Il n'arrivait pas à savoir ce qu'elle pensait. Tout ce qui semblait si clair pour lui était une énigme pour elle. C'était en partie sa faute. S'il n'avait pas essayé de faire partie de sa vie tout en l'empêchant de voir qui il est vraiment, les choses se seraient peut-être terminées différemment.

— Si j'essaye de me faire pardonner, ce n'est pas pour avoir la conscience tranquille. Je veux pouvoir repasser du temps avec toi sans que tu aies les mains qui tremblent dès que je m'approche de toi. Léna, je suis sincèrement désolé de m'être comporté avec toi ainsi.

Elena posa enfin son regard sur lui. Ses yeux bleus brillaient de larmes non versées.

— Pourquoi tu voudrais passer ton temps avec moi ?

— J'aime bien ta compagnie, c'est tout.

À cause de tout l'abus émotionnel qu'elle avait subi, Elena était le genre de personne qui devait être rassuré régulièrement. En plus de cela, maintenant qu'elle s'était décidée à reprendre sa vie en main, Alex allait devoir s'accrocher s'il voulait qu'elle le garde dans sa vie. Alex ne savait pas s'il allait réussir à être à la hauteur, mais il avait envie de faire de son mieux. Lorsqu'ils étaient sur la même longueur d'onde, il y avait quelque chose qui rendait leur amitié spéciale. Ces moments d'insouciance avec elle lui manquaient. Ensemble, ils n'étaient généralement pas le gars colérique et la fille traumatisée. Juste Elena et Alex. Et il s'en voulait d'avoir fait voler cela en éclats.

— Alors, tu me pardonnes ?

Elle fit semblant de réfléchir.

— Ça dépend. Je peux garder Pataplouf ?

— Qui ?

— La licorne.

— Bien sûr. C'était un cadeau.

# CHAPITRE 14

# Alex

— C'était génial.

Melissa se laissa retomber en soupirant de satisfaction, sa respiration légèrement saccadée. Alex s'allongea et observa le plafond en silence, reprenant ses esprits. Il espérait pouvoir dormir un peu. Il était fatigué, mais se sentait étrangement agité. Pourvu qu'elle ne se mette pas à parler. Ou pire. À être collante. Les règles étaient simples : du sexe, rien d'autre. Et pourtant, certaines d'entre elles commençaient à déballer leur vie entière après avoir atteint l'orgasme. D'autres avaient besoin d'affection. Comme il l'avait prédit, Melissa commença à discuter. Heureusement, ses bavardages étaient sans importance, alors il fit semblant d'écouter. Au moment où elle posa sa main sur son torse dénudé pour le caresser, Alex se crispa. *Fais chier.* Il s'écarta brusquement.

— Je peux emprunter ta douche ?

Melissa écarquilla les yeux avant de hocher. Sans lui laisser le temps de répondre, Alex attrapa ses vêtements avant de disparaître dans la salle de bain. Son cœur battait à tout rompre et ses mains tremblaient. Pourquoi fallait-il toujours qu'elles le touchent ? Sentant son dégoût envers lui-même se transformer en nausée, Alex atteignit la toilette juste à temps avant de vomir ses tripes. La blonde avait attiré son attention lors d'une soirée bien arrosée, et Alex lui avait tourné autour pendant plusieurs semaines. Maintenant qu'il était ici, il fallait qu'il parte. Contrairement à ce qu'il avait espéré, passer du temps avec Melissa n'avait fait qu'empirer son état.

Une douche rapide plus tard, il se retrouvait dans sa voiture. Il avait essayé de fumer une cigarette avant de prendre la route sans grand succès. Ses mains tremblaient toujours et il n'arrivait pas à se débarrasser de ce sentiment de malaise.

Chaque fois qu'une fille le touchait affectueusement après un rapport, il se sentait mal. À chaque fois, il pensait que ce serait la dernière fois, et pourtant il retournait à ses mauvaises habitudes sans jamais parvenir à s'arrêter. Une psychologue avait dit un jour qu'Alex avait des tendances autodestructrices. Si seulement elle savait à quel point elle avait eu raison.

Alex attrapa son téléphone et vit le nom d'Elena s'afficher sur l'écran. C'était une photo d'elle et de Pataplouf en train de regarder *Le Seigneur des anneaux*. C'était comme si elle lui souriait à lui et non à la caméra. En dessous de la photo, elle avait écrit : *On se prépare pour le marathon !* Alex sourit avant de répondre au message.

Alex : *Tu regardes Le Seigneur des anneaux sans moi ? Je suis blessé.*

Au moment où il voulut remettre son téléphone en poche, Elena avait déjà répondu.


Elena : *Rien ne t'empêche de me rejoindre pour voir la suite* \(★ω★)/

Alex : *Mets sur pause. J'arrive.*


Sans perdre de temps, il démarra la voiture. Alex ne savait pas pourquoi il voulait voir Elena alors que la présence des autres le mettait à fleur de peau. Pourtant, il ressentait le besoin de la voir.

En arrivant chez Elena, elle l'observa en silence pendant qu'il retirait sa veste.

— Tu as une mine affreuse.

— Je suis crevé. C'est tout.

Inutile de lui dire qu'il n'avait pas dormi depuis deux nuits, et qu'au lieu de trouver du sommeil chez Melissa, il y avait trouvé de l'anxiété et des remords. Elena ne comprendrait pas. Elle lui sourit et il sentit une partie de son malaise le quitter. C'était étrange comment sa simple présence arrivait à l'apaiser.

— Tu es sûr de savoir survivre au marathon du coup ?

— Serait-ce un défis ?

— Peut-être bien.

Alex se laissa tomber sur le lit. Elena posa une main fraîche sur son front, l'inquiétude prenant forme sur les traits délicats de son visage. Contre toute attente, son toucher ne le glaçait pas.

— Tu m'as l'air un peu fiévreux. Tu es sûr que ça va ?

*Avec toi à mes côtés ? Absolument.* Alex se mordit la langue pour ne pas dire ça à voix haute. Il ne savait pas quand elle était devenue son havre de paix, mais maintenant qu'il savait, il avait l'impression que l'angoisse avait moins d'emprise sur lui quand Elena se tenait à côté de lui. Voyant qu'elle attendait une réaction de sa part, il hocha la tête. Elena quitta sa chambre en coup de vent. Quand elle était là, il n'éprouvait pas le besoin de se détruire pour pouvoir oublier. Son esprit était paisible. Alex se demandait quand elle avait commencé à avoir un rôle aussi important dans sa vie. Peut-être qu'il avait simplement oublié qu'elle avait été là depuis des années, depuis le jour où elle lui avait tendu la main pour l'aider à se relever. Elena revint, une tasse fumante et une bouteille de coca en main.

—Je t'aurais bien préparé un bol de soupe, mais tu connais mes talents culinaires. Tu devras survivre avec du thé.

Elle attrapa un grand plaid rose et emmitoufla Alex dedans comme s'il s'agissait d'un enfant. Il ne put s'empêcher de rigoler, mais se laissait faire. Il n'avait pas l'habitude que quelqu'un soit aux petits soins pour lui. Et étrangement, c'était plutôt agréable. Du moment que c'était Elena qui prenait soin de lui.

— Ça va mieux comme ça ?

—J'apprécie tes efforts, mais je ne suis pas malade.

D'un coup, le regard d'Elena devint triste.

— C'est ce que mon frère disait à chaque fois. Jusqu'à ce qu'on lui annonce qu'il était mourant.

Ça expliquait pourquoi elle était toujours aussi inquiète dès qu'Alex ne faisait qu'éternuer.

—Je t'assure que je vais bien. Si je ne vais pas mieux d'ici demain, j'irai voir un médecin. Ça te va ?

Elena hocha la tête en souriant. Son inquiétude se dissipa. Elle vint s'allonger sur le lit et s'enroula dans le plaid qu'elle avait donné à Alex. Elle lui lança un regard complice.

— Prêt pour le marathon ?

— Et comment.

***

Quelque chose poquait sa joue, sortant Alex d'un sommeil profond. Il dut cligner quelques fois des yeux et vit Elena à deux centimètres de lui. Malgré le fait qu'elle se trouvait dans son espace vital, il se sentait serein. Elle souriait de toutes ses dents.

—Tu vois que tu n'as pas tenu jusqu'à la fin du marathon.

Alex s'étira en bâillant. Il avait vraiment essayé de rester éveillé, mais il était trop crevé. En temps normal, Alex devait tester ses limites pour pouvoir se vider la tête et réussir à dormir. Mais maintenant qu'Elena était là, la fatigue l'avait submergé malgré lui.

—J'ai tenu jusqu'à la moitié du second film. Pour quelqu'un qui n'a pas dormi depuis deux jours, je ne m'en suis pas trop mal sorti.

Elena posa sa tête sur son oreiller en souriant. Contrairement à son habitude, elle regarda Alex dans les yeux. Elle était rayonnante ; son regard bienveillant. Pas étonnant qu'il se sente si bien avec elle. Sa gentillesse et la façon dont elle se souciait de lui étaient capables de le détendre comme personne d'autre n'avait réussi à faire auparavant.

— Tu as réussi à te reposer un peu ?

— Ouais. Je me sentais juste si calme ici. Je m'habituerais certainement à m'endormir quand tu es avec moi.

— Tu insinues que je suis soporifique et que je te fais l'effet d'un somnifère ?

Elle fit semblant de faire la moue et Alex sourit à son tour.

— T'es biesse. Je ne sais pas comment tu fais, mais je me sens serein quand tu es là.

— Alors ferme les yeux et fais une sieste.

Elle lui caressa les cheveux et Alex soupira de plaisir. Elena semblait être la seule à pouvoir le toucher sans qu'une crise d'angoisse le secoue. Sa présence arrivait vraiment à le rendre plus serein. Il ne savait pas comment elle faisait, mais pour une fois, il arrêtait de se prendre la tête et profitait du moment.

— Désolé d'avoir gâché ton marathon.

— Ne t'en fais pas. J'aime bien prendre soin de toi.

***

Alex était nerveux. Son coach avait insisté pour qu'il participe au tournoi de kick-boxing, mais Alex ne le sentait pas aujourd'hui. De nature trop compétitive, Alex ne participait que quand il savait que ce serait la victoire assurée. Autrement dit, quand il avait suffisamment de rage en lui pour frapper quiconque se trouvait en face de lui.

Aujourd'hui n'était pas un jour pareil. Quelques années plus tôt, le jeune adolescent avait commencé le kick-boxing, car il avait beaucoup d'agressivité en lui. Cette agressivité ne le quittait jamais, mais maintenant qu'il en avait besoin, il se sentait vide. Et comme par hasard ça tombait le jour où il devait affronter Robbe, un gars qui semblait avoir encore plus de problèmes de contrôle de soi qu'Alex. Génial.

— Tu es prêt ?

Matthieu, son coach, posa une main sur son épaule. Alex haussa les épaules. Cette fois, il allait devoir compter sur ses compétences et sur sa technique plutôt que sur sa détermination à écraser quelqu'un.

— J'imagine, dit-il, dansant d'un pied à l'autre.

— Tu as l'air nerveux. Ce n'est pas dans ton habitude.

— D'habitude je sais d'avance que je vais gagner.

Son téléphone vibra. Le coach lui lança un regard désapprobateur. Pas de GSM avant un tournoi. Il jeta un rapide coup d'œil à son écran et vit le nom d'Elena s'afficher.

Elena : *Bon courage pour ton tournoi ! Si tu gagnes, je t'offre une glace et un massage* ٩(◕‿◕)۶

Alex : *J'attends cela avec impatience.*

Matthieu fit claquer sa langue.

— Alex, range ce téléphone et concentre-toi !

Sachant que son coach n'allait pas lui faire de faveur, il rangea son téléphone dans son sac.

— Pourquoi souris-tu comme un idiot ?

— Je viens de recevoir le coup de boost dont j'avais besoin.

Le coach hésita à répondre et finit par l'ignorer. Ils se dirigèrent vers le ring et Alex inspira un bon coup. À l'autre bout de la salle, il aperçut son adversaire qui l'observait. Robbe était venu pour gagner. Ceci n'allait pas être une partie de plaisir.

***

— Et une tournée générale !

Les membres du club levaient leurs chopes à l'unisson en hurlant de plus belle. Le coach revint vers Alex et lui tapota le dos en souriant. Il avait gagné le tournoi. Pendant une grande partie du combat, Robbe avait eu le dessus. Alex avait commencé à fatiguer vers la fin, mais pas assez pour son adversaire. Ses coups devenaient plus violents et incontrôlés, ce qui avait fini par le disqualifier et faire d'Alex le vainqueur. Ce n'était pas la victoire dont il était le plus fier. Si Robbe n'avait pas perdu les pédales au dernier moment, Alex aurait été K.O. Mais à cet instant, il s'en fichait complètement. Le combat était enfin terminé. Il sortit du bar pour fumer une cigarette. Alex ferma les yeux et profita du calme. Tous les membres du club restèrent à l'intérieur et continuèrent de fêter leur victoire. La seule chose qu'Alex voulait faire maintenant, était de recevoir ce qui lui était promis et d'aller voir Elena.

— Voilà la vedette du jour.

Alex se trouva face à la personne qu'il ne désirait plus voir. Il essayait d'afficher un sourire poli. Mieux valait ne pas chercher les ennuis. Le combat l'avait épuisé.

— Salut, Robbe. Tu t'es bien défendu lors du tournoi.

— Garde tes commentaires stupides. C'était ma victoire. L'arbitre a clairement fait du favoritisme.

Alex leva les paumes. Il n'avait vraiment pas envie de se retrouver mêlé à une bagarre.

— Mec, calme-toi, c'était un simple tournoi amical. Ça ne veut rien dire.

— Tu n'as pas idée de la somme qu'on a perdue à cause de toi.

Des paris ? Voilà qui rendait la situation plus délicate. Alex avait déjà parié quelques pièces sur certains combattants pour rire. Mais jamais il n'avait remarqué qu'il y avait de plus gros paris dans leur cercle. Deux autres gars sortirent de l'ombre. Alex n'arriverait pas sortir d'ici comme si de rien n'était. Il éteignit sa cigarette. Ça allait faire mal.

***

— Alex, qu'est-ce qui s'est passé ?

Avec toute la peine du monde, Alex ouvrit les yeux. Xavier, le patron du bar, se tenait accroupi en face de lui. Son regard était inquiet. Alex avait dû perdre conscience à un moment donné, car Robbe et ses copains avaient disparu. Tout son corps faisait mal. Il tenta de se lever, sans succès. Xavier posa sa main sur son épaule et le força à rester assis.

— Je vais dire à Matthieu de t'amener chez un médecin.

Hors de question. Alex secoua la tête. Il voulait protester et dire qu'il se débrouillerait. Il se débrouillait toujours. Mais même respirer était devenu douloureux.

— Laisse-moi au moins appeler quelqu'un pour venir te chercher.

Alex lui tendit son téléphone avant de laisser retomber sa tête contre le mur. Il n'arriverait pas à rentrer seul.

Quelqu'un lui poqua la joue. Il avait probablement encore sombré dans l'inconscience. Il cligna des yeux et aperçut Elena en face de lui. Elle avait l'air triste. Alex essaya de lui sourire pour la rassurer, mais il finit par grimacer. Sa lèvre inférieure était fendue.

— Emmenez-le dans ma voiture, commanda une voix inconnue.

Alex voulut riposter. Il n'avait pas envie de partir avec une inconnue. Elena le supplia en silence.

— S'il te plaît, laisse-toi faire.

Il finit par hocher la tête. Deux hommes l'aidèrent à se relever et à le mettre dans une voiture qui sentait le cuir neuf. Alex essayait de voir qui était la conductrice, mais il commençait à tourner de l'œil. Ça faisait longtemps qu'il n'avait pas morflé autant dans une bagarre. Il avait espéré pouvoir garder Elena loin de cette partie de lui. Désormais il était trop tard. Il ne voulait pas qu'elle croie qu'il s'était lancé tête la première dans une bagarre alors qu'il essayait de s'améliorer. Alex ne savait pas pourquoi ce qu'elle pouvait penser lui importait autant. L'intéressée se retourna vers lui. Ses grands yeux bleus étaient toujours aussi inquiets.

— Ça va ?

—J'ai eu des jours meilleurs.

Elena et une jolie femme qui semblait avoir la fin de la vingtaine le sortirent de la voiture et l'emmenèrent dans sa chambre. Il entendit sa mère paniquer, mais la femme blonde semblait savoir la rassurer. Une fois qu'Alex était allongé sur son lit, elle vint s'asseoir à côté de lui. Elena la suivait tel un chiot. Il y avait un drôle d'air de ressemblance entre elles.

— Bonsoir, Alex, je suis Jade. Je suis médecin. Tu m'autorises à soigner tes blessures ?

Alex lança un regard vers Elena. Elle avait appelé un médecin. Elena lui fit signe d'accepter. Alex se contenta de hocher. Il était trop fatigué.

— Ne vous en faites pas, ses blessures sont superficielles. Alex, je te conseille de rester alité quelques jours.

Une fois les soins terminés, Jade embrassa Elena et Lexi avant de partir. Elles se connaissaient. Qui était-elle ?

***

Des rayons de soleil illuminaient la pièce, sortant Alex de son sommeil. Il se sentait si mal. Tout son corps était engourdi par la douleur. Ça allait prendre des semaines pour guérir entièrement. Il tourna la tête pour se retrouver nez à nez avec Elena. La danseuse dormait paisiblement. Sa tête reposait sur ses bras et Alex sentit une chaleur se propager dans son torse. Elle avait veillé sur lui toute la nuit. Comment elle avait réussi à s'endormir alors qu'elle était assise sur le sol était un mystère. Avant de se donner le temps de réfléchir, Alex lui caressa la joue. Elena se réveilla en sursaut. Au moment où elle aperçut Alex, son visage se fendit d'un large sourire. Il se sentit sourire à son tour. Elle s'étira en bâillant, révélant un bout de peau qui avait l'air incroyablement douce. Il savait déjà qu'elle était très jolie et sexy, mais plus ils passaient de temps ensemble, plus Elena semblait devenir son genre de femme. Qui essayait-il de tromper ? Elle était tout à fait son type. Elle l'avait toujours été.

— Comment tu te sens ?

La question sortit Alex de ses pensées. Il secoua la tête. Alex devait s'empêcher de la fixer comme un animal affamé.

— Un peu engourdi, mais ça va.

Elena savait qu'il mentait, mais ne fit aucun commentaire. Elle attrapa la trousse de secours qui se trouvait sur la table de chevet.

— Je vais m'occuper de tes blessures, d'accord ? Jade a dit qu'il fallait les désinfecter les premiers jours.

— Qui est Jade ? Tu sembles lui faire confiance.

Alex commença à comprendre sa façon de penser. Elena ne faisait confiance à presque personne. Les personnes à qui elle accordait sa confiance devaient être exceptionnelles.

— Jade est la petite sœur de ma mère. En vrai elle est gynécologue, ça n'empêche que c'est un bon médecin.

Elena regarda ses mains pendant un instant. Elle semblait vouloir ajouter quelque chose, alors Alex lui donnait le temps d'organiser ses pensées. Elena secoua la tête et sortit le désinfectant de la trousse.

— Tu sais, j'ai vraiment eu peur quand on t'a retrouvé tout ensanglanté et haletant.

Alex fronça les sourcils. Son pouls s'accéléra.

— Je n'ai pas envie d'en parler.

— Je n'ai rien demandé. Je te dis juste comment je me sens.

Elle commença à désinfecter les coupures sur son visage. Comme à son habitude, Elena faisait preuve d'une douceur et d'une gentillesse qu'il ne méritait. Il ne put s'empêcher de grimacer quand elle posa le coton imbibé d'alcool sur sa lèvre.

— Désolée, elle marmonna.

Lorsqu'elle avait terminé de soigner son visage, elle l'aida à s'asseoir et à retirer son t-shirt. Dans d'autres circonstances, le fait qu'Elena le déshabille aurait été beaucoup plus agréable. Et Alex mentirait s'il disait qu'il ne voulait pas que cela se produise dans cet autre contexte. Il n'y avait aucune raison de mentir, elle était magnifique. En fait, Elena avait mis la barre tellement haute que plus personne ne lui arrivait à la cheville. Mais Alex ne pouvait pas lui dire une chose pareille. Leur amitié était déjà assez compliquée et friable comme ça.

Elena vint s'asseoir à côté de lui, lui donnant l'impression qu'elle venait de lui porter un coup de poing dans le ventre tellement ses yeux étaient tristes. Alex avait du mal à avaler. Il détestait ces regards. C'étaient les mêmes regards que ses parents et ses amis lui avaient montrés pendant des années : tristesse, compassion, pitié. Alex sentit quelque chose en lui se briser. De toutes les personnes au monde, il ne voulait pas qu'Elena le regarde ainsi. Il ne voulait pas qu'elle le voie comme quelqu'un de faible et vulnérable. La colère et la honte le submergèrent.

Elena continua à le soigner dans un silence pesant. Pourquoi tout devait toujours se compliquer entre eux ? Son regard s'attarda quelques secondes de trop sur les blessures d'Alex. Elena tendit la main vers son visage, et Alex craqua. C'était trop dur. Sa colère bouillonnait dans ses veines.

— Ne me touche plus ! hurla-t-il.

*Ne me regarde pas comme si j'étais brisé.* Il tourna son regard vers le plafond et essaya de maîtriser sa respiration. C'était peine perdue. Pourquoi était-il aussi faible ? Alors que ses pensées devinrent incontrôlables, son anxiété grandit de minute en minute. Il voulait juste que ça s'arrête. Il sursauta lorsque Elena posa sa main sur son épaule. Alex essaya de se dégager sans y parvenir. Alex se tourna vers Elena. Ses mains tremblèrent légèrement. Elle avait toujours peur de lui. Mais cette fois-ci, Elena n'essayait pas de s'éloigner de lui. Son regard était déterminé.

— Ne me repousse pas.

Est-ce qu'un jour il allait arrêter de tout foutre en l'air quand Elena était là ? Ses yeux brûlèrent. Elena le prit dans ses bras et il éclata en sanglots. Comment avait-il réussi à tomber aussi bas ? La honte avait un goût amer dans sa bouche.

— Tu vas bien. Je reste près de toi.

Son rythme cardiaque était fort et calme. Malgré la douleur dans ses membres, Alex s'accrocha à elle. Il suivait son rythme respiratoire et attendait que l'anxiété se dissipe. Elena lui caressa les cheveux, plus douce que jamais. Peut-être que quand elle était là, il ne devait pas prétendre d'aller bien.

— Un jour mon père a été très violent et il a poussé ma mère, avoua-t-elle. Maman était incapable de se relever. Je ne sais pas si tu es au courant, mais à l'époque j'étais muette. J'étais absolument tétanisée alors j'ai appelé Jade pour qu'elle vienne nous aider. Je n'étais pas sûre qu'un son sortirait de ma gorge en l'appelant, mais ma voix est revenue. Depuis ce jour-là, c'est toujours Jade qui nous soigne quand il se passe quoi que ce soit à la maison.

Alex s'écarta pour pouvoir la regarder en face. Elena lui sourit. Elle devait vraiment avoir été un ange dans une autre vie. Aujourd'hui plus que jamais, il était reconnaissant envers Maura de l'avoir remis sur la route d'Elena.

— Pourquoi tu me dis ça ?

— Peut-être que tu te sentiras mieux en ma présence si je suis plus ouverte avec toi ?

Peut-être qu'il devait aussi lui ouvrir son cœur. Il n'y avait aucune chance que quelqu'un d'aussi parfait qu'elle supporte ses conneries sans savoir pourquoi. Mais Alex était terrorisé. Il n'avait plus ouvert son cœur à qui que ce soit depuis…

— Ne te sens pas obligé de me dire quoi que ce soit juste parce que j'ai partagé un bout de ma vie. Ce n'est pas comme ça que ça fonctionne.

Elena tamponna ses joues et ses yeux avec un mouchoir tout en évitant les blessures

— Mais tu veux savoir ce qui s'est passé.

— C'est vrai, mais ce n'est pas parce que je veux savoir que je dois le savoir.

Ce n'était pas dans son habitude d'être aussi docile, à moins qu'il ne l'eût mal jugé ?

— Depuis quand tu es aussi compréhensive ?

Elle rigola. Il était soulagé qu'elle ne le prenne pas mal. Elle continuait à passer ses doigts dans ses cheveux.

— En fait je ne suis pas du genre à me mêler des affaires des autres.

Alex haussa un sourcil et le regretta aussitôt. Ça faisait mal. Elena qui ne voulait pas se mêler de la vie des autres ? À d'autres.

— Tu es sûre qu'on parle de toi là ?

— J'avoue que j'ai beaucoup insisté avec toi, mais c'est juste parce que tu sais tout de moi, et que je ne sais rien de toi. Je voulais simplement que la situation soit plus équilibrée, mais insister n'était pas la solution.

— Tu as voulu savoir plus sur moi simplement par principe, et non parce que tu étais curieuse ?

Elena se frotta l'arrière de la tête. C'était une habitude d'Alex qu'elle semblait avoir adopté. *Trop mignon.*

— Ouais ? Ce n'est pas que ta vie ne m'intéresse pas, mais ce n'est pas dans ma nature d'aller fourrer mon nez là où ça ne me regarde pas. Je suis désolée d'avoir voulu te pousser.

— Et moi je suis désolé de t'avoir traitée d'hypocrite alors qu'en réalité ta réaction était logique.

— Je crois qu'il est temps qu'on apprenne à se faire confiance si on veut que cette amitié fonctionne, tu ne crois pas ?

Alex hocha la tête. Il était temps qu'il accepte qu'Elena avait réussi à se faufiler dans son cœur et de s'y faire une place. Comme si elle avait compris ce qu'il pensait, elle resserra ses bras autour de lui.

— Merci de m'être venu en aide.

— Quand tu veux.

# CHAPITRE 15

# Alex

Un étrange sentiment de malaise sortit Alex de son sommeil. Il avait mal partout, mais ce n'était pas ce qui l'avait réveillé. C'était la jolie brunette qui se trouvait à deux centimètres de lui. L'inconnue l'observa avec ses grands yeux bleus, une nuance qu'Alex avait l'impression d'avoir déjà vu à plusieurs reprises. Sa tête tournait et il avait du mal à garder les yeux ouverts ; l'angoisse n'était pas loin. Qui était-elle ? Alex ne laissait personne entrer chambre, alors comment s'était-elle retrouvée ici ?

— Ella, laisse-lui le temps de se réveiller.

L'adolescente recula et Alex lança un regard vers la porte, là où se trouvaient Jade et sa mère. Le sourire de Jade le rassura. Elle avait cette même aura calme qu'Elena. Ella, en revanche, semblait être une pile électrique.

— Bonjour, Alex, je viens voir comment vont tes blessures. Je peux entrer ?

Alex hocha et Jade entra. Elle lança un regard lourd à la jeune fille avant de venir s'asseoir sur le bord du lit.

— Je te présente Ella, ma filleule. Si tu veux bien, elle va m'aider à soigner tes blessures.

— Je ne veux pas être impoli, mais pourquoi accepterais-je cela ?

Sa mère s'apprêta à riposter, mais Jade lui fit signe de se taire.

— J'essaye de la former pour les soins de base. Ne t'en fais pas, elle sait ce qu'elle doit faire. Si à un moment tu veux qu'elle arrête, je me chargerai du reste.

Pendant quelques instants, Alex hésita. Cette gamine était entrée comme une fleur dans le seul endroit où il avait l'impression de contrôler la situation. Et maintenant elle allait le soigner, alors qu'elle semblait plus jeune que lui. En voyant le regard rempli d'espoir d'Ella, Alex se sentit hocher la tête. Il y avait quelque chose d'attachant chez elle qui la faisait ressembler à un chiot surexcité. Elle se mit à sourire et vint se placer à côté de lui. Ella désinfectait ses blessures et refaisait des bandages. Jade avait raison. La gamine savait ce qu'elle faisait.

Elena frappa à la porte. La chambre semblait plus lumineuse maintenant qu'elle était là. Elle s'arrêta net en voyant Ella. Au moment où la brunette s'aperçut de la présence d'Elena, sa prise sur son épaule se resserra et Alex gémit de douleur. Cette petite avait une force brute. Ella le lâcha en se cachant la bouche.

— Désolée…

Ella s'agitait sur place tel un enfant hyperactif et Jade lui fit signe de disposer. Elle courut vers Elena et lui sauta dans les bras. La danseuse fut prise de court, mais lui rendit son étreinte. Des larmes brillèrent dans les yeux de son amie.

— Quelle coïncidence ! s'exclama Jade, tout sourire.

Alex comprit en voyant le regard du médecin qu'elle avait tout planifié. Il ne savait juste pas pourquoi. Ella finit par relâcher Elena sans pour autant la quitter d'une semelle. Elena se frottait les yeux, un sourire timide décorant ses lèvres. Elle vint s'asseoir sur le bord du lit et Ella se colla à elle. Elles observèrent toutes les trois Alex avec ce même regard bleu perçant. Elles avaient toutes un visage bien distinct, mais leurs yeux étaient un héritage familial. Elena et Jade avaient un visage fin et les pommettes hautes ; Ella avait des sourcils bien définis et une bouche pulpeuse. Mais là où le nez d'Elena était fin et droit, celui de Jade et Ella était petit et en trompette.

— Comment tu te sens ? demanda la ballerine.

— En vie.

Jade se racla la gorge avant de se retourner vers sa nièce. Elle avait planifié quelque chose.

— Léna, ce week-end, on fête l'anniversaire de mariage de Mamie Louise et Papy François. Tu le savais ?

Toute trace de couleur dans son visage se dissipa, laissant place à la tristesse. Elle secoua la tête. Alex lui prit la main pour la réconforter. Elle la serra à son tour. Elena n'avait plus vu sa famille depuis l'enterrement de son frère, trois ans plus tôt. Depuis lors, sa mère ne l'avait plus laissée voir sa famille.

— Tu devrais venir. Tu leur manques beaucoup. Je suis sûre que ce serait une bonne surprise.

Jade était douée pour jouer avec les cordes sensibles des gens. Cela attira l'attention d'Ella. Elle supplia Elena du regard. Elena n'allait pas lui résister longtemps.

— Viens, s'il te plaît ! On a tellement de choses à se raconter.

Alex fut surpris d'entendre que sa voix était plus grave que celle de sa tante et la danseuse. Plus mature.

— Je ne sais pas si c'est une bonne idée.

— Je crois que tu devrais y aller, dit Alex.

Il savait à quel point sa famille lui manquait. Elena se retourna vers lui en le questionnant du regard. Elle demandait son avis. Il hocha la tête pour la rassurer.

— Dommage que tu ne puisses pas venir avec moi.

Alex lui sourit. Elle allait s'en sortir. Même s'il aurait bien voulu être là pour elle. Elena était une battante, il fallait juste qu'elle le réalise.

***

# Elena

Je me sentais nerveuse. Et par nerveuse je n'insinuais pas juste le pouls qui s'accélérait, mais la nausée, les paumes moites et le fait de ne pas tenir en place plus de deux secondes. Comment allais-je annoncer à ma mère que je partirais voir ma famille ce week-end ? Elle ne me l'avait jamais interdit de manière explicite pour toute la famille, mais elle m'avait clairement dit d'éviter Jade et mes grands-parents dans la mesure du possible. Pourquoi ? Je l'ignorais. Toute ma vie, j'avais été très proche de mon grand-père et de ma tante. Après l'enterrement de mon frère, tout avait changé. Et maintenant que j'étais sur le point de les revoir, je ne savais pas si c'était une bonne idée. Après tout, je ne leur avais plus donné signe de vie depuis trois ans, et les cartes de Noël et pour mon anniversaire avaient cessé d'arriver.

— Arrête de tourner en rond comme ça. On dirait un lion en cage.

Sauf que j'avais plutôt l'impression d'être l'agneau qu'on allait lancer au lion une fois que j'aurais quitté le domicile des Niessen. Alex se leva et vint se placer en face de moi. Il grimaçait de douleur.

— Tu devrais rester allongé.

Alex ignora mes paroles et posa ses paumes sur mes joues. Son regard était calme et bienveillant, et une petite partie de mon malaise se dissipa. Comment il y arrivait, je l'ignorais.

— Il est temps que tu penses à toi et à ce que tu veux dans ta vie. Ta mère a fait ses choix, mais elle ne peut pas faire les tiens. Est-ce que tu veux aller à cette fête de famille ?

J'avais eu envie de les voir depuis des années, bien que je n'avais jamais osé. Je n'avais pas osé aller à l'encontre de ma mère, et je n'avais pas osé dire à ma famille à quel point mon père avait perdu les pédales. Alex avait raison. Il était temps que je pense à moi, à ce que je voulais. Je hochai la tête, incapable de répondre.

— Alors tu y vas.

— Et s'ils ne veulent pas de moi ?

— Jade et Ella veulent de toi. Si ta famille est aussi bienveillante qu'elles, tout ira très bien.

Émue, je le serai dans mes bras sans réfléchir. Il souffla, mais me serra à son tour.

— Désolée…

— Vous, les Fleureau, vous êtes des brutes épaisses.

Si seulement il pouvait venir avec moi. J'étais devenue beaucoup trop dépendante de son soutien. Il fallait vraiment que j'apprenne à me débrouiller seule, mais je me sentais invincible quand il était avec moi. La sonnette retentit et mon pouls accéléra davantage. Je savais que j'allais décevoir ma mère, et je ne me sentais pas prête à le faire.

— Ne t'en fais pas, je suis avec toi.

***

Au moment où je rentrai dans la cuisine, tous les regards se posèrent vers moi. Mon grand-père fronça les sourcils, et une de mes tantes secoua la tête d'un air désapprobateur. Je me sentais comme un cerf pris dans les phares d'une voiture. Venir ici avait été une erreur. Comment avais-je pu penser que ce serait une bonne idée ?

— Qu'est-ce que tu fais là ? demanda mon oncle.

Je ne devrais pas être aussi surprise. C'était utopique de ma part de croire qu'ils seraient tous contents de me voir. Bien sûr qu'ils n'allaient pas sauter de joie en me voyant. Je n'étais pas venu leur rendre visite depuis trois ans. J'étais une étrangère pour eux maintenant. L'angoisse qui s'était installée dans ma poitrine commençait à me suffoquer, et j'avais la tête qui tournait. Pendant un bref instant, j'hésitai à appeler Alex. Il fallait que je parte d'ici.

— Cessez de la tourmenter !

Je levai la tête vers la personne qui venait de parler. Mamie Louise. Ma grand-mère avait les larmes aux yeux. Sans hésiter, elle me serra dans ses bras. Son parfum aux pivoines me chatouilla les narines. Elle sentait comme dans mes souvenirs. Mes yeux piquèrent. Mon Dieu, qu'est-ce qu'elle m'avait manqué !

— Ma petite fille, je suis si heureuse de te voir.

Elle me lâcha et m'observa sous toutes les coutures. Du coin de l'œil, je vis que tante Laurène et son mari nous observaient avec méfiance, mais je décidai de les ignorer.

— Maura t'a enfin laissée nous revoir ?

Donc elle savait… Je secouai la tête. À vrai dire, maman avait essayé de m'interdire de venir. Alex s'était tenu à côté de moi malgré la douleur de ses blessures, une main dans mon dos. Sa chaleur m'avait donné du courage et j'avais fini par balancer : « C'est ma famille et je veux aller les voir. Alors soit tu me laisses y aller, soit je saute par la fenêtre et j'y vais quand même. » Pendant de longues secondes, elle m'avait dévisagée en silence, puis elle avait lancé un regard confus vers Alex. Mon ami n'avait pas bronché. Contrairement à moi, Alex n'était pas intimidé par ma mère. Et s'il n'avait pas été là, je me serais sans doute dégonflée sans avoir dit ce que j'avais à dire.

— Non, elle ne voulait pas que je vienne.

Le regard de Mamie était déçu, mais elle maintenait son sourire.

— Le contraire m'aurait étonné, avoua mamie en me pinçant la joue affectueusement. Depuis que Jade et moi avons essayé de te sortir de là, elle nous en veut terriblement.

Je fronçai les sourcils.

— Tu as voulu me prendre chez toi ?

— Mon enfant, on sait tous que Frank et Maura n'ont pas été à la hauteur pour toi.

Pendant des années, j'avais cru que ma mère avait peur que quelqu'un n'apprenne ce qu'était devenu mon père. Alors que ce qu'elle voulait, c'était de me garder près d'elle ? Cette révélation me décontenançait. Si seulement elles avaient réussi à me sortir de là. Mamie Louise me fit signe de la suivre. On s'installa à la table de la cuisine, et à aucun moment elle ne lâcha ma main. Elle changea de sujet.

— Tu es devenue une belle jeune femme.

— J'essaye juste de te ressembler, Mamie.

Son rire ressembla à une mélodie. Une qui m'avait manqué terriblement.

— Regarde-moi ça, quelle charmeuse.

Mon grand-père marmonna quelque chose d'incompréhensible avant de quitter la pièce. Si seulement je n'avais pas été aussi lâche, j'aurais pu la revoir plus tôt. Je frottais mes yeux avec ma manche. Dans la famille, Mick avait toujours été le beau parleur. Me retrouver ici à la maison de campagne de nos grands-parents sans lui était étrange, mais je ne voulais plus vivre sans eux.

— Tu crois que grand-père va me pardonner ?

— Bien sûr. Tu as toujours été sa petite fille chérie. Il a juste besoin d'un peu de temps.

Parmi ses sept petits-enfants, Ella et moi étions les seules filles. Ceci avait toujours fait que nos grands-parents nous choyaient un petit peu plus que les garçons. C'était aussi en notre faveur lorsqu'on faisait des bêtises. Les garçons avaient toujours reçu les punitions les plus tenaces alors qu'Ella et moi nous en sortions généralement sans trop de conséquences. Et quand Mamie ou l'un de nos parents nous grondait, Papy nous donnait toujours des bonbons en cachette. Le fait de ne plus être venue le voir alors qu'on avait été si proches l'avait déçu.

Ella et Jade entrèrent dans la cuisine, des Tupperwares et des boîtes de tartes en main. Ma cousine me sauta dans les bras, puis elle partit saluer les autres. Ma tante Laurène retroussa son nez. Ella portait encore sa tenue d'équitation.

— Ella, tu pues le cheval.

— C'est pas gentil ça, se plaignit Ella en faisant une tête de chiot triste.

Tante Laurène avait toujours l'art de lancer des piques. Cette partie de la famille ne m'avait pas manqué. Jade ébouriffa les cheveux bouclés de sa filleule.

— Ella, va vite te laver, dit Mamie Louise en embrassant sa joue. On mangera après.

Quelques minutes plus tard, ma cousine sortit de la salle de bain, vêtue d'un long t-shirt Hard Rock Café et d'un legging noir. Elle vint se placer près de moi et une partie de mon angoisse s'en alla. Avec Mamie, Jade et Ella à mes côtés, je me sentais un peu plus à ma place. Si seulement Alex pouvait être là. Je sortis mon iPhone de ma poche et vis qu'il m'avait envoyé un message.

Alex : *Alors cette fête de famille ?*

Elena : *Je m'attendais à pire (=^・ω・^=) comme toujours*

Alex : \(￣▽￣)/

C'était la première fois qu'il utilisait un emoji dans ses messages. Je souriais malgré moi. Le fait qu'il se souciait de ce qui m'arrivait, même s'il n'était pas là, me faisait me sentir mieux. Ce garçon m'avait fait ressentir tant de choses. En fait, Alex m'avait juste fait ressentir à nouveau. Comme si depuis qu'il était entré dans ma vie, j'avais recommencé à vivre un peu. Ella passait sa tête au-dessus de mon épaule avant de se retourner vers moi en souriant malicieusement. Oh non…

— Alex est ton petit ami ?

— Quoi ? couinai-je de manière tellement suspecte. Non ! Pourquoi tu penses une chose pareille ?

Alex et moi ensemble ? Ça me semblait assez improbable. Après tout, jamais il ne voudrait de quelqu'un aussi banale et faible que moi. Et dans l'état actuel des choses, je n'avais pas la force pour donner mon cœur à quelqu'un. Alors pourquoi l'idée qu'il ne veuille peut-être pas de moi faisait serrer mon cœur de manière inconfortable et me rendait si morne ? Ella me sortait de mes pensées.

— Vous aviez l'air tellement proches quand Jade et moi étions passés.

— On est juste amis, répondis-je en gardant mes yeux rivés sur mes mains.

— Est-ce que tu veux qu'il devienne ton petit ami ?

Je voulais répondre non, mais aucun bruit ne sortait lorsque j'ouvrais la bouche. Pourquoi je n'arrivais pas à répondre ? La question était simple pourtant. Bien sûr, Ella le remarqua. Plus jeune que moi d'un an, ses joues rondes et ses réactions enthousiastes lui donnaient un air plus enfantin qu'elle ne l'était. Or, en dessous de cette première impression se cachait une jeune fille intelligente et extrêmement perspicace. Trop perspicace même.

— De quoi vous parlez ? demanda Jade en passant à côté de nous.

— Du futur petit ami de Léna.

Mes joues s'empourprèrent. J'avais oublié cette partie des réunions de famille. Il y avait toujours bien un moment où on se faisait embarrasser. Ella afficha un sourire suffisant avant de changer de sujet.

— Tu te souviens quand tu as sauté de la balançoire et que tu t'es cassé le poignet ?

Je croisai les bras sur ma poitrine en souriant.

— Tu te souviens que tu m'as poussée trop fort et que du coup j'ai perdu l'équilibre avant de sauter et de me casser le poignet ? rétorquai-je.

Ella fit la moue. Un an à peine nous séparait, et pourtant elle semblait tellement plus jeune.

— Chut ! On avait dit qu'on n'en parlerait plus de ce détail. Et puis, c'était ton idée.

— Touché.

Au bout de la pièce, Mamie et Papy souriaient en nous observant. Désobéir n'était pas quelque chose que je m'étais vu faire quelques jours auparavant. Et pourtant m'y voilà. Aller à l'encontre de ma mère avait été une bonne idée. Je ne m'étais plus sentie aussi libre depuis trop longtemps.

***

En rentrant dans la maison de mes parents quelques heures plus tard, je croisai ma mère dans le couloir. La dernière personne que j'avais envie de voir là, à l'instant.

— Alors cette fête ?

— C'était très chouette.

J'essayai de ne pas en dire trop. Plus je restais vague, mieux ce serait. Avec ce que je venais d'apprendre, je ne savais plus où j'en étais. J'étais tellement déçue et en colère. Deux sentiments qui faisaient mauvais ménage, et qui pourtant venaient de pair.

— De quoi vous avez discuté ?

Maman essayait de se la jouer cool, mais ceci était un interrogatoire. Je le savais. Un interrogatoire auquel je n'avais pas envie de participer. Je l'ignorais et montais les escaliers. Les pas de maman résonnèrent derrière moi.

— Elena, je t'ai posé une question, dit-elle d'un ton dur.

Ça ne lui arrivait pas souvent de me parler de cette manière. Quel culot ! Je me retournai vers elle, plus furieuse que jamais. C'était la goutte qui faisait déborder le vase.

— Tu m'as interdit de voir ma famille pendant des années alors tout ce qu'ils ont voulu faire c'était de me sortir de ce foyer pourri. Tu m'as volontairement laissée ici alors que j'avais une chance de m'en sortir ! Et tu veux que je parle avec toi comme si de rien n'était ?

Maman écarquilla les yeux face à cette explosion soudaine de ma part. Toutes ces années, j'avais vécu jour et nuit avec la peur au ventre, ne sachant pas si la prochaine fois ce serait moi qu'on retrouverait inconsciente sur le sol. Tout ça pour quoi ? Maman avança vers moi et je reculai.

— Elena, calme-toi. Je peux t'expliquer.

Je serrai la mâchoire. Je me plantai devant elle et mis mon visage au niveau du sien. Jamais ma mère ne m'avait paru aussi petite.

— Tu peux m'expliquer pourquoi tu m'as laissée ici sachant que c'était dangereux pour moi ? Alors, explique-moi pourquoi tu n'as jamais pris ma défense face à papa. Explique-moi pourquoi tu m'as empêchée d'être en sécurité.

Elle ouvrit la bouche sans que le moindre son ne sorte. Moi qui pensais avoir touché le fond un nombre incalculable de fois, je réalisai qu'il n'y avait tout simplement pas de fond. Tout comme il n'y avait pas d'échappatoire pour moi tant que je vivais ici. Comment ma propre mère avait-elle pu me mettre dans une telle situation en toute connaissance de cause ? Voyant qu'elle était incapable de me répondre, ou ne serait-ce que de soutenir mon regard, je me contenais de lui annoncer :

— À mes dix-huit ans, j'irai vivre chez papy et mamie.

Sans lui laisser le temps de réagir, je claquai la porte et m'enfermai dans le noir.

# CHAPITRE 16

## Elena

Depuis le fiasco de la dernière fois, Alex ne me laissait plus m'approcher des objets tranchants. Au lieu de cela, j'étais autorisée à simplement l'observer. Je m'assis sur le plan de travail et regardai pendant qu'il sortait une planche de l'armoire. Désormais il savait mieux que moi où se trouvait ce dont il avait besoin. Alex savait sans doute mieux que ma mère où se trouvaient les ustensiles. Et nous vivions ici.

C'étaient ces journées calmes et cosy qu'on passait ensemble qui me plaisaient le plus. Peut-être ça faisait de moi une personne peu aventureuse, mais j'aimais bien avoir Alex rien que pour moi. Lorsque nous étions seuls, il montrait des facettes de lui qu'il avait tendance à cacher quand d'autres personnes étaient là. Or, le Alex qui était gentil, drôle et attentionné est celui que je préfère. L'huile bouillante éclaboussa et quelques gouttes furent projetées sur son visage.

— Merde !

Il retira la poêle du feu avant de se frotter la mâchoire. Une tache rouge se formait déjà sur sa peau. Je sortis un glaçon du congélateur et l'enroulai dans un bout d'essuie-tout. Je me remis sur le haut de mon perchoir et attirai Alex vers moi. Ça n'allait pas être une grosse brûlure, mais ça avait tout de même l'air douloureux. Je posai le glaçon contre son menton. Il tenta de me prendre le glaçon des mains.

— Ça va, je peux le faire.

— Tu n'as pas la patience pour te soigner, dis-je en repoussant sa main. Laisse-moi faire.

Je m'attendais à ce qu'il riposte. Alex n'aimait pas qu'on prenne soin de lui, et pourtant il se laissa faire. Au moment où je levai les yeux vers les siens, ses yeux étaient fixés sur mes lèvres. Même si nous étions toujours ensemble, être aussi proche de lui physiquement était différent. Je pouvais sentir son souffle sur ma joue. Il fallait bien que je l'admette, sa proximité me faisait un certain effet. Ses lèvres étaient une pure tentation, et je me demandais souvent quel goût elles avaient. Chose que je n'avouerais pas à voix haute. On était amis. Était-ce vraiment normal d'être aussi attiré par son ami ? *Oh mon Dieu.* Qui est-ce que j'essayais de tromper ? J'avais le plus gros béguin pour Alex, et s'il était attiré par moi ne serait-ce qu'un peu, ce serait parfait. Ce n'était pas ainsi que j'avais prévu les choses lorsque je l'avais laissé entrer dans ma vie. Désormais c'était trop tard. Alex est tout ce que j'aime. Il est doux et charmant et si je puis dire, tout à fait mon style. Malgré ses défauts, Alex était tout ce que je désirais en une seule personne. Au fond, j'avais peur que ce béguin puisse devenir quelque chose de plus, car je n'étais pas prête pour ça. Mais tomber amoureuse de lui était facile, je le savais. Je me raclai la gorge ce qui sortit Alex de sa transe. Je retirai le glaçon de son menton et vis que la rougeur commençait à diminuer.

— Ça va. Si on met un peu de pommade, la rougeur sera partie dans quelques heures.

Ses iris pesaient sur moi. Sans crier gare, Alex posa ses lèvres sur les miennes. Instinctivement, mon corps réagit et je lui rendis son baiser. Ses lèvres étaient douces et je ne pouvais pas me détacher du baiser, même si j'en avais eu envie (ce qui n'était pas le cas). Alex plaça une main sur le bas de mon dos et me rapprocha contre lui. J'écartai légèrement les jambes et il se colla à moi. Le bout de sa langue caressa la mienne et j'étais enivrée. Notre bulle éclata quand Alex recula d'un geste vif. Il me fallut quelques secondes pour comprendre ce qui venait de se passer, mon esprit trop embrumé pour pouvoir suivre.

— Je suis désolé, je ne sais pas ce qui m'a pris.

Alex recula d'un autre pas comme s'il voulait mettre le plus de distance entre nous. Si sa respiration n'avait pas été aussi saccadée, j'aurais très mal pris sa réaction.

— Moi je ne suis pas désolée.

C'était un simple baiser. Comment avait-il réussi à me couper le souffle ainsi ? Heureusement que j'étais déjà assise, car je n'aurais pas su tenir debout toute seule. Alex était nerveux. Était-il aussi affecté par notre baiser que moi, ou avait-il des regrets ? Il fallait que j'essaye de détendre l'atmosphère.

— Waw, tu embrasses drôlement bien.

Cela semblait fonctionner, car Alex me regardait enfin. Et il souriait. Jamais je n'avais embrassé quelqu'un de cette manière, et jamais je n'aurais cru que je le ferais avec Alex. N'était-ce pas ironique que mon premier baiser, et par là je veux dire baiser passionné dans le genre où on ne ressent pas des papillons dans le ventre, mais une volée d'oiseaux sous tension, ait été avec celui qui voulait absolument que je sois son amie ?

— Merci, tu ne t'en sors pas trop mal non plus.

Je descendis du plan de travail et lui tapotai le bras. Je ne pouvais pas lui montrer à quel point ce baiser m'avait affectée. Ça le ferait flipper.

—Je vais chercher la pommade. Essaye de ne pas mettre le feu à ma cuisine pendant ce temps.

***

Sortant d'un sommeil profond, je réalisai que j'avais dû m'endormir pendant quelques heures. Le soleil brillait dehors, alors que plus tôt il faisait gris. Sur ma table de chevet se trouvaient un Thermos et une bouteille d'eau. M'étais-je assoupie aussi longtemps que ma mère était déjà de retour de sa boutique de fleurs ? Je tournai la tête et vis Alex assis dans le divan, en train de lire un manuel de science. Depuis combien de temps était-il là ? Ne pouvant m'empêcher de bâiller, je m'étirais. Mon Dieu, j'avais mal partout. Alex leva la tête.

— Ah, tu es enfin réveillée.

Je frottais mes yeux. Malgré ma sieste, j'aurais bien continué à dormir quelques heures.

— Il est quelle heure ?

— Trois heures et demie environ.

Alex abandonna son livre et s'assit à côté de moi sur le lit. La dernière fois que je l'avais vu, on s'était embrassé. Est-ce que ça allait influencer la manière dont on allait se comporter lorsqu'on était ensemble ? Pendant plusieurs jours, je m'étais cassé la tête. J'avais trop réfléchi, me demandant si j'allais perdre le seul ami qui me restait, tout ça à cause d'un stupide baiser. Un baiser que j'avais apprécié bien plus que je n'aurais dû, et un baiser dont j'avais rêvé ces dernières nuits, mais quand même… Pourquoi le seul baiser qui m'ait fait ressentir quelque chose devait être avec lui ? Bien sûr, Alex était mon ami et une personne à laquelle j'avais fini par tenir énormément. Mais ce baiser… je n'arrivais pas à me le sortir de la tête. Jamais, au grand jamais, quelqu'un n'avait été capable de me faire tourner la tête comme Alex l'avait fait. Et jamais je ne m'étais sentie aussi désirée et chérie en même temps. Je sentis mes joues devenir rouges. Et bien sûr, ça n'échappait pas à la personne concernée. Alex posa sa main, qui semblait étrangement fraîche, sur mon front. Son regard était soucieux.

— Qu'est-ce que tu me couves ? Quand j'ai vu que tu n'étais pas en cours aujourd'hui et que tu ne répondais pas à mes messages, j'ai compris qu'il y avait quelque chose.

Mes joues chauffèrent davantage. Ce genre de conversation était généralement assez gênante à avoir. Au moment où je comptais répondre, mes crampes recommençaient de plus belle et je me roulais en boule. Qu'est-ce que ça craint d'être une femme parfois.

— Elena, ça va ?

La voix d'Alex était tendue. Je levai mon pouce pour montrer que ça allait. Même si ça faisait un mal de chien, je n'étais pas malade. Inutile de l'inquiéter davantage. Alex se pencha pour se mettre à mon niveau. Ses grands yeux verts étaient remplis d'inquiétude, comme je m'y attendais. Je soupirais.

—Je suis juste indisposée. J'ai l'habitude.

Ses yeux s'écarquillèrent légèrement, mais il resta silencieux. Alex s'allongea à côté de moi et tapota son torse. Sans hésiter, je posai ma tête sur lui et écoutai les battements de son cœur. Ceux-ci étaient calmes et stables, tout comme lui. Il passa sa main dans mes cheveux et je grimaçai. Dans d'autres circonstances, ç'aurait été mignon.

— Désolé si mes cheveux sont un peu gras. Je n'ai pas eu le courage de les laver aujourd'hui.

— Ça va. Ça ne me dérange pas.

Alex continua à passer ses doigts dans mes cheveux. Je me sentais comme un chat sur le point de ronronner. Je levai les yeux vers lui.

—Je n'aurais jamais cru que tu étais une personne aussi tactile, m'étonnai-je pour le taquiner.

— Moi non plus, répondit Alex en souriant. Je découvre beaucoup de nouvelles facettes de moi quand tu es là.

# CHAPITRE 17

## *Elena*

Une émission bien gnangnan passait à la télé, mais ni Alex ni moi n'avions le courage de changer de chaîne. Alex soupira.

— C'est ridicule ces films clichés. Et ne parlons même pas des surnoms stupides qu'ils se donnent.

— Certains sont mignons.

Il était vrai que certains surnoms amoureux étaient vraiment ridicules. Ceux du genre « mon cœur » ou « mon amour », je trouvais ça plutôt adorable. Alex me lança un regard en coin. Je savais qu'il était en train de me juger.

— Je peux t'appeler ma petite tartiflette si tu veux.

Je pouffais. Parfois je me demandais où il allait chercher ses idées, aussi divertissantes soient-elles.

— Mais t'es sérieux ?

— Tu préfères peut-être « Lune de ma vie » ?

Je l'observai en silence pendant quelques secondes. C'était en effet un surnom que je préférerais à « mon bébé d'amour » ou ce genre de truc bien niais qui donnait envie de vomir. Alex fronça les sourcils en voyant que je ne répondais pas.

— Tu n'as pas la référence…

Pendant un bref instant, j'hésitai. Avais-je vraiment envie de m'afficher comme tel ? Il s'agissait de Alex. Même si j'avais eu envie de l'impressionner, il me connaissait déjà trop bien. Alors je décidais de jouer le jeu. Bien que j'allais passer pour la plus grosse geek de tous les temps. Au diable ma dignité.

— *Shekh ma shieraki anni.*

Alex émit un cri de victoire. J'éclatai de rire en le voyant aussi fier. Ce n'était pourtant qu'une réplique de *Game of Thrones*, mais Alex avait l'air tellement content. Ses yeux pétillaient de plaisir.

— Je le savais. Tu es la femme de ma vie !

Je le fixai, bouche bée. Il fallait que quelqu'un lui dise de ne pas jouer avec mon cœur comme ça. Alex leva les yeux au ciel en voyant ma tête, un sourire enfantin sur les lèvres.

— Ne le prends pas autant au sérieux. Je disais ça pour plaisanter.

*Si seulement tu le pensais vraiment…* Au lieu de continuer à regarder l'émission qui passait, Alex mit la première saison de *Game of Thrones*. Au bout de quelques épisodes, mes paupières s'alourdirent. Je posai ma tête contre le torse d'Alex et inspirai son parfum. Son odeur était devenue tellement familière qu'elle m'enveloppait dans un cocon. Alex passa ses bras autour de mes épaules pour m'attirer contre lui. Dans ces moments-ci, j'avais l'impression d'être là où j'étais censée être. La série oubliée depuis longtemps, je fermai les yeux et commençai à m'endormir.

Soudainement, le rythme cardiaque d'Alex s'accéléra et il se tendit comme un arc. Je m'écartai de lui pour voir ce qui se passait, mais Alex se levait déjà. Son regard ressemblait à celui d'un animal sauvage, faisant grimper mon propre rythme cardiaque. Qu'est-ce qui lui arrivait tout d'un coup ?

— Alex, ça va ?

Le regard perdu dans le vide, il ne m'entendait plus. Au moment où je touchais son bras, il sortit de sa trance et fit un pas en arrière, mettant le plus de distance possible entre nous.

— Alex, qu'est-ce qu'il y a ?

— Je viens de me souvenir que j'ai quelque chose d'urgent à faire. On s'appelle plus tard.

Sans me laisser le temps de réagir, Alex attrapa son manteau. Et en un claquement de doigts, il avait disparu.

***

Prise de panique, je passais mon temps à faire les cent pas dans ma chambre. Pourquoi à chaque fois que ça allait bien entre nous, Alex me glissait entre les doigts ? Est-ce que j'en attendais trop de lui ? Peut-être que notre baiser l'avait effrayé ? Peut-être me trouvait-il trop collante ? Trop dépendante ? Plus j'y pensais, plus j'étais submergée par des scénarios plus négatifs les uns que les autres. Et Alex ne répondait pas à mes appels depuis qu'il était parti cet après-midi, ce qui m'angoissait de plus belle. Ne supportant plus le fait d'être dans l'ignorance, je décidai de prendre le taureau par les cornes et appelai sa sœur.

— Allô ?

— Salut, c'est Léna. Tu peux me rendre un petit service ?

— Du genre ?

— Dis à ton frère de répondre à mes appels, sinon je l'étripe.

Le silence à l'autre bout du fil attisa mon angoisse.

— Mais Alex est chez toi.

Réalisant ce qui se passait, je tentai de rattraper le coup tant bien que mal. Il ne fallait pas que j'inquiète sa famille tant que je n'étais pas sûre.

— Ah ! Il a sûrement été faire des courses alors.

Je raccrochai et recommençai à faire les cent pas dans ma chambre. Ma peur ne fit qu'augmenter. Qu'est-ce qui s'était passé pour qu'Alex parte comme ça ? Il m'évitait, et je ne pouvais pas m'empêcher de me sentir coupable, même si je n'avais aucune idée de ce que j'avais fait de mal. Avais-je dit ou fait quelque chose qui l'avait contrarié ? Je n'arrivais pas à comprendre pourquoi il avait fui ainsi.

***

Il était onze heures passé lorsque la sonnerie de mon téléphone me sortit du tourbillon négatif qu'étaient devenues mes pensées. Le nom d'Alex s'afficha sur l'écran et mon pouls s'accéléra. Mes nerfs me bouffaient.

— Lénaaaa, chantonna Alex à l'autre bout du fil.

— Bon sang, Alex ! Où es-tu ?

— Tu me manques.

Ma respiration se bloqua dans ma gorge. Je reconnaissais cette façon d'articuler. Frank parlait souvent avec une langue aussi pâteuse.

— Tu es saoul ?

— Juste un peu.

Alex était complètement à côté de ses pompes. Je ne savais juste pas s'il s'agissait d'alcool ou pire. Qu'est-ce qui s'était passé ?

— Je ne te manque pas ?

— Alex, où es-tu ? m'impatientai-je.

— À une fête. Je vais revenir chez toi.

Je me levai d'un bond et attrapai mes chaussures et mon sac. Il était hors de question que je le laisse prendre la route alors qu'il était sous influence. Je ne serais pas capable de me pardonner si quelque chose lui arrivait.

— Reste. Je vais venir te chercher. Donne-moi l'adresse.

— D'accord.

Le trajet en bus semblait durer une éternité. Mais qu'est-ce qu'il faisait à l'autre bout de la ville à une heure pareille ? En fait, je savais ce qu'il faisait. Je n'arrivais juste pas à comprendre pourquoi. Je pensais que tout allait bien entre nous, mais apparemment j'avais tout faux. Tout comme quelques mois plus tôt, Alex m'avait laissée en plan pour aller faire la fête ailleurs. Je me sentais tiraillée entre la tristesse et la colère. J'avais vraiment été stupide de croire qu'il tenait à moi et qu'il avait changé. Alors que j'avais cru qu'on avait fait des progrès, voilà qu'on se retrouvait à la case départ. Encore.

Une fille nommée Melissa m'ouvrit la porte. Si je tenais compte du dégoût que lui évoquait ma présence, je n'étais pas vraiment la bienvenue ici.

— Je viens chercher Alex.

— Pourquoi ?

— Parce qu'il me l'a demandé.

Pour une raison que j'ignorais, elle n'avait pas envie de me laisser passer, alors je la poussai et rentrai dans la maison. Je n'étais vraiment pas d'humeur à rigoler, et si je devais l'assommer avec un vase pour qu'elle se bouge, je l'aurais fait.

Alex était affalé sur le canapé dans une position qui ne pouvait pas être confortable. Il ouvrit ses yeux injectés de sang et se mit à sourire d'un air béat. Alex avait l'air plus heureux de me voir maintenant qu'il était saoul que quand il était sobre. Je n'étais pas trop sûre de ce que cela signifiait. Il tituba jusqu'à la porte. *S'il tombe, je ne le ramasse pas.*

— Donne-moi tes clés de voiture. Je vais conduire.

Malgré l'alcool qui embrumait ses sens, Alex secoua la tête.

— Tu n'as pas le permis.

Alors qu'il se rapprochait de moi, l'odeur du cannabis vint chatouiller mes narines et je grimaçai. Super. Notre relation avait vraiment fait dix pas en arrière.

— Et toi, tu es défoncé et saoul. Alors tu ne vas certainement pas prendre le volant.

Sans lui laisser le temps de réagir, je lui pris les clés des mains. Je priais pour qu'on ne croise pas de policiers sur la route, ou on aurait tous les deux de graves problèmes. J'aidai Alex à mettre sa ceinture, et pendant une seconde j'envisageai de l'étrangler avec. Je démarrai la Polo. Alex posa sa tête contre la vitre.

— Tu roules de manière trop brusque, marmonna mon ami.

— Si tu n'avais pas bu autant, je n'aurais même pas eu besoin de conduire !

Sentant que j'étais sur le point d'exploser, je décidai de me concentrer sur la route et de l'ignorer. J'étais tellement en colère contre lui que je l'aurais bien encastré.

— Tu es fâchée.

Quelle perspicacité, dis donc.

—Je ne suis pas fâchée.

— Si tu l'es.

—Je ne suis pas fâchée. Je suis absolument furieuse. Ce que tu as fait était égoïste et stupide.

Je me retournai vers lui en le fusillant du regard. Alex baissa les yeux. *C'est ça, va te cacher.* Ce n'était pas dans son habitude d'être aussi docile. Il se taisait pendant le reste du trajet. Je garai la voiture d'Alex devant sa maison avant de sortir. Audrey ouvrit la porte d'entrée, étonnée de me voir sortir de la voiture de son frère. Elle était déjà en pyjama. Alex sortit de la voiture en titubant de plus belle. Toujours prête à commettre un meurtre, je le poussai vers l'intérieur.

— Qu'est-ce qui s'est passé ?

— Ton frère est un imbécile ! Voilà ce qui s'est passé.

Alex trébucha dans les escaliers et je me mis à bouillonner à l'intérieur. Ma patience qui était déjà limitée de base, semblait avoir complètement disparu.

— Tsss, les gens saouls m'énervent, lâchai-je en me pinçant l'arête du nez.

Au moins, contrairement à mon abruti de père, Alex était juste de bonne humeur lorsqu'il avait bu de trop. Il ne se transformait pas en connard agressif qui voulait frapper tout ce qui bouge, ce qui était une amélioration par rapport à quand il était sobre. Peut-être était-ce pour ça qu'il buvait toujours autant dans les fêtes. Audrey et moi le suivions jusque dans sa chambre. Alex se laissa tomber sur son lit et sa sœur me lança un regard inquiet.

—Je t'expliquerai une fois que j'en ai fini avec lui.

La gamine hocha la tête. Pauvre gamine. En espérant que ceci n'arrivait pas trop souvent.

— Tu restes dormir ?

Je jetai un regard vers ma montre. Il était déjà une heure du matin passé. Plus aucun bus ne roulait à cette heure, alors je hochai la tête. La seule chose que j'avais eu envie de faire était de passer une journée calme et cosy, mais ma journée s'était transformée en désastre total.

— OK, tu dormiras avec moi.

Audrey sortit de la chambre, fermant la porte derrière elle. Je me retournai vers Alex qui avait les yeux fermés. Je tapotai sa jambe avec mon pied pour attirer son attention.

— Yo, Alex, tu ne vas pas dormir tout de suite.

Il se mit à me sourire d'un air béat. S'il avait la moindre idée de ce que je pensais, il avalerait son sourire de travers. Je l'aidai à retirer sa veste et remarquai une marque mauve qui décorait son cou. Mon cœur se serra, la nausée pas bien loin. Alex m'avait vraiment fuie juste pour aller boire et se trouver un plan cul ? Était-ce Melissa ? Je ne m'attendais pas à ce que notre baiser signifie grand-chose pour lui, mais j'espérais un peu plus de respect de sa part. Est-ce que je valais vraiment si peu pour lui ? Mes yeux brûlèrent et je détournai le regard. D'un geste brusque, je lui retirai ses chaussures et les jetai sur le sol. J'avais envie de hurler ou de pleurer, selon ce qui venait en premier.

— Tu es super sexy quand tu es en colère.

*Et en plus il se met à radoter.*

— Tu veux voir autre chose de sexy ?

— Quoi ?

— Mon poing dans ta figure !

— Ça ne sert à rien. Il est encore plus stupide quand il est bourré.

Audrey entra dans la chambre avec un verre d'eau et un seau. Elle avait raison. Je m'emportais inutilement. Alex n'était pas lucide. Ça ne servait à rien que je m'énerve maintenant. Je frottai furieusement mes yeux, sentant que les larmes menaçaient de couler.

— Tu vois les jolies statues grecques ? demanda Alex en me fixant.

— Oui ?

Ne comprenant pas où il voulait en venir, j'interrogeai silencieusement sa sœur, mais elle ne semblait non plus comprendre pourquoi il parlait de statues grecques.

— Ben tu y ressembles pas du tout.

OK, donc non seulement il m'avait laissée en plan, mais maintenant il commençait à m'insulter. *Super.* Moi qui pensais avoir touché le fond ce soir. *Respire, Elena. Frapper une personne défoncée serait injuste.*

— Il veut vraiment que je le tue, c'est pas possible.

— Tu es plus belle et t'as un bien meilleur cul ! Et tu as des bras aussi.

Alex pouffa de rire comme s'il avait raconté la blague du siècle. Je décidai d'ignorer son commentaire sur mes fesses pour le moment. Il semblait s'enfoncer tout seul sans trop de difficulté.

— Heureusement, parce que pas de bras, pas de gâteau au chocolat ! continua Alex. Avec une cerise dessus, parce que tu es la cerise sur mon gâteau.

J'aurais dû savoir qu'il ne fallait pas écouter les paroles d'une personne ivre, ça n'empêchait pas les paroles d'Alex de piquer ma curiosité. En plus, il semblait complètement convaincu par ce qu'il disait. On pourrait penser que vivre avec un alcoolique me ferait comprendre couramment le charabia, mais non.

— Je crois qu'il essaye de te faire un compliment.

— Au moins il est gentil quand il est saoul.

Je pris un vieux t-shirt à Alex avant de partir dans la salle de bain. Une fois seule, je me permettais de souffler. Cette journée s'était transformée en chaos total et j'étais épuisée, autant physiquement qu'émotionnellement. Je me dépêchai de me laver le visage et d'enfiler le t-shirt d'Alex. Il était large et m'arrivait pile en dessous des fesses. En sortant de la salle de bain, je décidai de passer voir une dernière fois si Alex allait bien. Même si j'étais toujours incroyablement en colère contre lui. J'entrai dans sa chambre sur la pointe des pieds. Alex semblait dormir, mais tourna la tête vers moi lorsque je m'approchai. Il avait toujours ce petit sourire sur les lèvres. Je vins m'asseoir à côté de lui.

— Comment tu te sens ?

— Pour l'instant, très bien. Et toi ?

— Ça pourrait aller mieux, admis-je en mordant l'ongle de mon pouce. Alex ?

Je détestais la manière dont ma voix tremblait.

— Mmmh ?

— Pourquoi tu es parti ?

— J'avais besoin d'être loin de toi.

Aïe. Ça faisait mal. J'avais donc bien compris. Il m'avait fuie.

— Est-ce que j'ai fait quelque chose de mal ?

— Non, tu étais parfaite comme toujours, répondit-il, fixant son attention sur le plafond.

Était-ce un compliment ou un reproche ? Je profitai de la situation. Quand Alex était sobre, il évitait mes questions, mais quand il était saoul il semblait être ouvert à l'idée de partager ses sentiments. Au fond de moi je savais que c'était mal de ma part de profiter de lui alors qu'il n'était pas vraiment conscient de ses actions. Ça, c'était un détail pour une autre fois. Il ne me répondrait pas si je lui posais la question quelques heures plus tard.

— Alors pourquoi ?

— Je devais vérifier quelque chose.

— Vérifier quoi ?

— Tu poses beaucoup de questions.

*Pourvu qu'il n'y voie que du feu…*

— S'il te plaît. Je n'arriverai pas à me sentir mieux si tu ne m'expliques pas ce qui se passe.

Un soupir s'échappa de ses lèvres et un silence pesant s'installa entre nous. Est-ce qu'il allait encore me répondre ? La seule chose qui m'indiquait qu'il ne s'était pas endormi, était ses doigts qui pianotaient sur son ventre.

— Je me suis rendu compte que je suis amoureux de toi. J'ai flippé.

Tout l'air dans mes poumons s'échappa, me laissant pantelante.

— C'est pour ça que tu m'as fuie ?

Alex hocha la tête. Je dus mordre ma lèvre pour me retenir d'éclater en sanglots. Était-ce si mal de m'aimer ? Il semblait que peu importe ce qu'il allait dire, j'allais pleurer de toute façon.

— J'ai essayé de coucher avec quelqu'un à la fête, mais après ça je me sentais encore plus mal. Je n'arrivais pas à te sortir de ma tête, même quand elle me touchait. Et cela m'a fait réaliser que je voulais être avec toi, peu importe ce que nous faisons ou ce que nous sommes. Même si je suis terrifié.

Mes larmes se mirent à couler. Mon esprit était en désordre, et je n'arrivais pas comprendre ce que j'étais censée ressentir. J'étais toujours en colère et stressée, mais mon cœur avait commencé à battre plus vite. Un étrange cocktail constitué de bonheur et de panique me fit tourner la tête. Est-ce qu'Alex ressentirait toujours la même chose une fois sobre ?

— Pourquoi as-tu aussi peur de m'aimer ?

Il me lança un sourire triste. Alex ne se montrait pas facilement vulnérable. Pour la première fois depuis qu'on se côtoyait, je savais qu'il allait enfin être honnête avec moi.

— Parce que je te donne toutes les clés pour me faire mal.

— Tu es sûr que tu n'es pas sobre ?

Je plissai les yeux.

— Nope, complètement pété.

Était-il en train de se moquer de moi ou non ? Sentant la fatigue me submerger, je me levai du lit. Alex attrapa ma jambe et m'attira vers lui. Essayant de ne pas l'écraser, je me plaçai à califourchon sur lui.

— Waw, ta peau est toute douce.

Alex caressa mes cuisses et je haussai un sourcil.

— Bats les pattes, mon vieux, dis-je en écartant sa main. Les gens saouls ne m'excitent pas.

Un rire silencieux secoua son corps.

— Tu ne sais pas ce que tu rates.

— Vu ton état, tu vas soit me gerber dessus soit t'endormir pendant l'acte. Alors je pense que je vais passer mon tour.

Alex fit la moue, et je ne pus m'empêcher de sourire, sentant enfin une partie de mon malaise se dissiper. Cet homme avait vraiment l'art de mettre mes nerfs en pelote tout comme sa présence pouvait me faire sentir mieux en un clin d'œil. Il ne le savait pas, mais il avait déjà les clés pour me faire mal. Depuis un moment déjà. Alex me renait mon sourire. Je déposai un bisou sur son front et me dirigeai vers la porte.

— Tu vas me manquer cette nuit.

— Bonne nuit, Alex.

— Bonne nuit, Léna.


***

J'entrai dans la chambre d'Audrey sur la pointe des pieds, mais elle leva les yeux de son livre, toujours réveillée. Elle ferma son livre et me fit signe de la rejoindre. Je m'allongeai à côté d'elle.

— Comment il va ?

— Ça va, on a discuté. Je ne sais juste pas si c'est vraiment utile tant qu'il est saoul ni si ce qu'il dit est vrai.

— Alex a tendance à être honnête quand il est bourré. Qu'est-ce qu'il a dit ?

Est-ce que je devais dire à Audrey ce qui venait de se passer ? Je n'étais pas sûre qu'Alex serait d'accord que je partage ce qu'il venait de dire. D'un autre côté, peut-être qu'en parler avec elle m'aiderait.

— Il a dit qu'il était amoureux de moi, et qu'il a flippé.

Le choc était visible sur ses traits.

— Ah, il a donc recommencé.

— Tu veux dire ?

— Mon frère est une autruche. Quand il ressent des émotions fortes, il fuit.

Cela paraissait assez familier. Audrey laissa retomber sa tête dans les coussins en soupirant. Il semblerait que le comportement d'Alex les ait tous affectés. Comment était-il devenu ainsi ?

— Pendant tout un temps, Alex a été en contact avec de la drogue. Ma mère a tenté de l'aider en l'envoyant chez une thérapeute, mais il s'est braqué. Quand tu forces Alex à faire quelque chose, il se braque et tu ne sais plus lui faire voir raison.

— Et vous avez fait quoi alors ?

— On n'a pas eu le choix que de lui faire confiance. Ça a marché, car Alex s'est calmé. Normalement quand il sort, il ne fait que boire ou bien fumer un joint. Mais ça faisait des mois qu'il avait arrêté les sorties, alors je ne sais pas ce qu'il lui a pris.

Je mordillai l'ongle de mon pouce. Toutes les réponses que je cherchais se trouvaient là. Allais-je enfin savoir ?

— Qu'est-ce qui l'a rendu comme ça ?

Audrey pinça les lèvres.

—Je ne peux pas te le dire. Tout d'abord, car je ne sais pas si Alex veut que tu saches, mais aussi parce que je ne sais pas vraiment ce qui s'est passé. Je devais avoir moins de six ans quand il a subi un traumatisme. Il a commencé à vriller depuis.

*Il a subi un traumatisme et a commencé à vriller…*

***

Audrey et moi prenions notre petit déjeuner quand Alex entra dans la cuisine. Vu comme il fronçait les sourcils et poussait contre ses tempes, on ne pouvait pas rater sa gueule de bois. Il vint s'asseoir à côté de moi sans parler. Se souvenait-il de ce qui s'était passé cette nuit. Je lui donnais un verre d'eau ainsi qu'un Dafalgan. Bien que ma colère contre lui était toujours présente, son état actuel me faisait pitié. Audrey et moi continuions notre discussion, laissant Alex décuver.

— Je n'arrive pas à savoir si tu me ménages ou si tu me laisses mijoter.

Je pris une bouchée de ma tartine à la confiture. Une grande partie de moi avait envie de le laisser mijoter, une autre partie voulait rester loin de lui. Oui, sa déclaration d'amour m'avait fait un certain effet. Bon soyons honnête, sa confession avait mis mon monde sens dessus dessous. Dans le bon sens du terme. Mais non, ça ne suffisait pas à entièrement dissiper ma colère, et encore moins ma douleur. L'angoisse que j'avais ressentie la veille avait été trop éprouvante. Sa petite sœur ressemblait à un petit animal face au danger. Avec nos tempéraments, la situation pouvait très vite dégénérer.

— Ça dépend. Est-ce que tu comptes me dire pourquoi tu m'as laissée en plan pour aller faire la fête ?

Alex ne s'était apparemment pas attendu à ce que je passe immédiatement à l'offensive. Vu la journée et la nuit que je venais de passer, je n'allais pas le ménager. Malgré notre discussion de la veille, je voulais voir quelle serait sa réponse maintenant qu'il était sobre. Il n'allait pas m'avouer qu'il était amoureux de moi maintenant qu'il avait repris ses esprits, si ? Alex était bien trop secret sur ses sentiments pour l'admettre en étant lucide. Il haussa les épaules d'un air détaché.

— J'avais besoin de sortir.

J'attendais à ce qu'il me donne plus d'explications, mais Alex garda le regard fixé sur sa sœur. Audrey se leva.

— Laisse-la. Elle s'est fait un sang d'encre hier quand tu as disparu.

Alex changea de sujet.

— Comment suis-je rentré ?

— C'est moi qui t'ai ramené.

Il fit une grimace réprobatrice. Comme si les choses auraient pu se passer différemment.

— Mais tu n'as pas le permis.

Mon sang ne fit qu'un tour.

— Et qu'est-ce que j'étais censée faire selon toi ? Tu ne croyais tout de même pas que j'allais te laisser conduire alors que tu avais bu et fumé ? Est-ce que tu as la moindre idée à quel point on s'est inquiété pour toi ?

Alex se frotta les tempes comme si je lui procurais un mal de tête atroce. *Eh bien, mon garçon, tu ne sais pas ce qui t'attend.* Il me lançait un regard mauvais. Quelques mois plus tôt, cela m'aurait pétrifiée. Désormais je savais qu'il ne me ferait pas mal. Pas physiquement du moins.

—Je peux savoir pourquoi tu me prends autant la tête ? demanda-t-il sur un ton mordant. À ce que je sache, tu n'es ni ma mère ni ma copine.

Ses paroles eurent l'effet d'une claque dans la figure, mais je prenais sur moi. Je voyais à sa tête qu'il regrettait aussitôt ce qu'il venait de dire, non pas qu'il avait l'intention de reprendre ses paroles. D'un côté il avait raison. J'inspirai un bon coup et regagnai mon calme habituel. Fort bien. S'il avait envie de faire sa tête de mule, je n'allais pas insister. Du coup je faisais ce que je faisais de mieux : transformer ma peine en colère froide et calme.

— Tu as raison. J'ai mieux à faire que de perdre mon temps avec toi.

Ma cruauté le blessa, mais je lui en voulais tellement. Comment était-ce possible d'être aussi heureuse et aussi en colère à la fois ? J'attrapai mon sac. Audrey me lança un regard triste. Elle me raccompagna jusqu'à la porte d'entrée et je l'embrassai furtivement. Alex nous suivit, restant en retrait. Audrey disparut, ne voulant pas se retrouver entre son frère et moi. Je sortis de la maison, puis me retournai vers lui. Malgré le fait que je m'étais dit que je n'allais pas insister, je n'avais pas dit mon dernier mot. Alex serra la mâchoire, comme s'il savait que la tempête allait éclater.

— Tu sais, Alex, je sais que je ne suis ni ta copine ni ta mère, mais je pensais qu'on était amis.

— On est amis.

— On ne traite pas ses amis comme tu viens de le faire.

Tout comme la veille, il baissa les yeux. Alex devait vraiment se sentir coupable s'il était incapable de soutenir mon regard. Peut-être que j'aurais dû le ménager un peu. C'était trop tard maintenant. La machine était déjà en route.

—Je ne crois pas que tu réalises à quel point j'étais inquiète pour toi. Ce que tu as fait m'a vraiment blessée. Tu m'as laissée tomber pour aller faire la fête, me laissant dans le flou total. Pendant des heures j'ai culpabilisé, pensant que j'avais fait quelque chose de mal. Puis tu m'appelles alors que t'es complètement bourré, revenant comme une fleur.

Pendant une demi-seconde, Alex ressembla à un enfant fragile et blessé. Une seconde plus tard, son visage était à nouveau un masque. J'inspirai un bon coup en me passant une main dans les cheveux. Bon sang. Il ne comprenait vraiment pas à quel point il avait été stupide.

—J'ai enfreint la loi pour toi. Est-ce que tu as pensé ne serait-ce qu'un instant comment ta famille se serait sentie si tu avais roulé cette nuit et que tu avais eu un accident ? Leurs vies auraient été anéanties. La prochaine fois que tu veux aller faire des choses de ton côté, réfléchis au moins une seconde à ceux qui tiennent à toi.

Ayant enfin vidé mon sac, je descendis les marches du porche. Je me sentais comme une pile électrique qui avait surchargé. Alex fit un pas vers moi et je reculai.

— Tu veux que je te dépose ?

— Je vais marcher.

Il fit un pas de plus.

— C'est un long trajet à pied.

— Je marcherai des heures si ça me permet d'être loin de toi.

Chaque fois que j'ouvrais la bouche, j'avais l'impression de lancer du vitriol sur le cœur d'Alex. Chacune de mes paroles le blessait, et même si je lui en voulais énormément, il ne méritait pas ça. Ses yeux trahirent sa peine.

— Je suis désolée. J'ai juste besoin d'être loin de toi pendant un moment. Tu m'as vraiment déçue.

— Je comprends.

— Au revoir, Alex.

Sans lui laisser le temps de répondre, je partais. J'entendais sa voix qui se brisa.

— Au revoir, Léna.

# CHAPITRE 18

## Elena

Affalée sur mon bureau, je regardais par la fenêtre, ignorant mon devoir de physique. Cela faisait des heures que j'étais dessus, et je n'y comprenais toujours rien. De toutes les matières, celle-là m'était la moins utile. Quelqu'un toqua à ma porte, me sortant de mes pensées. Ou plutôt l'absence de pensée. En voyant Alex à quelques mètres de moi, mon cœur se serra douloureusement. Pendant des jours, je l'avais évité dans les couloirs de l'école. Je ne l'avais plus vu depuis que je lui avais dit que j'avais besoin d'être loin de lui. C'était il y a un peu plus d'une semaine, mais ça m'avait paru une éternité. Alex entra dans ma chambre en laissant suffisamment de distance, comme s'il craignait que je lui saute à la gorge. Je tournai sur ma chaise de bureau pour pouvoir le regarder en face. Des cernes creusaient la peau sous ses yeux et il avait les traits tirés, preuve qu'il venait de passer quelques jours difficiles.

— Salut.

— Qu'est-ce que tu fais là ? demandai-je de but en blanc.

— Comme tu ne répondais pas à mes messages ni à mes appels, j'ai décidé de passer.

Cette petite pointe de culpabilité qui ne m'avait pas quitté depuis ces derniers jours repointa le bout de son nez. En effet, je l'avais ignoré. En toute honnêteté, j'étais absolument terrifiée et je ne savais pas ce que je devais lui dire. « Hey Alex ! Tu m'as fuie et tu es parti te bourrer la gueule. Lorsque tu étais saoul, tu m'as dit que tu m'aimais, et j'aimerais savoir si tu penses la même chose maintenant que tu es sobre ? » Ouais nan, ça ne me paraissait pas une bonne idée. Au départ j'avais été incroyablement en colère. Maintenant je me sentais agitée. Si Alex m'avait fuie ainsi, il y avait une raison pour cela. Je voulais vraiment savoir s'il ressentait la même chose maintenant, mais ça me terrifiait aussi. S'il ne m'aimait pas, cela m'anéantirait. Mais s'il m'aimait, qu'est-ce que cela signifiait pour nous ? Que nous arriverait-il ? Voyant qu'Alex attendait toujours une réaction de ma part, je me raclai la gorge. Quel merdier ! Ne dit-on pas que tomber amoureux est censé être merveilleux ?

— Heu ouais. Désolée…

Je n'avais aucune excuse, alors j'en restais là. Alex me tendit une petite boîte blanche et je haussai un sourcil. Depuis quand ma présence le rendait nerveux ?

— Qu'est-ce que c'est ?

— Un gage de réconciliation.

J'ouvris la boîte pour me retrouver face à un cupcake avec une ganache rose bonbon et plein de petits papillons en sucre. Je fermai la boîte.

—Je n'aime pas les sucreries.

Alex se passa une main sur le visage en inspirant profondément. Je voyais à la manière dont il serrait la mâchoire qu'il avait envie de m'encastrer. Ou de sauter par la fenêtre. Après tout, je ne lui rendais pas la tâche facile. Mais le faire marcher un peu était satisfaisant. Moi sadique ? Absolument.

— Tu as vraiment décidé de me le faire payer, n'est-ce pas ?

Je souris. J'appréciais vraiment qu'il ait été me chercher un gâteau pour se faire pardonner et se soit déplacé jusque chez moi. Personne d'autre ne l'aurait fait. Pas pour moi.

— Bon allez, puisque tu as fait un effort pour aller jusqu'à la boulangerie, je ferai un effort pour le manger.

Son regard s'adoucit lorsqu'il comprit que je le faisais marcher. Il souffla de soulagement.

—J'ai vraiment cru un instant que tu allais me faire passer un moment difficile.

— Honnêtement j'y ai songé, mais je vois que tu t'es déjà infligé suffisamment.

—Je suis sincèrement désolé, Léna. Je ne voulais pas t'infliger ça.

Il se passa une main dans les cheveux, toute confiance en lui ayant disparu. Avait-il aussi mal vécu ces derniers jours que moi ? Ne pas avoir eu Alex dans ma vie pendant une semaine avait été un supplice, et je ne pouvais m'empêcher de me demander s'il avait ressenti la même chose.

— Léna, est-ce que tu crois que tu peux me pardonner ?

— Ça dépend, est-ce que tu as l'intention de me refaire un coup pareil ?

Je tenais énormément à lui, mais je n'avais plus envie de vivre ce genre d'angoisse. Ni ce genre de déception. Il m'avait déjà fait le coup deux fois. Je ne pouvais pas me permettre de me faire de faux espoirs. Mon cœur ne supporterait pas de se faire écraser à nouveau, pas par Alex.

— Bien sûr que non. Je ne veux pas perdre notre amitié.

Je me plaçai en face de lui et Alex me prit dans ses bras. Il serra fort comme s'il avait peur que je le repousse ou que je disparaisse. J'essayais de ravaler mes larmes, sans succès. Le fait qu'il m'avait tant manqué m'effrayait. Je repoussai cette idée de là où elle venait et profitai de l'instant présent.

—Je ne veux plus être comme ça, murmura mon ami dans le creux de mon cou.

— Comment ?

— Aussi ravagé.

Si seulement les choses pouvaient être simples pour une fois.

— Pourquoi tu es venu ?

—J'avais besoin de te voir.

Son honnêteté soudaine me prit au dépourvu. Je levai les yeux au ciel pour masquer l'effet que me firent ses mots.

— Dit comme ça, on dirait que tu parles d'un besoin vital.

Alex ébouriffa mes cheveux en rigolant.

— Tu es ma meilleure amie, bien sûr que j'ai besoin de te voir.

Je plaçai mes deux mains sur mon cœur de manière dramatique et me laissai tomber sur mon lit.

— Aïe ! Je viens de me faire friendzoner.

— Quoi ?

— Quoi ? répétai-je.

— Tu viens de dire quoi ?

Je secouai la tête et continuai de nier en bloc. Je voyais à sa tête qu'Alex commençait à devenir confus.

— Rien du tout.

— Mais tu… commença mon ami.

— Non, non.

Alex et moi éclations de rire. C'était agréable de pouvoir être à nouveau taquin quand nous étions ensemble. Il vint s'asseoir à côté de moi. J'hésitai. Allais-je faire comme si de rien n'était, ou allais-je essayer de lui tirer les vers du nez ? Découvrir la vérité me faisait peur, mais ne pas savoir me rendait malade. Je pouvais encore sentir mon cœur battre dans ma gorge à cause de la panique. Il fallait au moins que j'essaye.

— Est-ce que tu comptes m'expliquer ce qui s'est passé pour que tu me fuies ?

Il fallait que je sache ce qu'Alex éprouvait pour moi. Un petit sourire en coin se dessina sur ses lèvres.

— Tu ne comptes pas lâcher l'affaire, pas vrai ?

— J'aimerais juste comprendre.

— Je ne suis pas prêt à en parler maintenant. Tu peux vivre avec ça ?

J'aurais dû m'y attendre. Alex n'avait pas dit ce que j'espérais qu'il dise. Pourtant, sans même qu'il ne s'en rende compte, il m'avait donné ma réponse. Je mordis ma lèvre. C'était difficile de garder mon calme, surtout face à cette vérité. Mais cette fois, je devais être la plus forte de nous deux. Alex en avait besoin. Je pouvais garder son secret et faire comme si de rien n'était jusqu'à ce qu'il se sente prêt.

— D'accord, je n'insisterai plus si tu ne sais pas en parler.

Les traits de son visage se détendirent instantanément.

— Merci.

Ça ne voulait pas dire que je ne pouvais pas le taquiner un peu. Après tout, l'humour faisait partie de mon mécanisme de survie.

— Tu te souviens de cette nuit ?

Alex se pencha en arrière, inquiet. J'essayai de garder mon expression la plus neutre possible tant bien que mal.

— Pas vraiment. Je me souviens vaguement de t'avoir vue arriver à la fête. Et le fait que tu m'as mis au lit.

— Tu ne te souviens vraiment de rien d'autre ?

— Pourquoi tu insistes autant ? Qu'est-ce que j'ai fait ?

Je souris malgré moi, sentant que j'allais bien m'amuser. Je frottai mes mains ensemble, jubilant à l'idée de lui raconter.

— La question serait plutôt : qu'est-ce que j'ai dit ?

— Qu'est-ce que j'ai dit ? demanda Alex en soupirant.

Je lui racontais son monologue sur les statues grecques, et le fait qu'il trouvait que j'avais un beau cul. Sans oublier la cerise sur le gâteau. Ses joues viraient au rouge. Mon ami se passa les mains sur son visage en pestant.

— Je n'ai pas dit ça.

— Oh si. Devant Audrey.

— Putain…

La jolie couleur sur ses joues s'étendit jusqu'à atteindre ses oreilles et son cou.

— Il y a plus, admis-je en regardant mes ongles rose pâle.

Alex leva les yeux vers moi, s'attendant au pire. Il n'était pas prêt.

— Tu m'as fait des avances pour coucher avec toi.

Alex laissa tomber sa tête entre ses mains. Je lui tapotai la tête, savourant ce moment à sa juste valeur.

— Tu es super sexy quand tu es en colère, dis-je en imitant Alex bourré.

Je craignais que les yeux d'Alex ne disparaissent tellement il levait les yeux au ciel. Il se laissa tomber dans les coussins.

— Ça t'amuse de te foutre de ma gueule, hein ?

— Tu ne sais pas à quel point.

— J'ai honte.

— Même moi j'avais honte pour toi.

Je démarrai un film et me positionnai à côté d'Alex. Il posa sa tête sur mes cuisses.

— Tu es sûr que tu peux voir l'écran dans cette position ? demandai-je d'un air sceptique.

— Mais oui.

J'avais des doutes sur la véridicité de ce qu'il affirmait, mais ne faisais aucun commentaire. S'il avait envie de dormir, je n'allais pas le forcer à regarder avec moi. Je jouais avec quelques mèches brunes et soyeuses. Il ne lui fallut que quelques minutes pour s'endormir. Bien que j'aie choisi le film, je n'arrivais pas à me concentrer sur ce qui se passait à l'écran. Alex était revenu. Et il m'aimait. Mais il ne voulait pas que je le sache parce que… parce que quoi en fait ? Il avait dit qu'il avait peur de m'aimer parce qu'il avait peur que je le blesse. Mais comment le pourrais-je ? Alex était une personne formidable et avant toute chose, il était mon meilleur ami. Et moi aussi je l'aimais. Mon Dieu, je l'aimais tellement. Et s'il avait peur que je le sache, je devrais juste lui prouver à quel point il compte pour moi. Je ne croyais pas forcément au destin, mais quelqu'un avait placé Alex sur ma route, et je n'avais plus envie de vivre sans lui. Nous étions certes tous les deux ravagés, mais nous étions plus forts à deux.

# CHAPITRE 19

## *Elena*

Le bruit d'une assiette qui se fracassa sur le sol me sortit de mon sommeil. Frank se mit à hurler dans la cuisine. Mon cœur battait dans ma gorge, m'empêchant d'avaler. La voix de ma mère sonnait elle aussi de plus en plus forte. Il ne s'agissait plus qu'une question de minutes avant que Frank n'entre dans ma chambre. Pourquoi entrait-elle dans son jeu ? Nous savions toutes les deux à quel point ça pouvait mal tourner. Pour elle comme pour moi. Ne laissant plus la place au hasard, j'attrapai mon téléphone et mon manteau. La cuisine était fermée. J'en profitai pour enfiler mes bottines avant de me faufiler par la porte d'entrée.

Une fois dehors, je courus le plus vite possible. Il fallait à tout prix que je m'éloigne de cette maison. J'entendis mon sang circuler dans mes oreilles ; il m'était impossible d'entendre autre chose que les battements de mon cœur affolé. Mon genou commença à faire mal et je devais m'arrêter de courir si je ne voulais pas aggraver ma revalidation. Lorsque j'atteignis enfin l'arrêt de bus, je me laissai tomber sur le banc. Il était deux heures du matin. Qu'est-ce que j'allais faire ? Où étais-je censée aller maintenant ? Ma respiration forma de petits nuages tellement il faisait froid. *Super.* J'étais hors de la portée de mon père, mais j'étais sur le point de faire une hypothermie. Sans réfléchir, j'appelai Alex. Après quelques secondes, il décrocha.

— Allô ?

Sa voix enrouée de sommeil me fit instantanément sentir coupable. Sauf que je n'avais nulle part où aller.

— C'est moi. Tu peux venir me chercher ?

Ma voix tremblait. Je m'attendais à ce qu'il me dise de me recoucher. Il y avait le bruit d'une porte qui se ferma à l'autre bout du fil.

— Où es-tu ?

— À l'arrêt de bus au coin de ma rue.

— Je serai là dans vingt minutes.

— Merci.

Après ce qui semblait une éternité, mais qui en réalité n'était qu'un quart d'heure, la Polo s'arrêta devant moi. Je montai dans la voiture et Alex m'observa en silence. Il essayait de lire en moi, mais il était trop fatigué. Je sentais ma culpabilité de l'avoir réveillé augmenter. Il avait mieux à faire que venir me chercher en plein milieu de la nuit. Et pourtant, maintenant qu'il était là, je me sentais à nouveau en sécurité.

— Je suis désolée de t'avoir appelé. Je ne savais pas où aller.

Alex posa sa main sur mon front et augmenta le chauffage.

— Tu es glacée. Tu ne savais pas m'attendre à l'intérieur ?

Je baissai les yeux. Avais-je été en danger ? Je n'en étais pas sûre, mais rien que l'idée d'attendre dans cette maison me donnait la nausée. J'avais l'impression que j'allais vomir mes tripes et mon cœur tellement j'étais angoissée. Sentant que mes mains tremblaient toujours, je les cachais sous mon manteau.

— Je suis content que tu m'aies appelé.

— Ça ne t'embête pas ?

— Si tu as peur, j'aime autant que tu m'appelles. Je préfère être réveillé en pleine nuit plutôt que d'apprendre plus tard que quelque chose te soit arrivé.

Alex démarra la voiture. Pendant tout le trajet, mon cœur continua à battre à tout rompre. Même si rien ne m'était arrivé, je me sentais toujours agitée. Ma mère était toujours là-bas, et je ne pouvais que prier pour que rien ne lui arrive pendant la nuit. En arrivant chez lui, je suivis Alex à l'intérieur de la maison en essayant de faire le moins de bruit possible. Une fois dans sa chambre, je me permettais enfin de souffler.

— Tu veux parler de ce qui s'est passé ? demanda Alex en me sortant de mes pensées.

Je secouai la tête. Il était tard et Alex était crevé. Je ne pouvais pas continuer à raccourcir sa nuit. Et qu'est-ce que j'étais censée lui dire ? Que j'avais eu peur que mon père lève la main sur moi ? Cette conversation pouvait attendre quelques heures de plus.

— Peut-être demain.

— Il est très mignon ton pyjama, observa-t-il, un sourire en coin sur la bouche.

Je baissai les yeux vers mon pyjama Pusheen. Ce n'était pas le pyjama que j'avais en tête pour ma première nuit chez Alex. Si j'avais su, j'aurais planifié quelque chose d'un peu plus léger et plus court (non pas que je voulais l'impressionner, quoi que…), mais ce serait pour une autre fois. À ce moment-là, je m'en foutais.

— Allons dormir. Je suis crevé.

— Je dors où ?

— Ici.

— Je ne vais pas dormir avec toi tout de même ?

Alex expira bruyamment par le nez, légèrement irrité. *Bien joué, Léna…*

— Elena, il est tard. Ne fais pas la difficile.

Voyant ma tête, son regard s'adoucit.

— Je suis désolé, je suis juste fatigué.

Sans me laisser le temps de répondre, Alex me prit dans ses bras. J'inspirais son odeur et essayais de me calmer. J'avais vraiment besoin de me détendre. Tout allait bien maintenant. Personne ne pouvait me faire de mal ici.

— Tu as dû avoir peur si tu as décidé de m'appeler.

Je serrai Alex dans mes bras à mon tour. Lorsque mon ami me lâcha, il me fit signe de me coucher. Je m'allongeai sans me plaindre et entendis Alex rigoler doucement.

— Ne t'en fais pas, je ne vais pas te manger.

Il s'allongea à son tour en laissant suffisamment d'espace entre nous. Je lui en étais reconnaissante.

— Je sais. J'ai confiance en toi. Je ne veux juste pas trop empiéter sur ta vie privée.

À chaque fois, j'avais l'impression de m'imposer chez lui, et que dès qu'il me tendait la main, je lui prenais un bras. Ce n'était pas juste, mais je ne savais pas quoi faire d'autre. Alex était devenu comme mon centre de gravité, et à chaque fois j'étais aspirée vers lui comme un papillon de nuit face à une flamme.

— Il est un peu tard pour ça, tu ne crois pas ?

Il n'y avait pourtant aucun reproche dans sa voix.

— Je suis désolée. Je ne voulais vraiment pas m'imposer comme ça chez toi.

— Ça ne me dérange pas. J'aime bien ta compagnie.

Ça, je le savais. Il était amoureux de moi après tout. Une connaissance qui faisait faire à mon cœur des rythmes fous. J'espérais juste que même s'il m'aimait, il serait honnête avec moi.

— Si je suis une gêne pour toi un jour, tu me le diras ?

— D'accord.

Alex se rendormit rapidement. Je remerciai silencieusement le ciel d'avoir placé Alex sur ma route.

***

Je sortis d'un sommeil profond et sans rêve lorsque le réveil sonna. L'esprit embrumé, je sentais que quelque chose était différent. Je n'arrivais juste pas à comprendre quoi. Mon cerveau était comme du bourrage à nounours. Peu importe ce que c'était, j'aimais être comme ça. Et je ne voulais pas me réveiller. Le réveil continua à chanter. J'ouvris les yeux et fus surprise de voir le torse d'Alex. Ses bras étaient enveloppés autour de moi. Je ne savais pas comment on s'était retrouvé dans cette position, mais c'était agréable. Alex dormait à poings fermés et ne semblait pas entendre le réveil. Je lui touchai la joue et il marmonna quelque chose d'incompréhensible. S'il était surpris de me retrouver dans ses bras, il ne me lâcha pas.

— Salut.

— Salut, répétai-je en souriant.

Ses paupières se refermèrent. Je continuais à lui tapoter la joue, mais au lieu de se lever, Alex resserra son emprise autour de moi.

— On doit se lever.

Je fis la grimace en détaillant mon reflet dans la glace. Je n'étais pas du genre à souvent me lancer des fleurs, mais généralement mon style vestimentaire était assez élégant. Là, j'avais tout simplement l'air ridicule. Et pas qu'un peu. Comme j'étais partie de la maison en panique, je n'avais pas pensé à prendre des vêtements avec moi. Pour éviter de réveiller sa famille, Alex avait attrapé des vêtements propres qui se trouvaient encore dans la buanderie. Voilà comment je m'étais retrouvée à porter un jean à motifs psychédéliques à sa maman et un t-shirt fuchsia à étoiles argentées à Audrey. Le tout agrémenté de mon long manteau bordeaux et mes bottines couleur Camel, je sortais tout droit d'une wasserette. Lorsque je sortis de la salle de bain, Alex plaça sa main sur sa bouche pour ne pas rigoler, et échoua lamentablement.

— Ma chérie, tu es magnifaïk ! s'exclama mon ami en imitant la célèbre relookeuse à la perfection.

— Merci, Cristina.

— Allons-y, désastre de la mode.

Quand Alex gara la voiture sur le parking de l'école, je me détachai. Pourvu que personne ne fasse de réflexion sur ma tenue.

— À tantôt, lançai-je.

— Où tu vas comme ça ?

Confuse, je montrais le bahut du pouce. Où d'autre étais-je supposé aller ?

— Ben, à l'école.

— Attends-moi alors.

— Mais tu ne veux pas rejoindre tes amis ?

— Si, mais tu peux venir avec moi. Tu es quand même toute seule.

Ses paroles me prirent à rebrousse-poil. Qu'est-ce qu'il entendait par là ?

— Je ne suis pas une œuvre de charité. Ce n'est pas parce que je suis seule que tu dois me tenir compagnie.

Je sortis de la voiture en ruminant. *Il est culotté, celui-là.* Bon d'accord, je lui devais une fière chandelle après ce qu'il avait fait pour moi cette nuit. Oui, je m'emportais un petit peu trop vite. Mais quand même, c'était un peu fort. Alors quoi ? Une fille ne pouvait plus être seule sans que les autres aient pitié d'elle ?

— Elena, attends !

Alex courait pour me rattraper, mais je continuais d'avancer vers l'entrée.

— Tu sais très bien que ce n'était pas ce que je voulais dire.

Je m'arrêtai net, et soutins son regard.

— C'est pourtant exactement ce que tu as dit.

—Je sais, je suis désolé. Je ne voulais pas te vexer.

Je croisai les bras, attendant son explication. Alex se passa une main sur le visage. J'étais en train d'user sa patience. Son self-control était admirable. Certains élèves nous lancèrent de drôles de regards avant de continuer leur chemin. Était-ce parce que j'étais habillée comme un clown, ou parce que je tenais tête à Alex ? Ou pire, les deux ?

—J'avais juste envie de passer plus de temps avec toi. Comme tu restes seule la plupart du temps, je pensais que ça ne te dérangerait pas de rester avec moi.

Une pointe de culpabilité se forma dans ma poitrine. Au fond, je savais qu'Alex ne voulait que mon bien. Pourtant l'idée qu'il veuille passer du temps avec moi parce que j'étais seule m'avait hérissé les poils. Je ne voulais pas qu'il me trouve pathétique.

— Donc ce n'est pas parce que tu as pitié de moi ?

Alex leva les yeux, exaspéré. Parfois, enfin, la plupart du temps, je me demandais comment il pouvait me supporter. J'étais un sacré numéro et j'avais gâché la matinée. Et elle avait pourtant si bien commencé.

—Je sais que si tu es seule, c'est parce que c'est ton choix. Je ne suis pas si stupide.

Je mordillai l'ongle de mon pouce. Il était temps que j'apprenne à maîtriser mon tempérament merdique.

—Je suis désolée. Je me suis emportée.

— Tiens donc, dit-il en croisant les bras.

—Je suis sérieuse.

— Évite de me sauter à la gorge comme ça, la prochaine fois. Je te connais mieux que ce que tu ne crois.

Il n'y avait rien que je puisse dire. Il avait raison. Alex se retourna vers l'entrée et me fit signe de le suivre. Heureuse qu'il veuille toujours passer son temps avec moi alors que j'étais insupportable, je le suivis en silence. On rejoignit Lucas et Yves dans le couloir. Ils se saluèrent, puis ses deux amis se retournèrent vers moi.

— Salut, Léna ! Ravi de te revoir. Vous êtes venus ensemble ?

Mal à l'aise par l'attention qui s'était tournée vers moi, je me contentai de hocher la tête. Les garçons continuèrent de discuter tandis que je commençai à être distraite. Je sursautai lorsque Alex laissa tomber son front sur mon épaule. Je tapotai sa tête.

— Fatigué ?

— Crevé.

Il ne dormait déjà pas facilement. Et voilà que j'avais écourté une autre de ses nuits. Alex passa un bras autour de ma taille. C'était un geste si simple, et qui pourtant il me faisait fondre.

—Je suis désolée. J'essayerai de ne plus te réveiller pendant la nuit.

Les deux amis d'Alex se turent, leur attention fixée sur nous, et mes joues virèrent au cramoisi. Ce que je venais de dire avait été interprété différemment que ce que je n'avais voulu. Mon ami pouffa dans mon cou. Son souffle sur ma peau me fit frissonner.

—Je ne te voyais pas comme une vilaine fille, chuchota Alex. Me serais-je trompée ?

Oh non, il était en train de flirter avec moi, n'est-ce pas ? Mes joues chauffèrent de plus belle. Je secouai la tête. Il fallait que je sauve le peu de dignité qui me restait.

— Faut que j'y aille !

Sans lui laisser le temps de me taquiner davantage, je fuyais vers le local de mon premier cours. Oh, Mon Dieu, ce matin était une montagne russe de sentiments.

***

— Yo !

Je levai la tête de mon exercice et Nina, une camarade de classe vint s'asseoir à côté de moi. Il s'agit d'une jolie fille aux cheveux bruns coupés au carré, et qui fait quelques centimètres de plus que moi. Et du haut de mon mètre septante-trois, je n'en croisais pas beaucoup. J'avais tellement l'habitude d'être la plus grande.

— Salut.

Pendant quelque temps, on travaillait en silence, mais je sentais qu'elle me lançait régulièrement un coup d'œil. Elle m'observa avec ses grands yeux bruns. Pour une raison étrange, elle semblait vraiment curieuse à mon sujet. Ce qui était bizarre. Personne dans cette école ne m'avait jamais considérée comme suffisamment intéressante. Non pas que je ne me souciais de ça avant. Comme je passais tout mon temps dans une salle de danse, je ne pouvais pas me soucier de ce que mes camarades de classe pensaient de moi. À moins que ce soit la tenue qui l'intriguait ? Cela faisait peut-être de moi une fille superficielle, mais je me souciais de ce que je portais. Son regard me rendit mal à l'aise.

— Il y a un problème ?

— Est-ce que tu sors avec Alex ? lâcha-t-elle sans hésiter.

Bien sûr. Alex, le fameux briseur de cœurs. J'aurais dû savoir que les gens allaient poser des questions. C'était inévitable.

— Non, pourquoi ?

— Je croyais.

— Ça changerait quelque chose pour toi si on était ensemble ?

Nina se mit à rire, ce qui attira l'attention du professeur. On baissa rapidement les yeux sur notre feuille pour éviter les ennuis. Elle se rapprocha de moi pour chuchoter :

— Oh non, plus maintenant.

— Tu… es proche de Alex ?

Allais-je devoir me battre pour lui ? Cette idée me semblait un peu absurde, mais on parlait de l'école secondaire. Tout est possible ici. Elle leva les yeux vers l'horloge au-dessus du tableau. La sonnerie retentit dans les couloirs, indiquant la pause. Nina pencha la tête sur le côté.

— On a eu une relation dans le passé.

— S'il te plaît, ne me dis pas que tu es une ex jalouse qui veut me voir souffrir, plaisantai-je en rigolant.

— Quand je disais une sorte de relation, je voulais dire une relation purement physique.

Ah… Elle était un ancien plan cul d'Alex. Ça rendait le tout un peu gênant du coup. Nina haussa les épaules comme si elle venait de me dire quel temps il faisait dehors. Son honnêteté excessive était déconcertante. Voyant ma tête, elle sourit.

— Désolée, tu ne veux sûrement pas savoir tout ça. On est juste des potes maintenant. C'est juste que j'ai remarqué qu'Alex est différent avec toi.

Nina avait réussi à piquer ma curiosité. Ça restait étrange de parler d'Alex avec une personne que je connaissais à peine. Moi qui me méfiais de tout le monde, voilà qu'une inconnue m'inspirait confiance. Cela me permettait également d'en savoir un peu plus sur Alex. Même si on était devenus plus proches ces derniers mois, il y avait toujours une partie de lui qu'il essayait de garder caché.

— C'est-à-dire ?

— Avant, il n'était absolument pas tactile et j'avais toujours l'impression de me heurter à un mur dès que la conversation devenait un peu trop personnelle. Mais tantôt je l'ai vu rire et te suivre comme un chiot énamouré. C'est chouette à voir.

Ce qu'elle venait de me dire me rendit perplexe. Le Alex qu'elle connaissait semblait différent du mien. Bon d'accord, il est un peu taciturne et un peu lunatique sur les bords, mais Alex est quelqu'un de vraiment gentil. Et drôle.

— Alex est vraiment quelqu'un de chouette, mais c'est vrai qu'il est très distant quand il est méfiant.

— Je vous souhaite tout le bonheur du monde, dit-elle, une main posée sur mon avant-bras.

— Je répète, on n'est pas ensemble.

Nina haussa un sourcil, un petit sourire en coin aux lèvres. Bien sûr, elle ne me croyait pas pour un sou.

—Je vous ai juste souhaité du bonheur. À toi de voir si c'est romantique ou platonique.

***

# Alex

Lorsque Alex se dirigea vers le parc lors de la pause de midi, il fut surpris de trouver Elena et Nina en train de manger ensemble. Nina faisait partie de son passé. Elena faisait partie de sa vie actuelle et, il espérait, son futur. Les voir ensemble était comme mélanger deux parties de sa vie qui n'avaient rien à faire ensemble. Elena se retourna vers lui, tout sourire. C'était la première fois qu'elle semblait à l'aise avec d'autres personnes. Alex s'assit dans l'herbe près d'elle et écouta les deux filles discuter sans jamais participer à la conversation. Une fois que Nina était partie, Alex se sentit agité.

— Est-ce que ça te dérange que j'aie…

— Que tu aies… ? elle répéta.

Pour une fois, Alex ne trouvait pas ses mots, ce qui semblait amuser Elena. Il se passa une main dans les cheveux. Il voulait devenir meilleur pour elle, mais elle connaissait déjà sa réputation. Une réputation qu'il voulait effacer, mais ne pouvait pas…

— Que tu aies eu des relations sexuelles avec Nina ?

La voix d'Elena était très calme, comme si le sujet ne la dérangeait pas du tout.

— Avec Nina et d'autres.

— Pourquoi ça me dérangerait ?

Alex sourit pour cacher sa déception. Il n'aurait pas apprécié le fait qu'Elena juge ses anciennes mauvaises habitudes. Ça n'empêchait qu'il espérait un peu de possessivité de sa part. Alex avait arrêté les fêtes, avait arrêté les coups d'un soir, l'alcool… Il avait tout arrêté, car il tenait à elle. Est-ce qu'elle s'en foutait vraiment ? La jeune femme remarqua que son sourire n'était pas honnête, car son regard devint plus doux.

— Disons que ça me dérangerait si tu le faisais encore maintenant.

***

En rentrant, Alex aperçut sa mère assise à la table de la cuisine. Il tenta de rebrousser chemin jusqu'à ce que sa mère lui fit signe de s'approcher. Elle allait sûrement lui donner un mauvais quart d'heure pour avoir ramené Elena pendant la nuit. Malgré toutes les erreurs qu'il avait commises, il n'avait jamais fait rentrer une fille en douce.

— Comptes-tu m'expliquer pourquoi Elena était là cette nuit ?

*Bingo.* Alex s'assit à côté de sa mère, sachant qu'il ne saurait pas échapper à la conversation.

— Il y avait des problèmes chez elle. Elle a paniqué et je suis venue la chercher.

Elle n'était entièrement satisfaite par cette réponse. Personne ne croirait une excuse aussi bidon dans un autre contexte.

— Est-ce que vous avez…

— Non, rétorqua-t-il sèchement.

Tout le monde croyait qu'il y avait quelque chose entre eux. Maintenant qu'il avait réussi à accepter ses sentiments, Alex comprenait pourquoi. Il avait l'air d'un chiot fou amoureux. Seigneur, il se sentait tel un chiot fou amoureux. Lexi plaça une mèche blonde derrière son oreille. Un gène dont ni lui ni Audrey n'avaient hérité.

— Alex, tu devrais te méfier d'Elena. Je sais qu'elle est très gentille, mais je crois qu'elle profite de ta gentillesse.

Alex fronça les sourcils. Il connaissait Elena. Il savait qu'elle ne voulait pas se servir de lui. Elle préférait rester dans son coin à souffrir en silence plutôt que de demander de l'aide. Si elle avait pris la peine de l'appeler, elle avait vraiment dû se sentir désespérée.

—Je veux qu'elle profite de ma gentillesse.

Lexi écarquilla les yeux en entendant la réponse de son fils.

— Tu ne peux pas la sauver, Alex.

— Mais elle a besoin de moi.

— Elle a besoin d'aide professionnelle. Tu ne peux pas te sentir responsable de ce qui ne te regarde pas.

Alex savait au fond de lui que sa mère avait raison. Il ne pouvait pas s'empêcher de vouloir être auprès d'Elena. Il voulait l'aider tout comme il avait voulu que quelqu'un puisse l'aider autrefois. Voyant qu'il ne répondait pas, elle l'observait en silence.

— Tu es amoureux d'elle.

Inutile de le nier. Tous ceux qui prenaient le temps de le regarder l'auraient remarqué. Alex était si transparent que même Elena aurait pu le remarquer. Il priait pour qu'elle n'y voie que du feu. Alex n'avait pas la moindre idée de ce qu'il devait faire si un jour elle réalisait qu'il l'aimait à la folie, et qu'elle était incapable de lui rendre ses sentiments.

— Chéri, dans une relation il est important que les deux partis puissent être heureux de leur côté. Tu as passé des années à recoller les morceaux de ton cœur. Ne donne pas tout ce qui en reste à quelqu'un d'autre.

Sa mère avait raison, encore une fois. Il savait que son cœur était endommagé et fragile, mais Elena en valait la peine. Il lui avait donné le pouvoir de le briser à nouveau en un simple claquement de doigts.

— Comme si j'avais une chance d'être avec elle.

Elena était trop bien pour lui, il le savait. Ça ne l'empêchait pas de la désirer autant. Elle était gentille et drôle et intelligente, et à chaque fois qu'ils étaient ensemble, il espérait qu'elle l'aimait tout autant.

— Je te demande pardon ?

Alex leva les yeux vers sa mère.

— M'man, regarde-moi. Je n'ai aucune chance avec elle. Je suis une épave. Le jour où elle comprendra ce qu'elle vaut, elle ne voudra pas d'un minable comme moi.

— Alexandre, je t'interdis de parler ainsi. Toi non plus, tu ne sais pas non plus ce que tu vaux.

— Elle est trop bien pour moi et tu le sais. Tu sais à quel point je suis ravagé.

Elena l'avait vu perdre les pédales une fois, ce qui avait lancé un grand coup de froid dans leur amitié. Alex était incontrôlable lorsqu'il était en colère, mais voir la terreur dans le regard d'Elena avait eu l'effet d'une douche glaciale. Elle avait compris à quel point son comportement était destructeur. Il ne voulait plus être cette personne. Elena méritait mieux.

— Si c'est vraiment ce que tu penses, pourquoi tu ne deviens pas meilleur pour elle ?

# CHAPITRE 20

## Elena

— Aïe !

Je laissai tomber ma crosse sur le sol sous le choc. La peau du dessus de ma main se mit à saigner. Sophie, mon adversaire, laissa tomber sa défense et courut vers moi.

— Je suis désolée ! Je ne pensais pas te toucher.

— Ça va aller, la rassurai-je.

— Temps mort. Elena, ça va ?

La prof de gym m'entraîna dans les vestiaires et s'occupa de ma blessure. Ma peau chauffa. Heureusement la douleur n'était pas au rendez-vous. Me blesser pendant mes heures de sport semblait devenir une habitude.

— C'est une belle coupure que tu as là, mais ça ne laissera pas de cicatrice.

— Ça va, je ne m'inquiète pas.

— Léna, je suis vraiment désolée…

Sophie, la petite blonde aux formes bien définies et aux yeux de biche, culpabilisait. Je ne lui avais jamais vraiment parlé, mais je savais qu'elle était une amie à Nina. Bien qu'elle venait de me blesser, et de me faire arrêter de jouer en plein milieu d'un match (chose que je déteste), je n'arrivais pas à lui en vouloir pour une égratignure. Elle culpabilisait déjà suffisamment. J'essayai de la rassurer comme je pouvais.

— Ne t'en fais pas. Les accidents arrivent.

Sophie me lança un regard reconnaissant. En retournant dans la salle de gym, la prof me fit signe de rester sur le banc tandis que le reste du groupe reprenait le match. Sophie vint s'asseoir à côté de moi et nous discutions pendant un moment. Dommage que je ne lui avais jamais parlé avant, c'était une personne plutôt cool.

— Léna !

Alex courut vers moi et je me levai. Il plaça ses mains sur mes joues et m'observa, le regard inquiet.

— Est-ce que ça va ? J'ai entendu dire que tu avais été blessée.

Son attention s'arrêta sur ma main bandée. Il se retourna furieusement vers Sophie.

— Tu n'aurais pas pu faire attention, non ?

Son ton était tellement agressif que Sophie se fit toute petite. Plusieurs personnes vinrent se placer autour de nous en voyant Alex s'énerver. J'avais intérêt à le tenir en laisse avant qu'il ne déraille complètement, et lui donnais un coup de coude dans les côtes.

— Alex, arrête. Je vais bien. Ce n'est qu'une égratignure.

Ses narines tremblèrent.

— Ça aurait pu être pire.

— Mais ça ne l'est pas, alors ne soit pas aussi fâché contre elle. C'était un simple accident.

Je lui fis un signe de tête pour qu'il s'excuse. Pendant de longues secondes, on soutenait le regard de l'autre jusqu'à ce qu'Alex se rende à contrecœur. Alex se retourna vers Sophie, le regard mauvais.

— Désolé.

C'était du vent. Tout le monde en était conscient. Je ne pouvais pas me plaindre. Alex faisait des efforts, à la grande surprise générale. Le célèbre mauvais garçon taciturne n'était en fait pas si mauvais qu'il en avait l'air.

— Alex, nous ferais-tu l'honneur de revenir sur le terrain ?

Son prof de gym s'approcha de nous. Sa patience commençait à se dissiper. Alex l'ignora, son attention toujours sur moi.

— Ça va aller ?

Je levai les yeux au ciel. Quelle mère poule !

— Mais oui. File !

Alex retourna sur le terrain et Nina se plaça à côté de nous en applaudissant.

— Ça alors ! Tu as dompté notre fauve.

Nina me tapota l'épaule, visiblement amusée par ce qui venait de se passer. Je me retournai vers Sophie qui semblait perdue.

— Je suis désolée pour son comportement. Alex n'est pas méchant, mais quand il s'agit de moi, il a tendance à être surprotecteur.

— C'est mignon.

Je mordillai ma lèvre. Avec Alex, c'était tout ou rien. Mais Alex était ainsi, et pour rien au monde je n'aurais voulu qu'il change.

— Il croit que je suis une figurine en sucre et qu'un rien va me briser.

— Normal, dit Nina. Il est fou de toi.

— Oui, il l'est.

Même s'il avait toujours l'impression que j'étais plus fragile que je ne l'étais vraiment, j'appréciais ce côté surprotecteur qui surgissait dès qu'il me croyait en danger. Nina haussa un sourcil.

— Tu n'essayes même pas de le nier ?

— Je sais ce qu'il ressent, alors je ne vais pas prétendre le contraire.

Il fallait juste que je trouve un moyen de lui faire comprendre ce que moi je ressentais. Lui dire que je l'aimais n'était pas suffisant. Il ne me croirait pas.

***

— Ça va, Soso ? Pas trop traumatisée par Alex ? demanda Nina en attrapant son sac de gym.

On sortit des vestiaires des filles et nous dirigeâmes vers le parc pour la pause de midi. C'était assez étrange de suivre ce duo d'amies comme un caneton perdu. Quelque chose en elles m'attirait comme un aimant. Sophie frissonna en repensant à la mésaventure du matin.

— J'ai vraiment cru qu'il allait me frapper ou me hurler dessus.

— Pareil, et pourtant on se connaît depuis l'école primaire.

Nina soupira de manière dramatique. Alex avait cette image de mauvais garçon agressif qui lui collait à la peau. Dommage que personne n'arrive à voir au-delà de l'illusion. Sophie et Nina se retournaient vers moi.

— Et toi ? demanda Sophie.

— Et moi quoi ?

— Tu as déjà eu l'impression que tu allais te faire foudroyer par Alex ?

— Oh oui. J'ai failli me faire pipi dessus, avouai-je en rigolant.

Alex n'était pas à prendre avec des pincettes. Et voir toute la colère qu'il avait en lui m'avait vraiment fait peur au début. Maintenant je savais ce qui se cachait derrière cette colère : quelqu'un qui avait mal, et qui avait peur de souffrir.

— Comment une fille aussi gentille que toi s'est retrouvée en couple avec Alex ? demanda Sophie en prenant une gorgée d'eau.

Nina ricana. Sophie ne connaissait pas notre situation. Ce qui semblait être « en couple » aux yeux des autres, était en réalité « c'est compliqué ».

— En fait, on ne sort pas ensemble…

Sophie écarquilla les yeux. Elle ne me croyait pas.

— À d'autres.

— Non, je suis sérieuse, on n'est pas ensemble.

— J'ai eu peur un instant. Votre duo est celui du grand méchant loup et de l'agneau gentil et innocent.

— Alex est gentil, quand il veut, répondit Nina. Il n'est pas toujours aussi froid.

— Il a toujours l'air tellement distant, bafouilla Sophie, confuse. Comme si tout le dérangeait.

Je ne pouvais pas la contredire. C'était en effet l'image qu'Alex affichait. Il fallait que je casse cette image faussée.

— C'est une façade. Alex est quelqu'un de très sensible et attentionné, mais il le cache sous des airs de je-m'en-foutistes.

Cela attisa la curiosité de Nina.

— Raconte.

Au revoir Bad boy, bonjour le chou à la crème. Alex allait m'en vouloir pour ce que j'allais dire, mais il fallait qu'elles sachent. Je leur fis signe de se rapprocher. Les filles jouèrent le jeu et se rapprochèrent de manière complice.

— Quand j'ai mal à cause de mes règles, il est au petit soin pour moi. Il fait en sorte que ma bouillotte soit toujours chaude, que j'ai toujours assez d'eau et me caresse les cheveux. Il m'apporte également des bubble tea pour me consoler.

— Tu es sûre qu'on parle d'Alex ? demanda Sophie d'un air soupçonneux.

— Ne soyez pas jalouses.

— Zut. J'aurais dû sortir avec Alex quand j'en avais l'occasion, se plaignit Nina d'un air faussement déçu.

— Trop tard. Il est à moi maintenant.

Du moins, pas encore. Mais il allait le devenir, et une fois qu'il serait à moi, je ne partagerais pas. Moi possessive ? Jamais. Une fois qu'Alex serait avec moi, et je le chérirais et je lui montrerais chaque jour à quel point il est formidable. Et il n'y a aucune chance pour que je le laisse partir tant qu'il voudra de moi. Avant cela, il fallait que je travaille sur moi-même pour que je puisse être à la hauteur. Nina me donna un coup de côte.

— Tu vois quand je te dis que tout le monde croit que vous êtes ensemble.

— Donc vous n'êtes vraiment pas ensemble ?

— Pas pour l'instant.

— Je ne comprends pas…

— Personne ne comprend à part eux, acquiesça Nina en haussant les épaules.

Oui, Alex était fou de moi. Et oui, j'étais tout aussi folle de lui. Mais quand allions-nous vraiment être ensemble, je l'ignorais. Nina me lançait un regard complice. Perspicace comme elle était, elle savait ce que je pensais.

— Qu'est-ce que tu ressens pour lui ?

Je ne savais pas ce qui me poussait à m'ouvrir à elles, mais quelque chose chez ces deux filles m'inspirait confiance. Alors je répondis :

— La même chose.

— Il le sait ?

— Il le saura.

Quelqu'un m'attrapa par-derrière et me souleva. Je reconnus le parfum d'Alex et le laissai me tourner comme une poupée de chiffon. Je ne l'avouerais jamais à voix haute, mais le fait qu'il me montre son affection en public faisait battre mon cœur un peu plus vite, et cette chaleur que je ressentais dans la poitrine lorsque Alex était avec moi se répandait un peu plus en moi tous les jours. Lorsqu'il me déposa sur le sol, il ne me lâcha pas pour autant. Alex posa sa tête sur mon épaule et je lui caressai les cheveux. Ils étaient encore humides de la douche.

— Ça va ? Tu as passé une bonne matinée ?

— Mmmh. Comment va ta blessure ?

— Ça va, je n'ai pas mal.

Alex leva les yeux et vit que Nina et Sophie nous regardaient. Nina était intriguée. Contrairement à Sophie qui était mal à l'aise. La pauvre fille devait craindre qu'Alex allait à nouveau lui crier dessus. Mon ami se dépêcha de regarder ailleurs, comme s'il avait du mal à faire face à Sophie.

— Tu culpabilises, n'est-ce pas ? demandai-je à voix basse.

Alex me lâcha, souriant d'un air désolé.

— J'ai exagéré, n'est-ce pas ?

— Oh oui, tu lui as vraiment fait culpabiliser pour rien du tout.

Même s'il avait exagéré et agressé quelqu'un qui n'avait rien demandé, je n'arrivais pas à être en colère contre lui. Je savais qu'il essayait juste de me protéger. Je ne pouvais pas lui en vouloir pour ça. Au contraire. Ça me faisait l'aimer davantage, si c'était possible.

— Tu devrais peut-être mettre les choses au clair avec Sophie maintenant que tu as à nouveau les idées claires.

— Tu as raison.

Alex s'approcha de Sophie en se frottant l'arrière de la tête. Je posai ma main sur son dos pour l'encourager.

— Hum, je tenais à m'excuser de m'être emporté contre toi tantôt.

La jeune femme lui lança un regard sceptique avant de se retourner vers moi, attendant une réaction de ma part. Je hochai la tête. Si seulement les autres pouvaient le voir comme moi je le voyais.

— D'accord, j'accepte tes excuses.

Alex était soulagé qu'elle ne lui en veuille plus. Nina passa ses bras autour des épaules de Sophie.

— Ne t'en fais pas, Alex, Nina le rassura en lui souriant. On sait que dès qu'il s'agit d'Elena, tu n'as plus les idées claires.

Ses joues se tintèrent de rose.

— Touché.

Nina déposa une couverture sur le sol pour faire un pique-nique. Cette fois, Alex se joignit à nos conversations et s'ouvrit un peu plus aux autres.

— Dis, Léna, So et moi allons faire du shopping samedi, tu veux venir avec nous ?

J'hésitai un instant. Je n'arrivais pas à me souvenir de la dernière fois que j'avais fait une sortie shopping entre filles. Même si leur invitation était tentante, je ne pouvais pas accepter. Sophie et Nina étaient meilleures amies depuis la maternelle, et moi j'étais une intruse. Leur gentillesse m'était précieuse, mais je ne pouvais pas trop m'incruster davantage. Je ne pouvais pas empiéter sur leur amitié.

— Non, merci, c'est gentil.

— Pourquoi pas ? insista Nina.

Sophie fit la moue. Alex me donna un coup de coude dans les côtes. Il fit un signe de tête vers Nina et Sophie. Bien sûr qu'il avait compris ce que je pensais.

— Elles veulent passer du temps avec toi. N'aie pas peur d'accepter.

— Tu as peur de nous ?

Sentant le malaise m'envahir, je baissai les yeux. Alex passa son bras autour de ma taille. Je sentais le peu de confiance en moi que j'avais s'effriter, et mes vieilles insécurités reprendre le dessus. J'avais toujours essayé de rester à l'écart des autres, sachant que je ne pouvais pas être ce que les gens attendaient de moi. Et pourtant, je voulais vraiment qu'elles m'apprécient malgré moi.

— Elle a peur d'être une source d'inconfort pour vous, expliqua Alex en répondant à ma place. Elena a du mal à comprendre que certaines personnes veulent passer du temps avec elle juste pour le plaisir.

Comme toujours, Alex avait lu en moi comme dans un livre ouvert et cerné ce que je ressentais. *Parfois, je déteste sa perspicacité.*

Nina se jeta sur moi, repoussant Alex tandis que Sophie me tapotait l'épaule.

— Si on te demande de nous accompagner, c'est parce qu'on a envie que tu sois là, dit Sophie.

— Vous n'avez pas l'impression que je m'incruste dans votre amitié ? Je ne veux pas être une gêne.

Sophie secoua la tête, le regard bienveillant.

— Quoi ? Mais non ! Tu serais une addition parfaite à notre duo.

— Tu serais la cerise sur notre gâteau ! ajouta Nina qui était toujours affalée sur moi.

Je pouffai de rire en entendant à cette référence alors qu'Alex s'étouffait dans sa salive.

— Alors ? Tu viens avec nous samedi ?

Elles ne m'avaient pas seulement invitée pour une journée de shopping. Pour la première fois depuis longtemps, je réalisai que certaines personnes voulaient vraiment de moi. Moi, Elena, la fille timide à la vie merdique. Nina et Sophie m'ouvraient leur cœur, attendant que j'y entre, et je leur en étais reconnaissante.

—J'adorerais.

# CHAPITRE 21

## *Elena*

Nina revint avec nos boissons et je sirotai mon thé glacé, complètement épuisée. Je ne savais pas que faire du shopping pouvait être aussi épuisant. À cause de mes entraînements de danse, je n'avais jamais eu le temps de faire autre chose. Si j'avais un peu de temps libre en dehors de la danse et des cours, je préférais dormir. Ne pas pouvoir danser de manière régulière et au niveau que j'avais atteint était quelque chose qui me restait toujours en travers de la gorge. Et pourtant, faire du shopping comme des filles normales était un chouette changement. Nina laissa reposer sa tête dans sa main, me lançant un sourire espiègle.

— Alors, quelle est la chose la plus excitante que vous avez faite avec Alex ?

— Si tu parles de sexe, je vais devoir te décevoir, hélas. On n'en est pas encore là.

Du moins, j'espérais qu'on était au stade « pas encore » et non « pas du tout ». Nina fit une moue faussement déçue. Serait-ce une bonne idée de lui demander ce qu'Alex aimait, ou serait-ce trop bizarre ? Sophie me sortit de mon questionnement.

— Tu m'as l'air le genre de fille à attendre le mariage, dit-elle en prenant une gorgée de son frappuccino qui avait l'air écœurant.

— Tout le monde pense que je suis comme ça.

Il faut croire que j'avais un panneau sur la tête qui disait : innocence. Autant le faire tatouer sur mon front. Je ne m'en plaignais pas particulièrement, mais ce n'était pas vraiment moi non plus. Était-ce ainsi qu'Alex me voyait ? Je ne m'étais jamais posé la question auparavant, mais maintenant, j'avais envie de savoir ce qu'il pensait de moi. S'il pensait que je suis vierge, cela l'effrayerait-il ?

— Ce n'est pas le cas ?

Je haussai les épaules. Je n'étais pas particulièrement fière ni satisfaite de la manière dont j'avais perdu ma virginité. D'ailleurs, aujourd'hui, je ne pouvais dire que ça : ma première fois avait eu lieu lors du Nouvel An alors que j'étais complètement saoule. Avec un gars qui était sorti du placard quelques semaines plus tard, qui plus est. Et depuis je n'avais pas osé aller beaucoup plus loin en étant parfaitement sobre.

— Je n'ai pas attendu Alex, alors je n'attendrai pas le mariage.

— Alex le sait ? demanda Nina, devenue sérieuse.

— Je ne lui ai jamais dit, non. Tu crois que je devrais ?

Après tout, il avait bien eu sa dose de sexe avec d'autres personnes. Devais-je vraiment lui raconter cette mésaventure ? C'était plutôt gênant. Et puis, pourquoi je pensais à ça moi ? Alex ne savait même pas ce que je ressentais à son égard. Mon esprit sautait des étapes.

— Je crois que ce serait bien pour vous de savoir où vous en êtes tous les deux, déclara Sophie, la voix de la sagesse. Alex aura peut-être moins peur de passer à l'acte s'il sait que tu n'es pas vierge.

Ses paroles confirmaient ce que je pensais.

— Tu as raison. Mais sérieusement pourquoi tout le monde croit que je suis vierge ?

Et pourquoi ça avait une quelconque importance dans l'opinion des autres ? Je laissai mon front reposer contre la table en soupirant tandis que Sophie posa sa main sur ma tête.

— Tu as une gueule d'ange.

— Zut.

Le visage de Nina changea en un claquement de doigts. Passant de la fille plus pétillante et enthousiaste qu'un Golden Retriever, elle abordait un air sérieux et menaçant. Mais son attention n'était pas fixée sur nous. Son attitude sévère me mit mal à l'aise. La Nina qui se trouvait devant moi semblait dangereuse. Elle me faisait penser à Alex. Pas étonnant qu'ils soient amis. Je voulais me retourner vers ce qu'elle avait vu quand Sophie posa sa main sur mon bras en secouant la tête. Piquée par la curiosité, je me retournais malgré l'avertissement de Sophie. Kelsey se tenait à l'autre bout du Starbucks. Ma gorge se noua. Depuis notre embrouille, on avait réussi à ne plus se croiser. La revoir me donnait un drôle de sentiment. Cette fille avait été ma meilleure amie, et pourtant on s'était séparées telles deux inconnues. Comme si ces quinze dernières années n'avaient jamais eu lieu. Nina croisa les bras. Kelsey attrapa sa commande et quitta le Starbucks sans nous lancer un dernier regard, la tête haute.

Si j'avais été à sa place, moi aussi j'aurais fui Dark Nina. Elle était quelqu'un que je ne souhaitais pas avoir en face de moi. Une fois mon ancienne meilleure amie partie, Nina redevint souriante, comme si de rien n'était. Voyant ma confusion, Sophie sourit.

— Nina protège les siens.

La personne concernée tapa deux fois sur son cœur avec son poing.

— Je suis un chien de garde.

On passa le reste de l'après-midi chez Nina. Sa maison n'était pas des plus grandes, mais elle était si accueillante. Sa maison était tout le contraire de la mienne. Nina nous donna à toutes les deux un pyjama en pilou et des chaussettes doudou. Je lançai un regard vers Sophie.

— C'est plus confortable. Tu n'es pas obligée de te changer.

Une fois toutes les trois changées, on se laissa tomber sur le lit avec des bouteilles de Coca et des chips. Pour moi qui étais plutôt casanière, ceci était ma partie préférée de la journée. Pouvoir discuter de tout et de rien avec des copines tout en se prélassant était quelque chose que je savourais particulièrement.

Nina se retourna vers moi. Je savais qu'elle allait me poser une question personnelle, alors je pris un chips pour me donner du courage.

— Dis, Elena, je peux te poser une question ?

— Bien sûr.

— Pourquoi tu as eu peur de devenir notre amie ? Si tu ne veux pas répondre, tu n'es pas obligée.

Je pris un autre chips, me donnant ainsi le temps de mettre mes idées au clair. Nina ne tournait pas autour du pot. C'était une qualité que j'appréciais énormément. Elle avait également l'art de me stresser. Je me jetai à l'eau.

— Disons que quelques personnes m'ont fait croire pendant longtemps que je ne valais rien et qu'il était impossible de m'aimer. J'ai fini par y croire.

— Qui ferait une chose pareille ? demanda Sophie en fronçant les sourcils. Personne proche de toi, j'espère ?

— Mon père.

Voilà. C'était dit. Le secret que j'avais essayé de garder loin du monde était maintenant à découvert. Je pensais que partager cette partie de moi serait mal, mais contre toute attente je me sentais calme.

— C'est dégueu, ajouta Nina.

J'hésitai à développer. J'étais la plus grande des froussardes lorsqu'il s'agissait de s'ouvrir aux autres. Leurs regards bienveillants m'encourageaient sans me donner l'impression d'être obligée de parler. *Inspire. Expire.*

— En fait, lorsque mon frère est mort, mon père n'a jamais réussi à s'en remettre. Toute sa joie de vivre et tout son amour pour les autres ont disparu. Maintenant il est un ivrogne aigri.

Un silence lourd s'installa dans la pièce. Elles hésitaient toutes les deux comment aborder le chaos qu'était ma vie. Nina fut la première à réagir.

— Ton frère est mort ? demanda-t-elle, sa voix douce et posée.

— Oui, il est décédé il y a trois ans.

C'était étrange de parler de mon frère ainsi, au passé. Ça concrétisait un peu plus le fait qu'il ne reviendrait jamais, mais je n'avais plus cette culpabilité qui écrasait ma poitrine dès que je pensais à lui. Mick me manquait. Il me manquerait toujours. Ça n'empêchait pas qu'il fallait que j'aille mieux. Sans lui.

— Je suis désolée, murmura Sophie. Je comprends mieux pourquoi tu as peur de t'attacher aux autres.

Elle me prit dans ses bras comme une mère l'aurait fait. Nina se jeta sur nous et nous serra dans ses bras. Les larmes me montèrent aux yeux. Sans hésiter, je les serrai à mon tour.

# CHAPITRE 22

## Elena

Lors d'une journée lumineuse où j'étais enfermée dans ma chambre en tête à tête avec Derek Hale, Alex valsa dans ma chambre et ferma mon ordinateur d'un geste rapide. Qu'est-ce qui le rendait de si bonne humeur ? Alex ouvrit mes rideaux avant de se laisser tomber sur mon lit. La lumière m'aveugla.

— Allons boire un verre ! J'ai envie de sortir. Ça fait trop longtemps.

Les yeux toujours plissés, je penchai la tête sur le côté. Dans ces moments je me rappelais que nous étions différents. Là où j'étais l'introvertie qui ne sortait jamais de chez elle, Alex était le genre de personne qui aimait les lieux bondés.

— Tu sors souvent. Comment c'est possible ?

Alex me fit une pichenette sur le front.

— Parce que je passe tout mon temps avec toi.

À cause de moi, il ne voyait presque plus ses amis.

— Je suis désolée.

Alex attrapa mon visage en souriant et toucha le bout de mon nez avec le sien.

— Mon petit chou, si je passe mon temps avec toi, c'est parce que j'en ai envie. Maintenant, va t'habiller, on y va.

Une douche plus tard, nous étions dans le centre-ville, en directions vers je cite : un petit café très sympa qui fait de bons mocktails. Alex savait que je ne me laissais pas tenter par de l'alcool. Au début, nous parlions de tout et de rien. Puis, quelque chose dans l'air changea. Je ne comprenais pas ce qui avait changé, mais cela avait un impact sur mon ami. Alex était silencieux depuis quelques minutes. Quelque chose le préoccupait. Je fis comme si de rien n'était, sachant très bien qu'il n'aimait pas qu'on le brusque quand il était dans son monde.

Au moment où j'aperçus la terrasse du café en question, Alex avait cessé de me suivre. Il était livide, tel un animal pris dans les phares d'une voiture.

— Alex, tu vas bien ?

Je posai ma main sur son bras, et la retirai immédiatement lorsqu'il se tendit comme un arc.

— Bonjour, Alexandre. Ça faisait longtemps.

Un homme qui devait avoir la mi-vingtaine se trouvait en face de nous. Il attendait une réponse de la part de mon ami, sans que cette réponse ne vienne. Alex était pétrifié. L'homme fit un pas dans notre direction et sans réfléchir, je m'interposai entre eux. Je ne savais pas ce qui se passait pour qu'Alex soit dans cet état, mais quelque chose en moi hurlait de ne pas le laisser s'approcher. L'intrus haussa les sourcils, visiblement surpris par mon intervention.

— Et tu es ? demanda-t-il d'un ton désintéressé.

— Sa copine.

*OK, mensonge total.* Mon instinct me soufflait de le garder loin d'Alex. L'inconnu me tendit la main. Son sourire n'était pas sincère, ce qui me donnait un drôle de présentement. *Ne montre pas de faiblesse, Léna.* Je lui serrai la main en affichant mon sourire le plus convaincant. Cela sortit Alex de sa torpeur. D'un geste vif, il écarta la main de l'homme de la mienne comme s'il était contagieux. Je pris mon courage à deux mains. Il fallait que je réagisse avant Alex. Un animal acculé était si imprévisible qu'il en devenait dangereux.

— Je crois qu'il serait judicieux pour vous de partir, proposai-je d'un ton que je voulais calme et maîtrisé.

Bien que mon intervention lui déplût, il ne s'opposa pas. Il y avait trop de monde autour de nous.

— À bientôt, Alexandre.

Il me fit également un petit signe de tête avant de disparaître dans la foule. Lorsque l'inconnu s'éloigna, il fallut quelques minutes à Alex pour reprendre ses esprits. Comme s'il avait vu un fantôme dans les yeux de cette personne.

— Léna, tu vas bien ?

Sa peur me fendit le cœur. Je hochai la tête. Il m'observa de la tête au pied pour être sûr que j'aille bien. Qui était cet homme ? Et qu'avait-il fait à Alex pour réussir à le tétaniser ainsi ? J'essayai de sourire de manière rassurante pour qu'il se calme.

— Et toi ?

— Ça va aller.

— Tu veux qu'on aille chez toi ?

Alex hocha la tête. Je ne savais pas à quoi m'attendre lorsqu'il m'adressait la parole, mais je ne m'attendais certainement pas à ceci :

— Alors comme ça tu es ma copine ?

Il avait entendu ça ? Mes joues s'empourprèrent. *Et merde !* Alex en revanche affichait un sourire suffisant. C'était ainsi que fonctionnait son mécanisme de défense. Alex devait faire comme si de rien n'était, sinon il s'effondrerait. Je me raclai la gorge et tentai d'avoir l'air sûre de moi.

— Oui, je me suis dit qu'il nous laisserait peut-être plus facilement tranquilles si je disais qu'on sortait ensemble…

Alex acquiesça d'un mmmh. Est-ce qu'il m'en voulait d'avoir dit ça ? Je partis en direction de la voiture pour ne pas devoir le regarder. Il valait mieux passer à autre chose.

— Tu veux être ma copine pour la journée ?

Le choc que ses mots me provoquèrent m'arrêta net. Mais qu'est-ce qui lui prenait de me demander une chose pareille ?

— Pourquoi tu voudrais que je sois ta copine pour un jour ?

— S'il te plaît ?

Comment aurais-je pu refuser alors qu'il me regardait avec un si doux sourire ? Tout le monde savait que j'étais à sa merci. Je ne pouvais m'empêcher de sourire à mon tour.

— D'accord.

À cet instant, j'étais un moyen pour lui d'oublier ce qui venait de se passer. Je pouvais être une diversion si c'était ce dont il avait besoin. Alex entrelaça nos doigts. Ne sachant pas trop quoi faire, je le laissai prendre les devants et le suivis. Je n'avais aucune idée de comment me comporter dans un couple. Le fait d'avoir été émotionnellement ravagée faisait que je n'avais jamais osé être avec un garçon.

Tel un véritable gentleman, il m'ouvrit la portière de la Polo. Sur le chemin du retour, le silence était pesant, et je ne savais pas comment le briser. Quelque chose de grave s'était passé entre eux. Maintenant que la vérité était à portée de main, je n'osais pas poser la question. Alex fut le premier à parler.

— Tu veux savoir ce qui s'est passé, pas vrai ?

Ses yeux ne quittaient pas la route.

— Bien sûr que je veux savoir.

— Pourquoi tu ne demandes pas ?

— C'est à toi de décider si tu veux m'en parler.

Je savais pertinemment bien ce que c'était de porter des blessures de son passé, et à quel point c'était difficile d'en parler. Souvent, la douleur que l'on ressent peut nous suffoquer et rien que l'idée de devoir dire à voix haute ce qui nous détruit peut sembler insupportable. Je ne pouvais pas pousser Alex à parler.

Alex savait ce qui se passait dans ma vie, car il s'était trouvé au mauvais endroit au mauvais moment. Si les choses ne s'étaient pas déroulées comme ça, je ne serais pas sûre qu'il aurait su un jour. C'était trop dur. Alex posa sa main sur ma cuisse.

— Je veux que tu saches.

— D'accord.

Les battements de mon cœur s'accéléraient. J'avais essayé de savoir ce qui lui était arrivé pendant des mois, mais maintenant que j'avais vu sa douleur, je n'étais plus très sûre de vouloir savoir ce qui l'avait provoquée.

En arrivant chez Alex, on croisa Audrey et sa mère. J'avais à peine le temps de les saluer qu'Alex me tira vers sa chambre.

— Ça alors, tu dois vraiment avoir envie de passer du temps seul avec moi, ironisai-je en entrant dans sa chambre.

— Et alors ? Ça te pose un problème ?

Alex haussa un sourcil moqueur. Toute trace de tension en lui semblait avoir disparu. Mais c'était un leurre. Je fis comme si de rien n'était.

— Non, aucun.

Sans crier gare, mon ami déposa un baiser furtif sur mes lèvres. Avant d'avoir eu le temps de lui rendre son baiser, il reculait déjà.

— Tu ne peux pas dire non aujourd'hui.

Je voulais protester, mais voyant son sourire enjoué et enfantin, je souriais comme une idiote malgré moi. Après tout, j'étais sa copine pendant vingt-quatre heures. *Ça promet de devenir intéressant.* Alex rapprocha son visage et mes paupières se fermèrent, attendant qu'il m'embrasse à nouveau. Rien ne se passa. Avais-je mal interprété son intention ? J'ouvris les yeux, trouvant Alex à deux centimètres de mon visage. Mes joues chauffèrent sous son regard perçant. D'ici, je pouvais compter les rares petites taches de rousseur qui parsemaient son nez et ses joues. Ses yeux remplis de tendresse me comblaient de bonheur. Personne ne m'avait jamais regardée ainsi. Contrairement aux autres, Alex me regardait comme si je représentais tout pour lui. Il était capable de me faire sentir aimer sans même le dire. Secrètement, j'espérais qu'il me le dirait quand même. À ce moment-là, je pourrais lui dire ce que je ressentais pour lui sans qu'il parte en courant.

—Je n'avais jamais remarqué à quel point tu ressembles à une poupée, observa-t-il en prenant mon visage dans sa paume.

C'était plutôt inattendu et, si je puis dire, un peu décevant. Je devrais peut-être être courageuse pour une fois dans ma vie et lui dire ce que je ressentais. Serait-il prêt à accepter mes sentiments ? Les mots étaient sur le bout de ma langue, mais lorsque j'ouvris la bouche, aucun son ne sortit. Pourquoi était-ce aussi dur ? Je repoussai sa main.

—Je ne sais pas comment je dois le prendre. Est-ce que tu essayes de me dire que je suis jolie ou artificielle ?

Alex fit mine de réfléchir pendant quelques secondes, comme si la question méritait vraiment d'être posée.

— Bonne question. J'hésite.

Je lui donnai un petit coup dans l'épaule.

— Tu gâches le moment ! Ne devrais-tu pas m'embrasser maintenant que tu en as enfin l'occasion ?

Alex éclata de rire. D'où me venait ce courage ?

—Oh, je vois. Tu me trouves irrésistible et tu veux m'embrasser désespérément, mais tu ne sais pas comment le demander.

*Touché*. Mes joues s'empourprèrent davantage. Il avait visé en plein dans le mille, comme toujours. Je haussai les épaules d'un air nonchalant, essayant de ne pas perdre la face. Mais c'était peine perdue. Alex ne me connaissait que trop bien. Bien sûr qu'il avait compris que j'avais une irrésistible envie de l'embrasser. *Et puis merde !* Ne lui laissant pas le temps de me taquiner et ne me laissant pas le temps de me dégonfler, je posai mes lèvres sur les siennes. Et ce fut un fail. J'y étais allé avec un peu trop d'ardeur. Ce n'était pas la première fois qu'on s'embrassait, mais c'était la première fois que j'étais celle qui initiait le baiser. Alex rigola contre ma bouche.

— Désolée…

— Ne le sois pas.

— Je n'embrasse pas bien.

— Bien sûr que si. Tu te mets trop la pression, c'est tout.

Il dessina des formes invisibles sur mes joues sans jamais s'éloigner de moi. Son parfum me fit tourner la tête. Alex passa ses doigts sur mes bras, me donnant des frissons. Il m'embrassa à nouveau, doucement. Ne voulant pas gâcher ce moment, j'hésitai un peu avant de l'embrasser à mon tour. Ses baisers étaient si doux et patients, et à chaque fois qu'il me touchait, j'en voulais plus. Il s'écarta de moi, tout sourire.

— Tu vois que tu embrasses bien.

— Tu dis ça pour me rassurer.

Alex se frotta l'arrière de la tête. Ses joues rosirent légèrement.

— Je meurs d'envie de t'embrasser à nouveau depuis cette fois dans ta cuisine.

— Vraiment ?

— Tu n'as aucune idée à quel point tu me rends accro, n'est-ce pas ?

Avant que je puisse dire quoi que ce soit, Alex m'attira contre lui. Cette fois-ci, ses lèvres étaient voraces, et la gêne que j'avais ressentie auparavant s'évapora. Quand il était aussi proche de moi, mon corps se mettait en pilote automatique. Je ne pouvais pas vraiment dire combien de temps nous étions là, ni comment nous nous étions retrouvés sur son lit, mais j'avais l'impression que le temps avait ralenti. Comme s'il n'y avait personne d'autre que nous. L'embrasser était tellement addictif. Chaque baiser me donnait l'impression d'être ivre de la meilleure façon possible.

Au moment où ses mains s'aventurèrent sur ma poitrine, une sonnette d'alarme retentit dans ma tête. Je reculai. Ma vision était floue et ma tête embrumée. Être près de lui était dangereux. Car aimer Alex était si facile, et être avec lui me faisait oublier qu'on n'était pas vraiment en couple. Les lignes devenaient floues quand nous étions ensemble. Même si je savais que je ne pouvais pas me laisser aller complètement, mon cœur avait du mal à comprendre. Alex était ma meilleure moitié, et il n'y avait aucun moyen de lutter contre.

— Arrête. Je ne suis pas prête.

Alex écarquilla les yeux, pris de court. Il leva les deux mains pour faire signe qu'il ne ferait rien. Je devais avoir l'air indécise.

—Je ne t'ai pas demandé à être avec moi aujourd'hui pour coucher avec toi.

—Je sais, marmonnai-je en passant mes mains dans mes cheveux. Ce n'est pas ce que j'ai insinué.

La confusion sur son visage fit augmenter ma panique. Comment lui faire comprendre ce que je ressentais quand mon esprit était sens dessus dessous ? Les mots s'échappèrent de ma bouche tel un tsunami.

— Ce n'est pas que je n'ai pas envie de coucher avec toi, car crois-moi, j'en ai vraiment envie. Mais pas tout de suite.

Réalisant ce que je venais de dire, mes joues et mon cou devinrent cramoisis. Je cachai mon visage entre mes mains. J'avais vraiment l'art de me ridiculiser. Alex se mit à rire à gorge déployée et je me sentais encore plus stupide. Bon sang, qu'est-ce qui m'avait pris de parler sans réfléchir ?

—J'apprécie ton honnêteté, pouffa mon ami de plus belle.

J'avais envie de disparaître sous terre avec toute ma honte.

— Cesse de rire, ce n'est pas drôle.

— Tu as raison. C'est très drôle.

Ses bras glissèrent autour de ma taille, et je baissai légèrement mes mains pour voir son visage. Je m'attendais à trouver un regard moqueur. Alex me sourit, le regard attendri. Comment avais-je pu douter de lui ne serait-ce qu'une seconde ? Alex était certes très grincheux et colérique par moments, mais il était surtout gentil et attentionné. Et au fond, je savais que je ne le méritais pas.

—Je suis désolée.

— Pour ?

—J'ai ruiné ce moment parce que j'ai paniqué.

Mon ami prit mes mains dans les siennes en souriant de plus belle. Il dessinait de nouveaux petits cercles sur ma peau, et instantanément mes nerfs se calmèrent.

— On a tout le temps du monde.

Quand est-ce que la vie avait commencé à me sourire ainsi ? J'espérais que nos vies n'étaient pas juste faites pour se croiser, mais pour parcourir un long chemin ensemble. Alex posa ses lèvres dans le creux de mon cou. Je sentis une certaine pression contre ma peau. Lorsque je compris ce qu'il faisait, il était déjà trop tard. J'écarquillai les yeux. Mon ami releva la tête, la mine rieuse.

— Mais pourquoi tu as fait ça ?

— C'est toi qui m'as demandé de te faire un suçon il y a quelque temps. Maintenant tu l'as. Maintenant, descends de mes genoux, j'ai faim.

Sans me laisser le temps de bouger, Alex me poussa et mon visage atterrit dans les coussins. Je le fusillai du regard, chose qui ne l'intimidait pas pour un sou.

À table, Lexi et Audrey parlaient d'un sujet sur lequel je n'arrivais pas à me focaliser. La main d'Alex était posée sur mon genou, et impossible de penser à autre chose qu'à la chaleur que son toucher me procurait. Alors que ma vie ressemblait à un hiver éternel, Alex était un feu de bois qui réchauffait mes journées. Comme s'il avait lu mes pensées, mon ami me lança un sourire complice que je lui rendais.

— Vous avez l'air drôlement proches aujourd'hui, observa Lexi. Vous sortez ensemble ?

— Non, répondis-je.

— Oui, répondit Alex au même moment.

Audrey fit une grimace. Lexi, quant à elle, rigola. Ses iris verts s'arrêtèrent brièvement sur mon cou avant de vite se focaliser sur son verre de vin. Alex s'esclaffa tandis que j'avais envie de disparaître sous terre, et de ne jamais remonter. Comment allais-je sortir de cette situation vivante ? J'avais tellement envie que sa mère et sa sœur m'apprécient et me considèrent comme suffisamment bien pour Alex. Là, je passais pour la fille bonne à baiser. Je laissai tomber ma tête entre mes bras.

— Ce n'est pas ce que vous croyez, soupira Alex. Je l'ai juste fait pour l'embêter.

Contrairement à toute attente, Lexi haussa les épaules, pas plus intéressée que ça.

— Vous êtes grands, vous faites ce que vous voulez. Évitez juste d'être trop bruyants.

Voyant ma mine mortifiée, sa mère posa sa main sur mon bras. À ce niveau-là, Lexi était tellement plus cool que ma mère ne le serait jamais. Si elle me voyait rentrer avec un suçon, elle se mettrait dans tous ses états.

— Ne t'en fais pas, ma chère, ça se cache avec du fond de teint.

***

Après m'être préparée pour dormir, je retournai dans la chambre et me faufilai sous la couverture, tout en essayant de ne pas trop m'approcher d'Alex. Même s'il avait eu sa langue dans ma bouche quelques heures plus tôt, ce qui me faisait toujours aussi bizarre, je n'arrivais pas à savoir comment ou si je devais initier le contact. Je voulais le toucher. Je ne savais juste pas comment faire. Toute cette histoire de copain/copine était nouvelle pour moi. C'était ironique. Je ne m'étais pas inquiété pour ma première fois, mais initier le contact avec cet homme me faisait peur. J'avais sauté des étapes et étais directement passé à la case « sexe en étant bourré » sans avoir appris à aimer avant, et sans avoir appris à montrer mes sentiments à la personne que j'aimais.

Alex se coucha sur le côté, et je retenais mon souffle. Comme toujours, je savais que j'étais en train de me prendre la tête inutilement ; c'était plus fort que moi. Il m'observa en silence. Je le voyais réfléchir. Alex hésita.

— Tu ne voudrais pas être ma copine, mais pour de vrai ?

Sa question me prit au dépourvu. Objectivement, je savais qu'il m'aimait. Il avait déjà avoué ses sentiments. Et pourtant, malgré tous ses efforts, je n'arrivais toujours pas à me faire à l'idée que quelqu'un comme Alex puisse être intéressé par quelqu'un comme moi. À part un cœur blessé, je n'avais rien à lui offrir. Et il le savait.

— Si, j'aimerais beaucoup.

— Je sens comme un mais qui flotte dans l'air.

Cet homme lisait en moi comme dans un livre ouvert au point où c'en était déconcertant. Un frisson me parcourut.

— Je ne crois juste pas que ce soit le bon moment, avouai-je à voix basse.

— Tu ne crois jamais que c'est le bon moment.

Je ressentais le besoin de m'expliquer. Je ne voulais pas qu'il y ait un malentendu entre nous tout simplement parce que j'étais incapable de m'exprimer comme il fallait. Je voulais être avec lui, plus que tout, mais je voulais d'abord devenir digne de lui.

— Alex, comment suis-je censée t'aimer comme il faut si je ne suis pas capable de m'aimer moi-même ? J'ai envie d'être avec toi. Quand on est ensemble, j'ai l'impression de pouvoir tout surmonter. J'ai l'impression d'avoir de la valeur. Mais je dois réussir à comprendre que j'ai autant de valeur quand tu n'es pas là.

— Que comptes-tu faire ? demanda-t-il en retenant son souffle.

Je sentais une énorme ombre planer au-dessus de ma tête. Ça faisait un bail qu'elle était là. Je ne pouvais tout simplement plus l'ignorer. Alex avait l'air tellement plein d'espoir que j'avais du mal à avaler. Il était temps pour moi d'affronter la vérité. Je devais reprendre ma vie en main et enfin aller de l'avant.

—Je crois qu'il serait temps que je fasse face à mes problèmes, tu ne crois pas ?

Alex resta silencieux, mais hocha la tête. J'étais une lâche.

—Je sais que c'est égoïste de ma part de demander cela, mais est-ce que tu crois que tu saurais m'attendre ? lui demandai-je tout en étant terrifiée.

— Non.

Je ne savais pas ce qui me blessait le plus. Son regard neutre ou son ton décidé. Je savais que je lui en demandais de trop, je lui en demandais toujours trop. Ça ne voulait pas dire que je m'attendais à ce qu'il rejette ma question aussi catégoriquement. Je déglutis.

— D'accord.

—Je ne vais pas attendre ici comme un con pendant que tu règles tes problèmes personnels. Je serai avec toi pendant que tu feras ce que tu as à faire.

Des larmes se formèrent dans mes yeux. Le visage d'Alex perdit toute sa couleur. Pourquoi avait-il l'air si inquiet ? Tout ce que je voulais, c'était de l'embrasser jusqu'à en perdre mon souffle.

— Pourquoi tu pleures ? Qu'est-ce que j'ai fait de mal ?

— Tu n'as rien fait de mal, balbutiai-je, pleurant comme une madeleine. Merci.

# CHAPITRE 23

## Elena

Ça faisait plus d'une heure qu'Alex regardait dehors, alors que rien ne s'y passait. Il était complètement perdu dans ses pensées, et je ne savais pas si je devais le déranger ou non. Depuis que je lui avais dit la veille que je voulais affronter mes problèmes, il semblait dans une sorte de trance. Comme s'il menait un combat intérieur. Dès que je me levai pour aller à la cuisine, il sortit de sa torpeur. Tout ce que je voulais faire, c'était courir et le serrer dans mes bras, et lui dire que tout irait bien. Le voir si triste était comme un coup de poing dans les tripes. Mais je ne le faisais pas. Il était trop fragile à ce moment-là pour que je me précipite sur lui. Cette fois, il allait devoir décider quand ou s'il voulait venir vers moi.

— Tu pars ?

— Non, j'allais juste prendre un encas. Tu veux que je parte ?

Ce n'était peut-être pas le moment de parler. Alex était toujours secoué. Qui était cet homme ? Et qu'est-ce qui s'était passé pour qu'Alex soit dans cet état ?

— Pourquoi voudrais-je que tu partes ? s'étonna mon ami.

— Peut-être as-tu besoin d'un peu de temps pour rassembler tes esprits ?

Alex tapota son index contre la vitre, seul signe de son anxiété.

— Je n'en ai pas besoin. Je suppose que je dois arrêter d'essayer de savoir quoi dire, et juste parler.

— Tu es sûr que tu es prêt à me parler ?

Parce que je n'en étais pas si sûre. Bien sûr, j'étais touchée par le fait qu'il voulait que je sache. Mais était-ce censé se passer comme ça ? J'avais l'impression qu'Alex se forçait à me parler, et je n'étais pas sûre que ce soit la meilleure chose à faire pour lui. Il frotta ses paumes sur son visage.

— Je pense que je ne serai jamais prêt. Léna, je ne peux plus faire ça.

— Faire quoi ?

— Garder cette partie de moi loin de toi. Tu es l'une des personnes auxquelles je tiens le plus, et ne pas être honnête avec toi me pèse.

Le moment de vérité était enfin là. Je retournai m'asseoir sur son lit.

— Cette personne qu'on a croisée t'a fait du mal, n'est-ce pas ?

— Il m'a détruit.

Face à mon regard inquiet, Alex me sourit. Son sourire n'était pas sincère. Il essayait juste de me rassurer, comme toujours. Il fallait que je prenne sur moi et que je sois forte. Il en avait besoin.

— Je vais bien maintenant, ne t'en fais pas.

Il mentait comme un arracheur de dents. Alex n'allait pas bien. Il n'était même plus capable de faire semblant. Soit Alex transformait sa douleur en colère incontrôlable, soit il la noyait dans l'alcool et la drogue.

—Je crois que tu vas moins bien que tu le prétends. Tu n'aurais pas tes accès de colère ni cette attirance pour les substances illicites si tu allais bien.

Je m'attendais à ce qu'il me renvoie la balle, et me dise à quel point j'étais moi-même ravagée. Au lieu de ça, il hocha la tête.

— Tu as raison, mais j'y travaille. On ne dirait peut-être pas, mais j'ai suivi une thérapie pendant des années. J'ai également été dans des groupes pour partager mon expérience. J'essaye vraiment d'aller mieux et de devenir meilleur.

Alex s'assit sur le lit et serra un oreiller contre lui. À cet instant, il ne ressemblait pas à un adulte, mais à un enfant terrifié et perdu. L'enfant que j'avais connu autrefois. Jamais je ne l'avais vu si secoué.

Je réalisai que je ne savais presque rien de lui quand il n'était pas avec moi. Alex ne parlait que rarement de lui-même, et quand il disait quelque chose, il ne parlait que de petites anecdotes. Pourtant, sa vie semblait tout aussi compliquée que la mienne, si pas plus. Ses mains tremblèrent légèrement. Je m'avançai vers lui, mais Alex écarta ses mains pour éviter que je ne le touche. Sans hésiter, j'attrapai ses poignets. Alex tenta de se dégager ses mains alors je renforçai ma poigne. Il leva les yeux vers moi et je soutins son regard. Je ne pouvais pas le laisser s'enfoncer dans sa détresse. Et si je ne pouvais pas l'en éloigner, je l'accompagnerais dans sa descente.

— Tu vas bien. Ce n'est que moi.

— Je ne sais pas par où commencer.

— Tu n'es pas obligé de me dire quoi que ce soit. Tu le sais, pas vrai ?

Alex hocha la tête, les yeux rivés sur nos mains enlacées.

— J'espère juste que l'image que tu as de moi ne va pas changer.

— Si cette image change, elle ne fera que te rendre plus humain à mes yeux.

Il inspira un bon coup. Pour la première fois, Alex était incapable de soutenir mon regard. Mes pouces traçaient de petits cercles sur ses paumes. Il fallait que j'essaye de le réconforter.

— Quand j'étais petit, j'étais dans un club de natation. Ça ne me plaisait pas particulièrement au début, mais comme j'étais doué en sport, mes parents m'ont inscrit dans plusieurs clubs tels que la natation, le tennis et le foot. Comme j'étais plus petit que les autres de mon âge, je me faisais souvent charrier. J'étais également l'un des meilleurs de l'équipe, et donc le favori du coach, ce qui faisait que la plupart de mes camarades ne m'appréciaient pas particulièrement. Je croyais que c'était parce que je m'entraînais et que je faisais de mon mieux que notre coach m'appréciait autant, mais j'avais tort.

Mon sang se glaça à cet aveu. Mon cœur se mit à battre dans mes tempes. Ça ne pouvait pas être vrai. Pourvu qu'il n'insinue pas ce que je craignais. Alex sourit tristement.

— Tu as compris, pas vrai ?

Je déglutis.

— Il a abusé de toi.

— Un jour, après avoir gagné une compétition, je me suis fait agresser par certains membres de l'équipe. Ils ont commencé à me frapper et à me donner des coups de pied. J'étais seul et incapable de me défendre. Le coach a entendu que quelque chose se passait et m'a secouru. Il m'a apporté les premiers soins avant de me conduire chez le médecin. Pendant plusieurs jours, j'étais incapable de quitter la maison à cause de mes blessures, mais le coach venait me voir tous les jours pour s'assurer que je me remette rapidement. Mes parents lui étaient très reconnaissants. Après tout, il n'était pas obligé de veiller autant sur moi. Au début, personne ne comprenait ce qu'il faisait vraiment. Quand j'ai commencé à retourner aux cours de natation, j'ai remarqué des changements. Plus aucun autre enfant n'osait me dire quelque chose de méchant. Ils essayaient d'être gentils. Le coach commençait aussi à changer de comportement. Il passait plus de temps à m'entraîner personnellement pour que je devienne meilleur. Il me donnait du chocolat lorsque mes entraînements se passaient bien. Vincent était devenu mon meilleur ami. Un jour, je ne sais plus exactement ce qui s'est passé, mais je trouvais son comportement trop gentil et trop pot de colle. J'étais mal à l'aise, mais je ne comprenais pas pourquoi. Ça a continué pendant un moment. Un sourire par ci, une main sur l'épaule par là. C'était comme s'il attendait la même chose de moi. »

Je commençais à avoir la nausée. Comment on pouvait s'en prendre à un enfant sans défense, cela me dépassait complètement.

— Tu as été la victime d'un prédateur sexuel. Est-ce qu'il t'a...

Ma voix se brisa. Je ne savais pas comment j'étais censée finir cette question. Sa réponse m'effrayait. Alex secoua la tête en souriant. Pourquoi essayait-il d'être fort, même dans un moment comme celui-ci ?

— Je n'ai pas été violé, si c'est ça que tu voulais savoir. On m'a retrouvé à temps. Mon histoire n'est pas aussi grave que celle d'autres victimes.

Quelque chose se brisa à l'intérieur de moi. Ce n'était pas juste.

— Arrête !

— Elena, je vais bien. Ça s'est passé il y a près de huit ans.

— Je t'interdis de dire ça. Même s'il ne t'a pas violé à proprement parler, cette personne t'a manipulé, a profité de ta naïveté d'enfant et abusé de ta confiance, et a fait des attouchements. S'il avait eu quelques minutes de plus, il t'aurait violé. Alors, ne dis pas que ce que tu as subi n'était pas si grave que ça. Tu as autant le droit de souffrir que n'importe qui.

Je venais de toucher une corde sensible. Sa respiration s'accéléra. Ses yeux étaient incapables de se focaliser. Sans réfléchir, je le pris dans mes bras et le serrai contre mon cœur. Je pouvais sentir sa douleur et elle me rendait malade. Mais si je pouvais lui enlever un peu de cette douleur, je le ferais. Alex s'accrocha à moi comme à une bouée de sauvetage, et mon cœur se fendit. Je lui caressai les cheveux en attendant qu'il se remette de ses émotions. Au bout d'un moment Alex s'allongea sur le dos et posa sa tête sur mes cuisses pour me regarder. Ses yeux brillèrent de larmes non versées.

— Tu as raison, je suis loin d'aller bien. Je croyais m'en sortir pas trop mal, mais le revoir m'a fait comprendre que tout ceci n'était qu'une illusion à laquelle j'essayais de croire. Parfois je ne peux pas m'empêcher de me demander s'ils avaient eu dix minutes de retard ? Je ne peux même pas imaginer à quel point ça peut foutre quelqu'un en l'air quand tu vois à quel point ça m'a détruit.

Sa voix chevrota. Alex prit ma main pour la placer sur son cœur. Celui-ci battait tellement fort que je craignais qu'il finisse par s'envoler de sa cage thoracique.

— Tu vois, Vincent était une personne que j'admirais et je le considérais comme l'un de mes amis les plus proches. Ce qu'il a fait… il me transformait en son esclave personnel, un vulgaire objet pour satisfaire ses désirs. Je n'ai pas été blessé physiquement, mais cela n'enlève pas la peur et la douleur émotionnelle. Malgré les années qui sont passées, je me réveille encore certaines nuits parce que je suis terrifié. C'est une tache que je ne peux pas effacer, et parfois j'ai l'impression que je vais suffoquer.

Que pouvais-je bien lui dire ? Je n'étais pas capable de faire disparaître ses traumatismes. J'espérais juste pouvoir lui venir en aide comme il l'avait fait pour moi. J'espérais qu'il arriverait à surmonter son passé et pourrait enfin devenir heureux. Vraiment heureux.

—Je suis vraiment désolée que tu aies dû traverser tout ça… Mais il ne peut plus te faire de mal.

Alex haussa un sourcil.

— Pourquoi ? Tu vas me protéger ?

En étais-je capable ? Peut-être. En tout cas, j'allais faire tout ce qui était en mon pouvoir.

— Bien sûr ! m'exclamai-je en contractant les muscles de mes bras. Regarde mes biceps. Tu n'es pas impressionné par mon physique ?

Pour la première fois depuis qu'il m'avait ouvert son cœur, son sourire était sincère, et j'avais l'impression de pouvoir respirer à nouveau.

— Oui, je me sens tellement en sécurité maintenant.

Je levai les yeux au ciel, mais au fond de moi je me sentais un peu rassurée. S'il était capable de plaisanter, il y avait de l'espoir.

— Ce que je veux dire, c'est qu'il t'a fait du mal dans le passé, mais tu es un homme maintenant. Une personne mature et physiquement très forte. Personne ne peut te faire du mal comme ça. Et même s'il essaye, je ne le laisserai pas s'approcher de toi.

— Tu es adorable.

Pas la réponse à laquelle je m'attendais. Je fis la moue.

— J'essaye d'être très forte et confiante là…

Alex posa un baiser sur mes doigts.

— Tu l'es. Tout comme tu es adorable, et j'aime à quel point tu es protectrice.

— Tu sais que je remuerais ciel et terre pour toi, n'est-ce pas ?

J'espérais qu'il comprenait que j'étais sincère. Je l'aimais tellement. À ce stade, j'étais prête à n'importe quoi pour lui.

— Je sais.

***

Depuis que j'avais appris l'histoire d'Alex, il agissait comme une autre personne. Bon d'accord, j'exagérais un peu, mais les choses avaient changé. Nous étions devenus encore plus proches, chose que je croyais impossible. Il n'y avait plus ce mur autour de son cœur. Maintenant que j'y avais ma place, il ne semblait plus vouloir me voir partir. C'était agréable d'être accepté et aimé, surtout par une personne que j'aimais tout autant.

— Est-ce que tu dois vraiment retourner dans cette maison ? Je n'aime pas te laisser seule ici.

Alex observa ma maison comme si le diable en personne s'y trouvait. Peut-être qu'il n'avait pas tort.

— Je n'ai pas vraiment le choix. Où est-ce que j'irais ?

— Tu peux rester chez moi.

J'appréciais l'idée bien que ce n'était pas possible.

— Je ne peux pas rester indéfiniment chez toi.

— Pourquoi pas ? Ma mère t'adore.

— Je ne peux pas profiter de vous de cette manière. Ce ne serait pas correct.

Ils avaient déjà été si bons avec moi. Je ne pouvais pas continuer à compter sur eux indéfiniment. Et puis, au fond je savais que l'affection que Lexi éprouvait à mon égard avait changé au moment où notre amitié avait évolué. Alex voulut riposter, mais il se ravisa.

— D'accord. Appelle-moi si quelque chose se passe, OK ? Je m'en fous de l'heure ou de la raison. S'il y a quoi que ce soit, je viens te chercher.

— Regarde-toi. Tu seras un petit-ami parfait, plaisantai-je pour alléger la situation.

Cette fois-ci, il ne réagissait pas à ma blague. Il était plus sérieux que jamais.

— Promets-le-moi ! insista-t-il.

— Je te le promets.

En entrant dans la maison, j'essayai de filer vers ma chambre en silence pour être sûre de ne pas voir Frank. La chance ne fut pas de mon côté, je le croisai dans le couloir. Il semblait particulièrement sobre, ce qui me rassura. Mon père haussa un sourcil en me voyant, mais ne semblait pas plus intéressé que ça par ma présence. J'appréhendais ce qui allait se passer. Quand il était sobre, il n'était pas violent physiquement. Ses mots devenaient ses armes : tranchants et faits pour blesser une personne à sang.

— Où étais-tu ?

*Comme si t'en avais quelque chose à foutre.*

— Chez des amis.

Son regard s'arrêta sur la tache dans mon cou et je déglutis. J'aurais dû suivre le conseil de Lexi et cacher cette tache avec du fond de teint.

— Des amis, tu dis. Tu n'es vraiment bonne qu'à baiser.

Comment allais-je réussir un jour à l'affronter et lui tenir tête ? Ses mots avaient le même effet que ses poings. Ma respiration se bloqua. Je baissai les yeux et me dépêchai de rentrer dans ma chambre. Je ne me briserais pas devant lui. Pas cette fois.

# CHAPITRE 24

# Alex

— Tu veux regarder quoi ?

Elena regardait les DVD qu'ils possédaient. Alex ne savait pas quel style de films elle allait choisir, mais il craignait quelque chose de romantique et cliché. Même si généralement ils avaient les mêmes goûts, un jour ou l'autre elle allait le forcer à regarder quelque chose dans le genre de *Titanic*, non ? Elena sortit un DVD : *Les Chevaliers du Zodiaque*. *Sauvé*.

—Je ne pensais pas que tu choisirais ce genre d'animé.

Elena sourit doucement, regardant le boîtier du disque.

— Lorsque nous étions petits, mon frère et moi regardions *Les Chevaliers du Zodiaque* en mangeant notre déjeuner avant de partir à l'école le matin.

—Je pensais que tu choisirais un film romantique. Me voilà soulagé.

Elena lui tapota le dessus de la tête avant de repartir vers la chambre. Elle se déplaçait dans la maison comme si elle était chez elle. Une vue qui le rendait heureux.

— Ce n'est pas parce que je suis une fille que ça veut dire que j'aime les films romantiques par défaut. Je n'aime pas particulièrement les films à l'eau de rose. Tu devrais le savoir maintenant.

Touché. Alex mit l'animé en marche avant de se retourner vers Elena. Voir la danseuse allongée sur son lit devenait petit à petit une habitude, et cela mettait Alex dans tous ses états. Il était tellement amoureux d'elle. C'en était presque comique. Alex inspira un bon coup et s'assit également sur le lit. Alors qu'Elena avait les yeux rivés sur l'écran de la télévision, Alex ne pouvait s'empêcher de la regarder elle. Au début il avait eu peur leur amitié pâtirait une fois la vérité révélée au grand jour. Chaque personne qui avait appris ce qui lui était arrivé, le regardait avec des yeux tristes. Or, Elena restait la même. Elle ne faisait pas comme si de rien n'était, mais elle ne le traitait pas non plus avec des pincettes comme s'il allait se casser dès qu'on s'approchait de lui. Avec elle, il n'était pas une victime ni un gars à problème. Il était simplement Alex. Au bout d'un moment, la jeune femme tourna la tête vers lui en haussant un sourcil.

— Y a-t-il une raison pour laquelle tu m'observes ainsi ?

Sans dire un mot, Alex l'embrassa. Réalisant qu'il venait de l'embrasser alors qu'elle lui avait dit qu'elle voulait attendre, il s'attendait à ce qu'elle le repousse. Alex s'écarta brusquement, prêt à s'excuser pour son impulsivité. Ayant agi sans réfléchir, il avait profité de la situation et était devenu le type de gars qu'il méprisait.

—Je suis désolé. Je n'aurais pas dû faire ça.

Elena lui lança un sourire espiègle.

— Je sais que je suis irrésistible, mais préviens-moi la prochaine fois.

— Tu ne m'en veux pas ?

Elle se retourna entièrement vers lui, ignorant ce qui se passait sur l'écran. Elena posa sa main sur la nuque d'Alex et l'embrassa à son tour. Doucement au début, mais elle devint plus confiante lorsqu'il lui rendit son baiser. Elena s'allongea sur le dos et attira Alex vers elle. Perdus dans leur monde, le temps s'était arrêté. Bien qu'ils étaient amis avant tout, en l'embrassant, il avait l'impression d'être à sa place. Comme s'ils étaient faits l'un pour l'autre. *Quel cliché.* Et pourtant, cette fille étrange était devenue son chez-lui, et être avec elle était aussi naturel que de respirer.

— Vous pourriez au moins fermer la porte quand vous comptez faire des cochonneries.

Audrey leur lança un regard mauvais. Elena rigola dans son cou. Ils se relevèrent et lui firent face.

— C'est ma faute. Désolé.

Il avait intérêt à fermer sa porte la prochaine fois s'ils voulaient avoir la paix. Contrairement à lui, Elena ne semblait pas ennuyée ni mal à l'aise pour un sou.

— Mais non. C'est moi qui me suis laissé tenter par le démon. Ça n'arrivera plus.

— Tu viens d'insinuer que je suis un démon ?

— Un très beau démon. Je tiens à préciser.

— Tu ne m'aimes vraiment que pour mon apparence, n'est-ce pas ?

Elena lui lança un regard en coin.

—Bien sûr, tu ne croyais tout de même pas que j'étais intéressée par quelque chose d'aussi futile que ta personnalité ?

Alex posa ses mains sur son cœur, faisant semblant d'avoir été blessé. Il devenait aussi dramatique qu'elle. Le visage Audrey se contorsionnait de dégoût face à leurs plaisanteries et ferma la porte.

—Je crois qu'on va devoir fermer cette porte plus souvent si tu as encore l'intention de m'embrasser, dit la danseuse en recoiffant ses cheveux.

Comment arrivait-elle à être si calme alors qu'il était dans tous ses états ? Alex décida de jouer cartes sur table. Il avait besoin d'être honnête. Elena était sa drogue.

—Je suis égoïste. Tant que tu ne me dis pas stop, je prendrai tout ce que je sais prendre.

Elena l'observa avec ses grands yeux bleus, prenant le temps de réfléchir. Elle hésitait si oui ou non elle allait dire la vérité.

— C'est difficile de résister quand il s'agit de toi. J'ai envie d'être avec toi.

Il ressentait à nouveau ce mauvais pressentiment qui lui collait à la peau. Elena remarqua son désarroi.

— Alex, qu'y a-t-il ?

—Je n'arrête pas de penser que quelque chose va arriver. J'ai peur que tu t'éloignes de moi.

— Pourquoi tu penses ça ?

Alex ferma les yeux. Pourquoi était-il si anxieux ? Il ne savait pas d'où venait cette peur, mais plus il devenait proche avec Elena, plus il avait l'impression qu'ils ne seraient jamais ensemble, et cette idée lui donnait la nausée. Son cœur battait dans ses tempes. Il sursauta lorsque Elena monta à califourchon sur ses genoux. Elle plaça ses paumes sur son visage. Chaque contact le rendait encore plus accro à elle, mais elle n'avait aucune idée du pouvoir qu'elle exerçait sur lui.

— Alex, parle-moi.

Il passa ses mains dans ses cheveux. *Respire.* Il fallait qu'elle sache ce qu'il ressentait. Il ne pouvait plus le lui cacher, même si elle ne partageait peut-être pas ses sentiments. Alex espérait juste que ses sentiments ne la chasseraient pas. Peu importe qu'elle l'aime ou non, il ne voulait plus vivre sans elle.

— Je t'aime, et ça me terrifie.

Elena sourit tellement fort que ses yeux se transformèrent en croissants de lune. Alex ne put s'empêcher de sourire à son tour en la voyant si heureuse. Elle posa son front contre le sien.

— Je ne comptais pas te dire ça maintenant ni comme ça, mais peu importe. Je t'aime, Alex.

Son cœur continuait à battre à tout rompre. Elle déposa un baiser sur sa joue avant de reculer, souriant toujours autant. Comment quelqu'un d'aussi bien qu'elle pouvait aimer quelqu'un comme lui ? Alex sentit ses yeux brûler. Il avait envie de pleurer de bonheur. Alex savait qu'il l'aimait ; il le savait depuis un moment. Et il avait accepté le fait que cet amour ne serait qu'à sens unique, parce qu'elle était avec lui. Et ça lui suffisait. Mais être aimé par la personne qu'il aimait et chérissait le plus lui semblait irréel. Pourtant, il ne pouvait plus le nier maintenant qu'il savait. Les yeux d'Elena étaient remplis d'amour et d'affection. Amour et affection qui lui étaient adressés. Comment se faisait-il qu'il n'avait jamais réalisé qu'elle le regardait de la même manière qu'il la regardait ? Ses craintes s'en allèrent comme de la neige au soleil. Elena essuya doucement les larmes qui s'échappèrent. Il se sentait ridicule de pleurer devant elle, mais il était si heureux qu'il n'arrivait pas à empêcher ses larmes de couler.

— Moi qui pensais faire quelque chose de mignon pour te le dire.

Elle était adorable. La connaissant, Elena lui aurait sans doute offert un bouquet de fleurs et une petite carte avec un ourson dessus.

— Tu vois que tu es une romantique !

Elena fit la moue, son regard enjoué.

— Ce n'est pas parce que je n'aime pas les films d'amour que je ne suis pas romantique.

— Pourquoi moi ?

Il fallait qu'il sache. Elena prit les bras d'Alex et les plaça autour de sa taille. C'était plutôt excitant quand c'était elle qui menait la danse.

— Quoi ? demanda la jeune femme, prise de court.

— Pourquoi tu voudrais être avec moi et pas quelqu'un d'autre ?

— Je ne sais pas. C'est toi, c'est tout. Mon cœur a décidé que ce serait toi.

Un rire le secoua.

— C'est très niais, même pour toi.

— Je sais. J'ai honte d'avoir dit ça à voix haute.

Elle cacha son visage dans le creux de son cou en rigolant à son tour.

— Et si je ne suis pas assez bien pour toi ?

Elena redevint sérieuse. Il savait qu'il allait trop vite. Ils n'étaient même pas encore ensemble. Étant l'ange qu'elle était, Elena restait patiente et le rassura.

— Tu sais, Alex, il n'a jamais été question de si on est assez bien l'un pour l'autre. Il s'agit de faire des efforts pour l'autre. Je veux être la meilleure version de moi-même pour pouvoir être avec toi, peut-être que tu devrais essayer de faire pareil. Et pour le reste on s'en sortira ensemble.

Elle s'allongea et lui fit signe de la rejoindre. Il ne pouvait rien lui refuser et s'allongea en la regardant en face.

— Tu crois vraiment que je sais devenir meilleur ?

— J'en suis convaincue. Tu deviens déjà meilleur de jour en jour. Je ne comprends juste pas comment tu n'as jamais compris que j'étais folle de toi ? Ça fait des mois qu'on se tourne autour.

Question facile. Alex avait toujours pensé que personne ne pourrait l'aimer. Après son traumatisme, il s'était perdu au point de croire qu'il n'était plus digne d'être aimé. Et pourtant, Elena l'aimait malgré le fait qu'elle sache tout de lui.

— Il y a une différence entre être intéressé et aimer, précisa-t-il simplement. J'ai cru que tu étais juste intéressée.

— Crois-moi, j'ai dépassé ce stade depuis longtemps. Je suis totalement, complètement, follement, profondément amoureuse de toi. Mais ne t'inquiète pas, ça ne me dérange pas de te le rappeler encore et encore.

Avait-elle toujours été si mielleuse et ringarde ? Voilà une nouvelle facette d'Elena qu'il adorait déjà. Elena semblait si calme avec toute cette histoire. Pour une fois, Alex n'hésita pas et la laissa prendre les devants. Lui qui était un maniaque du contrôle, il la laissait prendre le contrôle sur eux, sur lui. C'était déroutant, et c'était effrayant. Mais il lui faisait confiance. Elena essaya de lire en lui.

— Est-ce que ça te dérange que je prenne autant mon temps ? demanda-t-elle d'une voix moins assurée. Sois honnête.

Alex réfléchit à la question. Jamais il n'avait été en couple avec qui que ce soit. Avec Elena, c'était différent. Il se sentait excité d'apprendre enfin à être aimé et à être dans une relation. Tant qu'elle était là, il n'y avait pas d'urgence. Chaque moment passé ensemble en valait la peine. Savoir qu'elle l'aimait était bien plus que ce qu'il n'aurait jamais pu espérer.

— Pourquoi ça me dérangerait ?

— Tu n'as pas trop l'impression que je te fais poiroter ?

— Mon petit chou, si tu as besoin de temps, prends ton temps. Tant que je sais que tu es sérieuse à propos de nous que je le suis, je peux attendre.

Elena se blottit dans ses bras comme un chaton. Sa chaleur l'envahit et l'enveloppa telle une couverture.

— Tu es le meilleur.

— Je sais.

***

# Elena

— Bonjour, Elena, comment vas-tu ?

La mère d'Alex entra dans la cuisine, toujours vêtue de son pyjama.

— Ça va bien, merci. Et vous ?

Malgré le nombre d'heures que je passais dans cette maison, je n'arrivais jamais à me sentir à l'aise quand Lexi était là. Pourtant, elle me connaissait depuis que j'étais née. Quelque chose dans sa présence me donnait toujours envie de baisser les yeux. Quand j'étais seule, elle avait toujours l'air plus heureuse de me voir que lorsque j'étais avec son fils.

— Ça va bien.

Lexi s'assit en face de moi en m'observant en silence. Ça en devenait malaisant. J'essayais de soutenir son regard, mais c'était difficile.

— Je peux te demander un service ?

La nervosité rongea ma paix intérieure. Je hochai la tête en déglutissant. Oh, mon Dieu, qu'est-ce que j'avais encore fait ?

— Alex et toi pouvez faire ce que vous voulez, vous êtes assez grands. Mais évitez de choquer ma cadette.

*Oh non.* Je sentis mes joues s'empourprer. Tout ceci était un malentendu et je voulais rectifier le tir. Je n'avais pas envie que ma future belle-mère croie que je passais mon temps chez elle, juste pour fricoter avec son fils. Bon d'accord on s'était embrassé, mais on n'en était pas encore là.

— Ce n'est pas ce que vous croyez. On n'a pas…

Lexi haussa un sourcil en attendant que je finisse ma phrase. Je me raclai la gorge et repris :

— C'est un simple malentendu. Nous n'avons rien fait. On s'est embrassés, mais on n'a pas l'intention d'aller plus loin que ça. Alex et moi en avons parlé.

Alex venait à peine de m'avouer ses sentiments. Avec nos passés, prendre notre temps était la meilleure chose à faire. Nous étions tous les deux peu sûrs de soi, et nous avions tous les deux du mal à accepter l'amour de quelqu'un d'autre. Je voulais que nous puissions construire une relation pleine de confiance et de patience. Oui, bon d'accord, je voulais également du sexe de malade. Après tout, j'étais juste une fille avec des hormones, comme tout le monde. OK ? Mais ça devrait attendre un peu plus longtemps. La première chose que je devais faire était de ramasser les bouts de ma vie et aller de l'avant afin de pouvoir être digne de lui.

— Tu as l'air sérieuse. Je vais simplement te demander de ne pas lui donner de faux espoirs, d'accord ? Alex a l'air d'être quelqu'un d'indifférent, mais son cœur est fragile.

Voyant où elle allait, je hochai la tête et décidai d'être transparente avec elle. Après tout, elle était ma future belle-mère, même si elle me foutait les pétoches par moments.

— Je sais. Je suis au courant de son passé.

Son visage blanchit sous l'effet de l'inquiétude.

— Il te l'a dit ?

Je hochai à nouveau la tête. La maman d'Alex passa ses mains dans ses cheveux, sa respiration lourde. Je n'arrivais pas à m'imaginer comment elle devait se sentir avec ce qui était arrivé à son fils.

— Qu'en penses-tu ? Alex n'a jamais voulu que qui que ce soit ne soit au courant de son passé. Ça m'étonne qu'il ait décidé de t'en parler.

— Ça ne change rien pour moi. Alex reste Alex, et je l'aime tel qu'il est.

Lorsqu'elle se mit à pleurer, je me demandais si j'avais dit quelque chose de mal. Lexi se leva et me serra dans ses bras. Je lui rendis son étreinte, tout aussi émue. Pour la première fois depuis des mois, j'avais l'impression qu'elle m'acceptait enfin. Non pas pour la petite Elena d'autrefois, mais pour moi.

— Prends bien soin de mon fils, d'accord ?

— Qu'est-ce que t'as fait à ma mère ?

Alex entra dans la cuisine, le regard suspect. Sa maman déposa un bisou sur mon front. Elle me fit un clin d'œil et l'atmosphère redevint plus légère dans la cuisine.

— Rien. On discutait entre filles.

# CHAPITRE 25

## *Elena*

Au moment où Nina et moi sortions de la classe de bio, j'aperçus Alex qui nous attendait en dehors du local. Il était étrangement nerveux. Il dansait d'un pied à l'autre et ses doigts pianotaient sur ses bras. Ses cheveux bruns étaient encore plus ébouriffés que d'habitude. Comme s'il avait passé ses doigts dedans un nombre incalculable de fois.

— Tu as des plans pour ce soir ? demanda-t-il de but en blanc.

— Non.

Nina me lança un sourire en coin avant de partir rapidement dans l'un des couloirs. Était-elle au courant de quelque chose que j'ignorais ?

— Alors maintenant tu en as.

— C'est-à-dire ?

Allons à un rendez-vous.

Un rire m'échappa. Était-il nerveux de m'inviter à un rendez-vous ? Il fallait que je le taquine ne serait-ce qu'un peu. Sinon c'était pas drôle.

— Quelle étrange façon d'inviter une dame.

—Ouais, j'ai essayé de trouver un moyen plus romantique de t'inviter, mais je n'arrive plus à me souvenir de ce que j'avais mémorisé.

Alex commença à bavarder nerveusement. Il s'arrêta net, réalisant qu'il avait dit plus que ce qu'il avait eu l'intention de partager, et écarquilla ses grands yeux verts. Ça ne lui arrivait jamais. Lui qui était généralement si calme et posé, il devait vraiment être dans tous ses états s'il n'arrivait plus à contrôler ce qu'il disait. Comme à chaque fois qu'il était mal à l'aise, il se frotta l'arrière de la tête. Un tic nerveux qui m'attendrissait de plus en plus.

— Trop chou, gloussai-je.

— C'est gênant.

—Je trouve ça très mignon. D'accord j'accepte ton invitation.

— D'accord. Attends-moi dans le parking après les cours.

Contrairement à son habitude, Alex tourna les talons et disparut en un clin d'œil, me laissant seule à la pause de midi. Pendant le reste de la journée, je ne pouvais pas m'empêcher d'essayer de deviner ce qu'il avait planifié. C'était la première fois de ma vie que j'étais invité à un rendez-vous. Et cerise sur le gâteau, et je ne parle pas de moi, c'était avec Alex. Tout semblait soudainement si concret entre nous. Je souris comme une idiote.

À la fin des cours, je rejoignis Alex sur le parking. Je ne pensais pas que c'était possible, mais il était encore plus nerveux que quelques heures plus tôt. Pendant le trajet, je parlais de tout et n'importe quoi pour essayer de détendre l'atmosphère, sans grand succès. Alex gara sa voiture sur le parking de la patinoire intérieure de la ville.

— On va faire du patin à glace ? m'étonnai-je.

— Non, on va planter des parapluies.

Je fis semblant de rigoler avant de lever les yeux au ciel. Il avait retrouvé son charme habituel, semblerait-il.

— Tu as mangé du clown ou quoi ?

Alex sortit quelques affaires du coffre et me tendit une paire de gants, des chaussettes, et un pull couleur brique qui me tapait dans l'œil. Le pull était doux et sentait la lessive, tout comme il avait l'odeur de son parfum. Chose que j'appréciais beaucoup. Je me retournai vers lui en souriant. Il me rendit mon sourire, et pour la première fois aujourd'hui, il avait l'air d'être un peu plus à l'aise.

— Comment tu as deviné que j'aime patiner ?

— Juste une intuition appelée Sophie.

Une fois nos patins enfilés, nous nous dirigeâmes vers la piste. J'avançai à tâtons, le temps de me réhabituer à faire du patin à glace. Je faisais quelques zigzags et pirouettes avant de me retourner vers Alex. Le pauvre. Je gloussai en le voyant s'accrocher au bord comme si sa vie en dépendait. Il fronça les sourcils.

— Bien sûr que tu sais patiner, soupira-t-il. J'espérais que tu sois aussi nulle que moi.

— Si tu sais faire de la danse classique, tu sais faire du patin à glace. C'est une simple question d'équilibre.

Il essayait d'avancer vers moi, mais son équilibre était terrible. Je lui tendis les mains. Alex était un danger sur la glace.

— Je ne vais pas lâcher le bord si c'est ce que tu proposes.

— Oh allez, ne fais pas ta chochotte. Je ne te laisserai pas tomber. Du moins, pas trop souvent.

Alex leva les yeux au ciel, mais accepta quand même de me prendre les mains. Je le guidai lentement sur la glace.

— Pour un premier rendez-vous, j'aurais peut-être dû choisir quelque chose qui était plus dans mes cordes.

Je cognai mon épaule contre la sienne pour plaisanter, et il faillit tomber. Je le rattrapai tant bien que mal. Alex affichait une moue mécontente.

— On se tient la main en patinant. Tu ne trouves pas ça romantique ?

— J'ai surtout l'impression d'être un gamin qui tient la main de sa mère.

Malgré le fait qu'il n'était pas à l'aise, Alex me suivait sur toute la piste. Il lui arrivait de tomber de temps en temps, mais c'était une après-midi très mignonne. Si les rendez-vous étaient tous si insouciants et amusants, je voulais en avoir plus.

De retour dans la voiture, je gardai le pull d'Alex. De temps à autre, je le voyais m'observer en souriant. Maintenant je devais juste trouver un moyen de le garder.

— Merci pour cette après-midi. C'était très agréable.

— La journée n'est pas terminée.

Je sifflai, impressionnée.

— Quand tu organises, tu y vas à fond, hein ?

— Tu ferais bien de t'y habituer si tu as l'intention de devenir ma copine.

Il me fit un clin d'œil avant de démarrer la voiture.

— J'ai hâte.

On entra dans une petite pizzeria. L'odeur des olives et de la sauce tomate me donnait l'eau à la bouche. Les lumières tamisées apportaient un air cosy au restaurant. J'étais agréablement surprise. Pour quelqu'un qui n'avait jamais été à un rendez-vous galant de sa vie, Alex s'était débrouillé comme un chef. Cette journée était parfaite.

Une serveuse prit notre commande. Une pizza capricciosa pour moi et une pizza peppéroni pour Alex, avec un supplément de pains à l'ail. De quoi chasser des vampires.

En essayant d'attraper la salière, Alex renversa son verre de coca sur la table. Une serveuse se dépêcha de venir éponger la catastrophe avant de lui apporter un nouveau verre. Mon ami se pinça l'arête du nez en soupirant. Ses nerfs étaient revenus au grand galop.

— Qu'est-ce que tu me fais, Alex ? Tu es nerveux depuis tantôt.

Il laissa sa tête tomber entre ses mains et je n'arrivais plus à voir son visage. Je lui faisais du pied sous la table. Il releva brusquement la tête.

— Tu vas bien ?

— Ouais. J'ai juste gâché notre premier rendez-vous à cause des nerfs.

— Pourquoi tu te prends autant la tête ? demandai-je en prenant une gorgée de mon Sprite. Ce n'est que moi.

Il haussa les épaules, la mine déçue.

—J'imagine que je voulais essayer de t'impressionner et essayer d'être romantique. Ça ne s'est pas passé comme je l'avais prévu. C'est la première fois qu'on se voit depuis…

C'était la première fois qu'on se voyait tous les deux depuis qu'Alex m'avait avoué ses sentiments. Il avait encore du mal à se faire à cette situation. Après tout, on venait de franchir un cap important tous les deux. Un cap qu'aucun de nous n'avait déjà franchi auparavant, mais Alex ne semblait pas avoir la même cadence que moi. On avait fait beaucoup de sorties tous les deux, alors si on y réfléchissait, on avait déjà eu beaucoup de rendez-vous. Ça ne rendait pas nos sorties moins excitantes. Ça me donnait juste une longueur d'avance sur Alex. Il croisa les bras.

— Pourquoi toi tu n'es-tu pas nerveuse ? Tu es aussi calme que d'habitude.

Je grignotai un bout de pain à l'ail pour me donner une contenance.

— Pour moi rien n'a changé.

Son regard s'assombrit et je sentis une petite pointe de culpabilité se former.

— Je t'ai dit que j'étais amoureux de toi. Ça ne change rien à ta vie ?

Il fallait que je lui dise, n'est-ce pas ?

— Alex, j'ai une confession à faire.

— Je t'écoute.

Je mordillais l'ongle de mon pouce. Pourvu que je ne gâche pas notre rendez-vous.

— Tu ne vas pas apprécier. Hum, comment dire ? En fait, je savais que tu étais amoureux de moi avant que tu ne le dises ? couinai-je de manière tellement peu sûre de moi.

Alex avala sa gorgée de coca de travers et fut secoué par une quinte de toux. Pauvre garçon. Cette journée lui en faisait voir de toutes les couleurs.

— Je te demande pardon ?

— Ouais, je sais que tu as essayé de me le cacher pendant quelque mois, mais je savais.

Ses doigts pianotaient sur son bras.

— Ne me dis pas que je te le lançais des regards énamourés inconsciemment.

— Tu as fait ça par moments. Mais ce n'est pas ça. Tu me l'as dit.

— C'est pas vrai. Je n'ai jamais....

— Statues grecques, le coupai-je.

Ses joues virèrent au rouge de son pull. Vu comme on était partis, il n'allait pas survivre à cette soirée. Alex me pointa d'un doigt accusateur.

— C'est pour ça que tu as lâché l'affaire quand je t'ai dit que je ne voulais pas en parler. Tu n'as pas insisté.

— Exact. Je ne voulais pas t'embarrasser davantage.

— Et maintenant ?

Je posai ma main sur la sienne et Alex esquissa un petit sourire. Comment était-ce possible qu'un si bel homme puisse être si adorable à la fois ?

— Maintenant, c'est différent. Maintenant, je peux gentiment me moquer de toi et de toutes les conneries que tu as dites. Tu avais une telle éloquence quand tu m'as avoué tes sentiments pour la première fois.

Même si je le taquinais, l'atmosphère entre nous devint plus légère. La serveuse apporta nos pizzas, et au moment où elle partit, je souris de toutes mes dents. Alex recula dans sa chaise.

— Parle. Je sais que tu en crèves d'envie.

— Tu vois les statues grecques ? Ben, tu y ressembles pas du tout. Tu es plus belle et t'as un bien meilleur cul ! Et tu as des bras aussi. Heureusement, parce que pas de bras, pas de gâteau au chocolat ! Avec une cerise dessus, parce que tu es la cerise sur mon gâteau.

Alex cacha son visage derrière ses mains et je ricanai de plus belle. Sur le moment, sa déclaration avait mis mon monde sens dessus dessous. Maintenant elle me procurait une dose de sérotonine journalière. Ce n'était pas romantique, mais c'était amusant. Et c'était parfaitement nous.

Nos pizzas terminées, Alex me déposa devant ma porte.

— N'oublie pas de me rendre mon pull.

Comme s'il allait le récupérer un jour. La bonne blague.

— Quoi ?

— Le pull que tu portes. N'oublie pas de me le rendre.

Je jetai un coup d'œil vers le pull couleur brique. Il ne le récupèrerait jamais. Je savais que je devrais le lui rendre. Alex me l'avait simplement prêté pour pas que je n'aie froid à la patinoire. Mais le pull était doux, et il avait l'odeur d'Alex.

— Je ne vois pas de quoi tu parles.

Il me lança un regard amusé.

— À quoi tu joues ?

— Je peux le garder, s'il te plaît ?

Je plaçai mes mains autour de mon visage pour faire une position kawaii. Autant dire qu'Alex n'était pas impressionné.

— Pourquoi je te laisserais mon pull ? À ce que je sache, je ne peux pas taxer l'un des tiens.

— Il est vrai que la taille n'est pas bonne, mais je suis sûre que mon style vestimentaire t'irait à ravir. Je peux garder ton pull, s'iiiiil te plaîîîît ? Je suis très mignonne et canon à la fois en le portant. Ce serait du gâchis si je ne peux plus le mettre.

Il allait bien finir par céder. Il suffisait que je continue à le supplier du regard. Alex ne savait pas me dire non. Il croisa les bras.

— Ça va les chevilles ?

— Tu comptes me dire que tu ne me trouves pas absolument adorable dans ton pull ? Ce serait un mensonge. J'ai vu comment tu me regardais.

Pendant quelques secondes, Alex soutint mon regard. Puis il baissa les yeux. La victoire était mienne. Il expira bruyamment.

— Je n'arrive pas à savoir si tu dis la vérité ou si tu bluffes. C'est bon, garde-le.

Je serrai Alex dans mes bras et inspirai son parfum. Pendant un bref instant, il hésita, mais finit par me rendre mon étreinte. Il devait encore s'ajuster à cette nouvelle situation alors que j'avais eu tout le temps du monde de m'y habituer. Malgré tout, ça restait surréaliste de pouvoir le tenir dans mes bras de cette façon.

— Merci pour cette journée. Je l'ai appréciée bien plus que tu ne le crois.

— Avec plaisir.

Alex me serra plus fort contre lui. Si je pouvais être bloquée dans une boucle temporelle, j'aimerais que ce soit cette soirée.

# CHAPITRE 26

## *Elena*

Comme chaque jeudi après-midi, nous nous retrouvions au Partea. Cette fois, c'était au tour d'Alex de payer sa tournée.

— Tu veux quoi ? me demanda-t-il.

— Un bubble tea classique avec des perles de tapioca, dis-je en souriant de toutes mes dents. Grand format.

Les calories ne comptent pas quand c'est bon. Du moins, c'était ce que je me disais.

— Moi je veux un bubble tea mangue, ajouta Nina, son attention sur son téléphone.

Alex haussa un sourcil avant de répondre :

— Toi tu te débrouilles.

Nina se mit à protester. Sophie laissa reposer sa tête dans le creux de sa main. Elle avait l'habitude.

— C'est quoi ce favoritisme ? Elena a droit à de la galanterie de ta part, mais pas nous ? *Bros before hoes* !

Alex la laissa rager en faisant semblant de ne pas être intéressé par ce qu'elle disait, mais son regard était joueur. Il la faisait marcher et Nina ne s'en rendait même pas compte tellement elle était offusquée. Au bout d'un moment, il semblait avoir pitié d'elle.

— Ça va, je rigole. Bien sûr que je vais commander ta boisson.

Sophie et moi gloussâmes.

— Il allait d'office commander pour toi.

— Je me suis fait avoir, pas vrai ?

— Juste un peu.

Je rapprochai mon pouce et mon index. Nina laissa tomber sa tête contre la table. Je craignais qu'elle se soit fait un bleu. Toute trace de mécontentement avait disparu.

— Elena ?

Je me retournai vers mon interlocuteur, et fut surprise de voir Robin se tenir en face de moi. Je n'avais plus vu personne de l'école de danse depuis ma chute. Passer au conservatoire, en tant que visiteuse, ferait trop mal.

— Oh, salut Robin.

Son visage s'éclaircit.

— Il me semblait bien t'avoir aperçue.

Il me serra dans ses bras avant que je n'aie eu le temps de répondre. L'Elena d'il y a un an aurait eu le cœur qui battait la chamade. Celle d'aujourd'hui lui rendait son étreinte sans perdre tous ses moyens. Robin s'écarta, tout sourire.

— On attend tous ton retour avec impatience au studio de danse. Quand est-ce que tu reviens ?

— Le médecin m'a interdit de danser tant que je suis en rééducation. J'attends son feu vert.

Le danseur s'assit à la place de Alex. Quelques-unes de ses boucles couleur sable étaient indisciplinées. C'était bizarre de ne plus vouloir passer mes doigts dedans. Nina nous observait d'un œil inquisiteur, mais je l'ignorais pendant que Robin et moi discutions. Lui expliquer qui est Robin allait être drôle.

— Le studio semble vide depuis que tu n'es plus là.

Mon cœur se serra. Même si j'avais réussi à me focaliser sur d'autres choses, et oui, par d'autres choses, je voulais dire un garçon taciturne qui me faisait tourner la tête, la danse me manquait énormément. Et voir l'un des membres du studio de danse me rappelait ce manque que j'essayais d'ignorer depuis des mois. Je plaisantai pour ne pas rendre l'ambiance morose.

— Bien sûr, je suis la meilleure.

Robin m'ébouriffa les cheveux.

— Je ne peux pas dire que tu aies tort. On devrait aller prendre un verre un de ces quatre, ça te dit ?

J'ouvrai la bouche pour répondre quand Alex déposa une autre chaise à côté de moi et s'installa. La main qu'il laissa reposer sur ma cuisse n'échappa pas à mon ami. Robin n'était pas impressionné. Son sourire restait intact.

— On vient quand tu veux, survint Alex en soutenant le regard de Robin.

La tension était palpable, mais d'un côté seulement. Robin posa ses coudes sur la table, se penchant vers nous. La main d'Alex semblait peser de plus en plus lourd.

— C'est bon, Alex, je ne vais pas voler ta copine.

Une petite partie de moi aurait voulu que Robin soit intéressé. Après tout, il avait été mon plus gros crush pendant des années. D'un autre côté, si j'avais continué à être obsédée par lui, je n'aurais peut-être jamais trouvé Alex. Et rien que cette idée me donnait la chair de poule.

— Cela dit, le jour où tu déconnes, je t'attrape.

Je me préparais mentalement à ce qu'Alex sorte de ses gonds, mais il se contenta de hocher. Robin se leva et je le suivis vers la sortie. Du coin de l'œil, j'apercevais Alex qui ne nous laissait pas hors de son champ de vision.

— J'étais ravi de te revoir, Léna.

— Pareillement.

Robin me serra dans ses bras une dernière fois et chuchota :

— Je ne m'attendais pas à ce que tu choisisses un gars comme Alex.

Ça méritait d'être clair. Mais il n'avait pas tort.

— Tu veux dire ?

— Je croyais que tu choisirais plus quelqu'un comme toi. Une personne avec ta passion pour la danse.

— Étonnant, n'est-ce pas ? Et pourtant, Alex est exactement mon genre.

Il passa une main dans ses boucles. Même si Alex était mon genre, Robin l'était encore un tout petit peu, lui aussi.

— Il fut un temps où c'était moi ton genre, murmura-t-il, un sourire en coin sur la bouche.

J'avalai ma salive de travers.

— Comment tu sais ça ? couinai-je, mortifiée.

— Tu es trop transparente quand tu aimes quelqu'un. J'espère qu'il prendra bien soin de toi.

Il me fit un clin d'œil avant de quitter le Partea, me laissant rouge comme une pivoine dans le café. J'inspirai un bon coup et me retournai vers mes amis, qui m'observaient tous. Sophie avec étonnement, Nina avec incompréhension et Alex avec mécontentement.

— J'en reviens pas. Je pars cinq minutes et tu te fais draguer par un autre gars !

— Robin ne me draguait pas.

Hélas. Mon ego aurait apprécié s'il m'avait dragué. Alex bouillonnait. Son cou devint rouge.

— Tu aurais pu lui dire que tu étais prise.

Je savais que c'était mauvais de ma part, mais j'avais envie de l'embêter un petit peu plus.

— Je suis prise ? Depuis quand ?

— C'est pas drôle, bougonna-t-il.

— Tu es jaloux ? demandai-je d'un air innocent.

Alex serra la mâchoire. Il était tellement jaloux. *J'adore.*

— Je ne suis pas jaloux.

Alex repartit vers le comptoir pour prendre nos boissons. Il revint s'asseoir à la table sans regarder dans ma direction. Il avait vraiment pris la mouche, pas vrai ? Je poquai sa joue, mais Alex fit de son mieux pour m'ignorer. Nina leva les yeux au ciel. Je passai mes bras autour du cou de mon ami et collai ma joue contre la sienne.

— Tu as fini ta crise ?

— Je te l'ai déjà dit, je ne suis pas jaloux.

J'abandonnai. Nina et Sophie se lancèrent un regard, mais restaient silencieuses. Peut-être avais-je poussé la plaisanterie trop loin.

— Et mon cul c'est du poulet, marmonnai-je.

Malgré le fait qu'il me faisait la gueule, il pouffa de rire.

— Je peux goûter ?

Le ciel commença à s'assombrir. Une fois nos boissons terminées, Alex proposa de me ramener à la maison. Au moment où j'allais accepter, Nina s'interposa :

— On la ramènera.

—Je peux le faire, dit Alex en attrapant ses clés de voiture.

— On la ramènera, répéta Nina d'un ton qui indiquait qu'elle ne voulait pas être contredite.

J'avais envie de riposter que je pouvais très bien choisir avec qui je voulais rentrer, mais je fermais ma bouche. Pourquoi réagissait-elle ainsi ? Alex capitula et quitta le café. Il ne restait plus qu'un couple à l'autre bout de la salle. Une fois qu'Alex était parti, Nina se retourna vers moi. Sophie avait l'air aussi perdue que moi.

—Je peux te poser une question ?

Ça n'arrivait pas souvent que Nina prenne un ton sérieux. Je savais déjà que je n'allais pas aimer la suite. Je hochai tout de même la tête, attendant ce qu'elle voulait me demander.

— Tu n'as pas l'impression de mener Alex en bateau ?

Mon cœur loupa un battement. Voilà le coup que j'attendais, mais en pire. Je m'étais attendue à une question déplaisante. Cette question avait le même effet qu'un coup de poing dans l'estomac. L'instinct de Sophie entra en jeu.

— Ce ne sont pas nos affaires, sermonna la petite blonde. Tu ne devrais pas demander des choses pareilles. Léna, ignore-la.

—Je veux juste comprendre, répondit Nina. Alex la suit partout comme un chiot énamouré. J'aimerais savoir pourquoi tu lui donnes de l'espoir si tu n'as pas l'intention de sortir avec lui.

C'était en effet ce que je faisais, n'est-ce pas ? Je le laissais courir derrière moi en lui faisant des promesses. Mais ces promesses n'avaient abouti à rien jusqu'à présent. Nous avions enfin mis les choses à plat, et avions été à notre premier rendez-vous, et c'était tout. Nina avait raison. Son regard s'adoucit, ce qui me fit culpabiliser davantage. Tout le monde me regardait comme si j'étais cette petite chose qui allait se briser à la moindre parole déplaisante.

—Je ne te fais aucun reproche. Je veux juste comprendre ce qui se passe dans ta tête.

Comment étais-je censée lui faire comprendre ce qui se passait dans ma tête ? Plus je réfléchissais, moins les choses étaient claires. J'inspirai un bon, passant mes mains dans mes cheveux. Je tirai sur quelques mèches.

—Je ne veux pas commencer une relation avec Alex tant que ma vie est un bordel total, commençai-je mal à l'aise. Il a déjà vu des choses que j'aurais préféré lui cacher. Si l'on est ensemble maintenant, il sera encore plus lié à la tristesse et la colère qui plane chez moi, et je ne veux pas ça pour lui. Je ne veux déjà pas ça pour moi, alors si je peux épargner Alex, je le fais.

Voilà. C'était dit. Nina posa sa main sur la mienne.

—Tu ne crois pas que c'est à lui de faire ce choix ?

Elle avait raison. Je devrais donner le choix à Alex plutôt que de prendre ce genre de décisions toute seule. Mais je n'y arrivais pas. Je ne pouvais pas infliger ma vie à Alex, tout comme je ne pouvais pas m'infliger les conséquences qui pouvaient en découler. Je regardai mes mains, incapable de soutenir le regard de mes amies.

—Peut-être. Mais si on est ensemble dans ces conditions, il se fera plus de soucis pour moi et aura encore plus l'impression qu'il doit me sauver. Je ne crois pas que ce soit une bonne idée. Je ne veux pas qu'il se croie obligé de me réparer alors que c'est à moi de le faire.

L'image que j'avais de ma vie était celle d'un vase cassé. Je ne pouvais pas m'attendre à ce que quelqu'un d'autre essaye de rassembler les morceaux. Alex en faisait déjà trop pour moi. Si Alex me réparait, je ne saurais plus vivre sans lui ni sa colle magique. Je ne pouvais pas donner ce pouvoir à qui que ce soit. S'il réalisait un jour que je n'étais pas assez bien pour lui et décidait de partir, il ne resterait plus rien de moi. Lorsque nous étions ensemble, j'essayais d'avoir l'air rassurée. Or en réalité, j'étais aussi effrayée qu'Alex, si pas plus. Je savais déjà que je n'étais pas assez bien pour lui, mais je voulais quand même faire de mon mieux pour devenir meilleure. Ainsi, le jour où il réaliserait qu'il valait mieux, je ne serais pas entièrement détruite. Alex m'aimait, et j'avais confiance en lui. Mais il était impossible qu'il ne se rende pas compte de ce qu'il valait. Mis à part un cœur blessé, je n'avais rien à lui offrir. J'espérais juste que ce soit suffisant pour lui.

— Tu pleures, remarqua Sophie. Bravo, Nina.

Sophie m'attira contre elle et me caressa les cheveux comme l'aurait fait une mère qui consolait son enfant. Le genre de mère que je n'avais pas. Je serrai les yeux. Je n'avais pas envie de pleurer dans un café, même s'il n'y avait plus personne.

—Je suis désolée, murmura Nina.

***

# Alex

Alex avait envoyé un message à Elena pour savoir si tout s'était bien passé avec Nina, la situation ayant eu l'air plutôt tendue. Pendant plusieurs heures, Elena avait cessé de répondre au téléphone. Elle était pourtant très réactive en temps normal. La sonnette retentit et Alex partit voir. Il était vingt-deux heures passées, qui pouvait bien venir à cette heure-ci ? Alex fut surpris de voir Elena en face de lui. Qu'est-ce qu'elle faisait ici ? Et d'où venait-elle ? Elle était trempée de la tête aux pieds. Il s'écarta pour la laisser rentrer. Alex lui donna un essuie ainsi qu'un pyjama. Elle devait être frigorifiée. Au lieu de partir se changer, Elena restait debout avec ses vêtements en main, le regard perdu dans le vide. Ses yeux étaient rouges, comme si elle avait pleuré.

— Tu vas bien ?

Cette question la sortit de sa torpeur. Elle observa la chambre d'Alex, comme si elle ignorait comment elle s'était retrouvée ici. Qu'est-ce qui s'était passé avec Nina pour qu'elle soit aussi bouleversée ?

— Oui.

— Dis-moi.

— Je vais bien.

— Si tu veux que ça marche entre nous, tu vas devoir être honnête et transparente avec moi.

Cette remarque toucha une corde sensible. Elena baissa les yeux sans dire un mot de plus.

— Va te changer. On discutera après.

Sans riposter, Elena disparut dans la salle de bain. Cinq minutes plus tard, elle émergea. Contrairement à son habitude, elle restait près de la porte. Alex tapota la place à côté de lui sur le lit, mais elle hésita à s'approcher. Qu'est-ce qui avait bien pu se passer pour qu'elle soit soudainement si méfiante ?

— Alex, tu as l'impression que je te mène en bateau ?

— Pourquoi est-ce que tu me poses cette question ?

— Réponds-moi.

— Pas vraiment.

Ses épaules s'affaissèrent. Avait-elle vraiment marché jusqu'ici sous la pluie pour poser cette question ? Alex croyait que depuis qu'il lui avait dit ce qu'il ressentait, les choses allaient mieux entre eux. Mais Nina semblait avoir semé le doute. Ils tournaient en rond, encore et encore.

— Donc quand même un peu.

Il vint se placer devant elle et il remit l'une de ses mèches orange derrière son oreille. Dans une situation semblable avec quelqu'un d'autre, Alex aurait pu croire qu'il se faisait mener en bateau comme un con. Elena était différente ; il la connaissait. Et il savait qu'elle l'aimait, même si elle n'était pas prête à aller plus loin.

—Je ne crois pas que tu me fasses marcher. Tu as été honnête et claire depuis le début. Ça ne veut pas dire que l'attente n'est pas longue par moments.

— Désolée…

— Ne le sois pas. Je sais que tes sentiments pour moi sont sincères.

Alex écarta les bras et Elena se colla à lui. Il sentit la tension dans son corps se dissiper. Même dans une situation comme celle-ci, si Elena était là, il savait que tout irait bien pour eux. Peu importe ce qui allait leur arriver, Alex savait qu'ils étaient faits pour être ensemble.

—Je t'aime.

—Je sais. Je t'aime.

# CHAPITRE 27

# Alex

— Yo, Léna ! On va à la mer le week-end prochain, tu viens avec nous ?

Elena, qui avait sa tête posée sur les genoux d'Alex, ouvrit un œil pour regarder Nina. Depuis quelques jours, elle était devenue plus collante. Non pas que ça le dérangeait. Dès qu'ils étaient ensemble, elle trouvait des excuses pour le toucher. Le fait qu'elle initie elle-même le contact physique était nouveau. Et c'était tellement agréable.

— Hum, ça dépend. Je ne vais pas camper ni dormir dans le sable si c'est ce que tu as en tête.

Il la reconnaissait bien là. Madame la princesse n'était pas une grande fan de nature.

— Mais non, lui assura Sophie en rigolant. Mes grands-parents ont un appartement à la côte.

Il savait qu'elle n'allait pas réussir à refuser. Nina et Sophie avaient réussi à se faire une place dans sa vie, et elles n'avaient pas l'intention de laisser la danseuse se défiler. Elle faisait partie du trio désormais. Nina lui fit des yeux de chien battu et Elena finit par accepter.

— OK, je viens. Comment on y va ?

— Alex peut nous conduire, suggéra Nina en lui souriant de toutes ses dents.

Alex cligna une fois des yeux avant de soupirer.

— Je rêve ou tu viens de m'inclure dans tes plans sans me demander mon avis ?

— Tu ne vas tout de même pas refuser ! Tu ne veux pas aller à la plage avec Elena ?

Elle remua les sourcils et Alex leva les yeux au ciel. Nina était douée. Bien sûr qu'il aurait aimé aller à la plage avec elle. La voir allongée dans le sable chaud avec rien d'autre qu'un bikini, c'était une vue qu'il ne voulait pas manquer. *Ne pense pas à ça maintenant.* Il haussa les épaules.

— Si, mais je n'avais pas l'intention de t'inclure dans l'équation.

— Méchant.

Nina fit la moue et Sophie lui tapota la tête en signe compatissant. Elena se leva pour regarder Alex en face.

— Tu n'es pas obligé de venir avec nous.

Alex pinça les lèvres.

— Quoi ? Tu as l'intention de draguer d'autres gars ? C'est pour ça que tu ne veux pas que je vienne ?

Elena plaça une mèche orange derrière son oreille d'un air innocent. Cette fille était un démon avec un visage d'ange.

— Peut-être. Ce qui se passe à la mer reste à la mer.

Alex lui fit une pichenette sur le front.

— Fais ça et tu peux prendre le bus pour aller à l'école.

Elena se laissa tomber contre lui et lui tint le bras.

—Je ne sais déjà pas comment te draguer toi, alors comment vais-je m'y prendre avec les autres ?

— Pas la réponse que j'espérais.

***

Nina et Sophie étaient déjà sur la banquette arrière lorsque Elena chargeait sa valise dans le coffre. Alex l'observa avec étonnement. Ils partaient à Oostduinkerke pendant un week-end, mais elles avaient toutes de quoi partir un mois.

—Vous avez prévu de partir combien de temps avec toutes vos valises ?

—Une femme a toujours une tenue pour chaque occasion, répondit Elena en fermant le coffre.

Une fois installés, Alex démarra. Elena sortit quelque chose de son sac et Alex dut regarder deux fois pour voir ce qu'elle tenait en main. Il n'en revenait pas.

— Qu'est-ce que Pataplouf fait là ?

—Pataplouf va là où je vais. Ce n'est pas négociable.

La danseuse ramena ses longs cheveux sur son épaule pendant que la peluche ridicule reposait sur ses genoux, son regard mauve à paillettes rivé sur la route. Nina passa sa tête entre leurs sièges pour voir la licorne.

— Tu as un doudou ? Trop mignon !

—Je suis baba, rajouta Sophie.

Elena serra la licorne plus fort contre elle. Alex commençait à regretter d'avoir acheté cette chose. Il l'avait achetée pour rire, mais Elena s'était attachée à cette stupide licorne au crin mauve holographique qui chantait de la country. Peut-être qu'il aurait dû écouter le conseil d'Audrey et acheter une peluche en forme de poney.

— C'est un cadeau d'Alex.

— Ça explique un tas de choses, dit Sophie en rigolant.

Pendant tout le trajet, les trois filles chantèrent sur une playlist Disney qu'Elena avait compilée. Par moments, elles essayaient de faire chanter Alex. L'excuse de devoir se concentrer sur la route lui sauva la peau.

En arrivant dans l'appartement, Nina courut dans le salon et se jeta sur le divan en cuir. L'appartement était spacieux, aménagé de manière sobre, mais chic.

— Waw ! Il est superbe ton appartement.

Sophie ramassa la valise de Nina et disparut dans une chambre.

— Allons installer les lits.

Elena et Alex la suivirent dans une chambre dans laquelle se trouvaient deux lits superposés. Alex observa les lits d'un air dubitatif.

— Vous faites ce que vous voulez, mais je dors avec Léna, dit-il en posant son sac à dos sur l'un des lits du bas.

— Et risquer d'avoir les lits qui grincent la nuit ? rétorqua Sophie, les bras croisés. J'crois pas non.

Alex soupira. Il se sentait toujours plus à l'aise quand elle dormait à côté de lui. La petite blonde quitta la pièce pour aller chercher des draps. Elena posa Pataplouf sur le lit au-dessus de celui d'Alex.

— Sérieusement, pourquoi tu as pris cette chose avec toi ?

— Sois gentil avec Pataplouf. Il va se sentir insulté. En plus, sa vie n'est pas facile. Il est muet maintenant.

— Tu as retiré ses piles ?

— Tu n'imagines pas à quel point c'est agaçant de l'entendre chanter et glousser pendant la nuit.

Elle sortit sa trousse de toilette de sa valise ainsi qu'un essuie de plage avant de se retourner vers lui en souriant.

— J'aime bien l'avoir avec moi. Je me sens étrangement rassurée, car il me rappelle toi.

Alex fronça les sourcils. Certes, c'était mignon qu'elle garde Pataplouf auprès d'elle, mais en même temps il se posait des questions.

— Mais je suis là, alors t'en as pas besoin.

— Une fille a toujours besoin de sa licorne. Tu ne peux pas comprendre.

***

À la plage, Nina et Sophie retirèrent leurs vêtements et leurs chaussures avant de se précipiter vers la mer. Elena et Alex déposèrent les serviettes de bain et le parasol. Une fois bien installés, Elena se plaça sous le parasol avec une version cornue du Silmarrillion. Contrairement aux autres, elle gardait ses vêtements. Le plus étonnant était le fait qu'elle portait un pantalon long alors qu'il faisait étouffant. Alex la laissait tranquille au début, mais remarqua qu'elle jetait régulièrement un œil vers l'eau.

— Tu ne veux pas te baigner ?

— Je crois que je vais passer les baignades cette année.

Elle tentait d'afficher un air nonchalant. Il en fallait plus pour le convaincre. Qu'est-ce qui la dérangeait ? Elena avait un corps de rêve sculpté par un nombre incalculable d'heures de danse. Elle ne pouvait pas avoir de complexe, si ?

— Qu'est-ce que tu essayes de cacher ?

Elle leva les yeux de son livre en pinçant les lèvres.

— Bien sûr que tu as deviné que je cachais quelque chose.

Elena rangea son bouquin. Elle savait qu'Alex ne la lâcherait pas tant qu'elle n'avait pas craché le morceau.

—J'imagine que je ne veux pas que les gens voient certaines parties de mon corps.

— Tu te soucies vraiment de ce que des inconnus pourraient penser de toi ?

— D'accord. Il y a certaines parties de mon corps que moi je n'ai pas envie de voir.

Alex cogna son genou contre le sien.

— Tu caches de vieux tatouages que tu regrettes ?

Un rire s'échappa de ses lèvres.

— Si seulement. J'ai toujours une grosse cicatrice de l'accident sur mon genou.

— Tu as honte de ta cicatrice ?

—Je n'ai pas honte de ma cicatrice, mais elle me rappelle tous les jours ce que j'ai perdu. Si je la cache, j'arrive presque à oublier qu'elle est là. Et disons qu'elle est vilaine. Je ne veux pas que tu la voies.

Ça expliquait pourquoi elle ne portait jamais autre chose que des pantalons longs ou des bas opaques.

— Tu comptes vraiment gâcher tes vacances à cause d'une cicatrice ? Je ne te jugerai pas pour une chose pareille.

Elena hésita un instant, puis finit par céder. Elle retira ses vêtements. Une fois qu'elle ne porta plus que son bikini blanc, toute confiance en elle s'évapora. Alex se retrouvait incapable de réagir. Elena était encore plus belle que ce qu'il n'avait imaginé, et il s'était imaginé à quoi elle ressemblerait. Son corps était musclé et avait des courbes aux bons endroits. Sa peau pâle avait l'air incroyablement douce, et il dut se retenir de la toucher. Il baissa les yeux vers la cicatrice. La peau meurtrie s'étendait sur tout le long de son genou. Elena cherchait le regard d'Alex, espérant y trouver du réconfort.

— Ne t'en fais pas. Elle n'est pas aussi vilaine que tu ne le crois.

— Tu dis ça pour me rassurer.

— Oui, mais je le pense.

Restant un homme avec des envies, Alex avait envie de la dévorer. Il mordit sa langue. Elle n'était pas prête à l'entendre. Pas maintenant. Sophie revint vers eux, trempée de la tête aux pieds.

— Oh waw. Tu nous avais caché que tu étais si bien foutue.

*Parfait.*

— Tu vois ? Elle ne choque pas.

— Quoi ? demanda Sophie

— Sa cicatrice.

Sa bouche se transforma en o. Elena s'agitait sous l'attention.

—Je ne l'avais même pas vue.

— Même Sophie le dit.

***

Elena appliqua une nouvelle couche de crème solaire. Plus elle frottait chaque centimètre de sa peau, plus Alex se sentit agité. Il ne pouvait pas s'empêcher de la fixer tellement elle était attirante. Même quand elle n'essayait pas. Sa peau lisse et si pâle, ses cheveux brillants… Plus il la regardait, plus ça devenait difficile de regarder ailleurs. Alex ne savait pas faire autrement. Elle était magnifique et à moitié nue, et juste là, à deux doigts lui. Devant cette sirène, sa maîtrise de soi s'effrita. Alex la voulait. Il la voulait tout entière. Et il ne pouvait s'empêcher de se demander quel goût elle avait. Il voulait l'embrasser. Partout.

Réalisant qu'il était en train de fantasmer sur elle et de la dévorer du regard sans la moindre gêne, il releva la tête. Son cou et ses joues rougirent face au regard espiègle qu'Elena lui lança. Alex se racla la gorge et fixa le marchand de glace. Il fit de son mieux pour ne pas perdre la face, mais il savait qu'Elena avait compris. Elle savait quel film se déroulait dans sa tête. Elle savait à quel point il la voulait. Parce qu'il l'avait regardée comme un chien affamé devant le plus délicieux des buffets. Elena porta toute son attention sur lui. Ses yeux pétillaient de malice.

— Eh bien, je te fais tant d'effet que ça ?

Sadique comme elle était, Elena se plaça derrière lui et se colla contre son dos. Chaque centimètre de peau dénudée, chaque courbe, chaque inspiration. Alex sentit tout. Elena déposa plusieurs petits baisers dans son cou. Alex inspira un bon coup. Un frisson parcourut sa colonne vertébrale et ses poils se hérissèrent.

— Tu veux que je prenne soin de toi ?

Sa voix était plus grave, comme du chocolat fondu. Alex se mordit la lèvre. Elle n'était pas sérieuse, si ? Une chaleur se forma dans son estomac et il savait qu'il devait faire quelque chose tant qu'il avait les idées claires. Du moins, suffisamment claires. Ne pas la toucher était un supplice. S'il se laissait tenter, il serait incapable de s'arrêter. Il s'écarta brusquement d'Elena et se leva. Elle battit des cils comme si de rien n'était. Tout ceci était un jeu pour elle, et Alex était à sa merci.

— On va nager.

Sans lui laisser le temps de répondre, il partit vers l'eau. Il fallait vraiment qu'il se calme. Du coin de l'œil, il aperçut Sophie qui le dévisageait, le regard plein d'incompréhension.

— Alex, attend !

Elena courut pour le rattraper, mais il refusait de perdre de temps. Il avait besoin de se changer les idées, et une mer froide était exactement ce dont il avait besoin. Alex ferma les yeux et se laissa bercer par les vagues. Il savait qu'Elena attendait qu'il réagisse. Tout ceci était nouveau. Jamais une fille n'avait réussi à le mettre dans tous ses états. Il avait toujours eu l'impression d'avoir le contrôle, mais dès qu'Elena était dans les parages, il était incapable de réfléchir correctement. Il se demandait si elle ressentait la même chose. Elle avait son propre centre de gravité et il ne pouvait rien faire pour s'éloigner d'elle. Bon sang, il ne voulait pas s'éloigner d'elle. Il l'aimait trop pour pouvoir revenir en arrière.

Alex laissa retomber sa tête en arrière. Il ne pouvait pas la fuir éternellement. Lorsqu'il se retourna vers Elena, elle lui sourit. Toute trace d'espièglerie dans ses yeux avait disparu. Elle laça ses bras autour de son cou et ses jambes autour de sa taille. Instinctivement il plaça ses mains dans le bas de son dos. Malgré le fait que l'eau soit fraiche, il ressentait la chaleur d'Elena l'envahir. Au loin, des enfants rigolaient, mais Alex était incapable de se concentrer sur autre chose que la sirène en face de lui. Si elle se mettait à chanter, il la suivrait sous l'eau. Sans crier gare, Elena posa ses lèvres sur les siennes. Pendant quelques instants, Alex fut incapable de réagir. Pendant des mois, elle avait été celle qui se retenait. Or là, Elena prenait les devants et Alex ne savait plus où donner de la tête. Sentant qu'Alex ne réagissait pas, elle reculait.

— Pourquoi tu ne me rends pas mon baiser ? demanda-t-elle, la tête penchée sur le côté.

— Pourquoi tu m'embrasses en premier lieu ?

— Parce que je t'aime.

Depuis quand était-elle si entreprenante ?

— Mais tu voulais y aller doucement…

— Donc tu ne veux pas que je t'embrasse ?

— Non ! Je veux dire oui !

Alex pesta. À chaque fois, il s'emmêlait les pinceaux dès qu'elle était avec lui. La poitrine de la jeune femme fut secouée par un rire silencieux.

— Je veux que tu m'embrasses tous les jours. Toute la journée. Autant que tu le souhaites. Je ne veux juste pas que tu te sentes obligée de faire quelque chose si tu n'es pas prête.

Elena posa son front contre le sien.

— Dans ce cas tu ferais bien de te préparer pour des attaques de bisous.

— Je crois que je vais survivre.

Elena l'embrassa à nouveau, et cette fois, Alex lui rendit son baiser. Toute la tension d'avant avait disparu. Leurs baisers étaient doux, légers et pleins d'amour, et c'était tout ce dont il avait besoin en ce moment. Lorsqu'ils s'écartèrent pour reprendre leur respiration, Elena déposa un dernier baiser sur sa joue. Une idée germa dans l'esprit d'Alex.

— Oh non ! Non, non, non ! Alex, ne fais pas ça.

Elena tenta de se dégager de son étreinte, mais avant qu'elle n'ait le temps de se détacher, Alex l'attira sous l'eau. Une fois de retour à la surface, elle le fusilla du regard et Alex pouffa de rire. Elle avait le charisme d'un chiot mouillé. Elena lui sauta dessus, et ils s'éclaboussèrent tels deux enfants. Alex ne se souvenait pas de la dernière fois où il avait été si insouciant et heureux, mais il l'était maintenant. Si seulement ils pouvaient rester comme ceci pour toujours. Le visage d'Elena se décomposait. La panique envahit ses traits.

— Oh non…

— Qu'as-tu fait ?

Durant de longues secondes, Elena semblait être prise par un dilemme qu'elle n'arrivait pas à résoudre. Elle leva les yeux vers Alex en grimaçant.

— Tu dois m'aider.

— C'est-à-dire ?

— Le haut de mon bikini s'est défait. Aide-moi à le refermer.

Alex pouffa de plus belle. Cela expliquait pourquoi elle était devenue si crispée. Serait-ce le karma qui l'avait rattrapé ? Il fallait qu'il la taquine un peu.

— Autant on m'a déjà demandé de défaire un bikini, on ne m'a jamais demandé à le refermer.

Elena se renfrogna, ce qui fit augmenter l'hilarité d'Alex. Il attacha rapidement les ficelles du bikini et elle courut vers la plage sans tarder.

— Hé attends !

Continuant à râler, elle attrapa son sac et parti en trombe en direction de la digue. Sophie et Nina la regardèrent filer telle une furie.

— Boh, qu'est-ce qui se passe ?

— Elle est jalouse, répondit Alex en croisant les bras, le regard amusé.

***

Depuis l'incident du bikini, Elena était devenue maîtresse dans l'art d'ignorer Alex. Elle lui lançait discrètement des regards, mais dès qu'il se retournait vers elle, elle faisait comme si de rien n'était. Au début, Alex croyait qu'elle avait besoin de temps pour râler un peu, mais le soir était arrivé, et Elena continuait à faire comme s'il n'était pas là. Il ne s'attendait pas à ce qu'elle soit si jalouse et territoriale, mais il adorait.

— Ta dulcinée râle toujours.

Sophie s'assit dans le divan à côté de lui. Alex allait devoir trouver un moyen de se faire pardonner s'il voulait qu'elle lui parle à nouveau avant la fin du séjour. Mais se réconcilier avec cette sirène serait le meilleur moment de sa journée. Il était déjà à elle. Il fallait juste qu'elle le comprenne.

— Je sais. J'ai un plan pour me faire pardonner.

Ils se préparèrent à aller à un bar à tapas. Les filles avaient décidé de toutes s'apprêter, alors Alex n'avait pas trop le choix que de suivre le mouvement. Il enfila une chemise noire et retroussa les manches. Ça allait devoir faire l'affaire. Pendant qu'elles se préparaient, il vérifiait une dernière fois que son plan était bien ficelé.

Lorsque Elena sortit de la chambre, Alex fut incapable de réagir. Elle était à couper le souffle. Elena portait une robe mi-longue en satin brun qui épousait parfaitement chaque partie de son corps ainsi que des sandales à talon blanches. Ses longs cheveux étaient légèrement bouclés et elle avait maquillé ses yeux. Elena sortait tout droit d'un rêve. En le voyant la fixer, elle baissa les yeux, mal à l'aise. Il avait envie de la complimenter, mais au moment où il ouvrit la bouche pour parler, Nina et Sophie sortirent de la chambre à leur tour. Bien qu'elles étaient toutes les deux magnifiques, il n'arrivait pas détacher ses yeux de la ballerine.

Pendant le trajet vers le bar, Nina et Sophie discutaient comme si de rien n'était. Elena, quant à elle, continuait à soigneusement éviter Alex. Dès qu'il s'approchait un peu d'elle, elle se mettait à marcher à côté de Sophie. Alex sourit. Même si elle râlait depuis des heures, elle avançait la tête haute telle une véritable princesse.

L'ambiance du bar était gaie. Du coin de l'œil, Alex remarquait qu'Elena lui lançait régulièrement un regard furtif. Il profitait du calme pendant que les filles papotaient. Au moment où elle se leva pour aller aux toilettes, il savait qu'il allait devoir agir tout de suite. Alex la suivit et attendit. Au moment où elle sortait, elle fut surprise de le voir. Elle essaya de passer à côté de lui, mais Alex la retint. La jeune femme mit le plus de distance entre eux et s'appuya contre le mur. Elle semblait avoir compris qu'il n'allait pas la laisser se défiler et abordait un air blasé.

— Tu as fini de râler ?

Elle regardait partout, sauf dans la direction d'Alex. Ses cheveux avaient l'air tellement doux et soyeux. Il avait envie d'attraper une boucle et de jouer avec.

— Je râle pas.

— Ah non ?

Elena soupira. Elle passait ses mains dans ses cheveux, évitant soigneusement le regard d'Alex.

— Peut-être un peu.

— Tu veux en parler ?

— Non.

Alex plaça ses mains sur le mur, encageant Elena avec ses bras. Comme il s'y attendait, elle baissa les yeux.

— Parle-moi.

Elena leva enfin ses yeux vers lui. Son regard était incertain. Sa sirène était à couper le souffle et tout ce qu'il voulait faire était de se perdre dans ses yeux bleus. Et l'embrasser. Maintenant qu'il y avait goûté, rester loin d'elle était devenu encore plus difficile.

— Mets-toi à ma place, Alex. J'avais envie de t'impressionner et mon maillot s'est défait. J'étais tellement embarrassée. C'était vraiment, vraiment gênant. Et tu n'as rien trouvé de mieux que de faire allusion à tes anciennes conquêtes. Comment aurais-je dû me sentir ? Et moi qui pensais que nous avions un moment intime ensemble…

Elle mordilla l'ongle de son pouce. Comment pouvait-elle être aussi mignonne ? Alex réfléchissait à un moyen pour qu'elle se sente moins gênée. La seule chose qu'il trouvait, était de s'embarrasser à son tour. Si c'était pour elle, ça ne le dérangeait pas.

— Tu n'as plus besoin de m'impressionner. Tu es déjà la cerise sur mon gâteau.

Prise de court, Elena leva la tête avant d'éclater de rire. Alex se pencha pour l'embrasser, mais contre toute attente elle lui tendit la joue.

— Ne crois pas m'avoir amadouée aussi facilement. Je râle toujours.

— Suis-moi.

— On va où ?

— On sort.

— Mais Nina et Sophie alors ?

— Elles s'amuseront sans nous.

Sophie connaissait ses plans. Alex lui prit la main et la tira hors du bar. Elena fit un signe à ses copines sans riposter. Une fois à l'extérieur du bar, elle lui lâcha la main.

— Où va-t-on ? répéta-t-elle.

— C'est une surprise.

Elena croisa les bras.

— Je n'aime pas les surprises.

— Je sais, mais fais-moi confiance. Tu aimeras celle-ci.

Alex tendit la main. Pendant quelques longues secondes, Elena hésita, puis haussa les épaules. Elle lui afficha son plus beau sourire et ses doigts aux siens, son autre main sur le bras d'Alex.

— D'accord.

Ils marchèrent en silence. Lorsqu'ils étaient ensemble, même les silences étaient agréables. Il profitait de la chaleur de sa paume dans la sienne. Alex la guidait vers la plage où se trouvaient une petite scène et des gens rassemblés. Des musiciens faisaient une jam-session.

— Un concert ?

— Exact, mais tu vas apprécier ce qu'ils vont jouer.

Le groupe monta sur la scène et commença à jouer leurs numéros. La petite foule s'électrisa, et Elena suivait le mouvement. Elle chantait et sautait et s'amusait comme chaque personne de son âge était censée faire. Les musiciens reprirent *This Love* de Maroon5, et Elena se retourna vers Alex, la surprise et l'adoration se lisant sur son visage. Pendant que la danseuse vivait sa meilleure vie en écoutant une de ses chansons préférées, Alex l'admira. Il serait prêt à payer cher pour la voir aussi insouciante et heureuse plus souvent.

Le groupe enchaîna plusieurs chansons de Maroon5, et Elena dansait sur place. Une fois la dernière chanson terminée, Elena revint vers lui en souriant de plus belle.

— Merci.

— Tu t'amuses ?

— Oui, j'adore. Il manque juste une chose pour que la soirée soit parfaite.

Elle posa ses lèvres sur celles d'Alex. Avant qu'il n'ait eu le temps de l'embrasser à son tour, Elena recula pour le regarder.

— Comment ai-je eu autant de chance de trouver quelqu'un comme toi ?

Sentant son cœur battre plus vite en entendant ces paroles, Alex l'embrassa à son tour. Il voulait transmettre tout ce qu'il ressentait, et Elena semblait comprendre ce qu'il ne disait pas. La musique devint plus calme. Alex passa ses bras autour de la taille d'Elena. Ils se balançaient dans les bras l'un de l'autre tout en profitant de la musique. *Mission accomplie.*

***

Une étrange énergie flottait autour d'eux. Un mélange de bonheur, d'anticipation et une grande dose de désir. Alex se sentit comme électrifié. Il jeta un coup d'œil vers Elena et elle lui sourit. Elle aussi sentait cette énergie vibrer. Lorsqu'ils se rapprochaient de l'appartement, Elena pressa le pas et Alex ne put que la suivre en rigolant. Il lui fallait un moment pour que ses yeux puissent s'adapter à la pénombre de l'appartement. Elena plaça ses paumes sur le torse d'Alex. Son souffle chaud lui donna la chair de poule. Alex posa ses mains sur ses joues et l'attira pour l'embrasser. Leurs baisers devinrent affamés et désordonnés, leurs dents s'entrechoquant. Elena sauta dans ses bras et encercla sa taille avec ses jambes. Au moment où Alex posa ses mains sur ses fesses, elle gémit avant de l'embrasser de plus belle. Tout ce qu'il voulait faire était d'arracher ses jolis vêtements. Sans jamais rompre le baiser, Alex l'emmena dans la chambre et l'allongea sur son lit. Elena s'écarta pour l'observer. Le clair de lune qui filtrait par la fenêtre caressait sa peau, lui donnant un air en porcelaine. Ses grands yeux le regardaient avec un désir vorace. Alex sentit les muscles de son abdomen se serrer. *Merde.* Il la voulait tellement, et elle était allongée là, juste sous ses doigts. La seule chose qu'il devait faire était de se pencher.

Elena ne lui laissa pas le temps de réagir et l'attira dans un nouveau baiser. Partout où ses doigts le touchèrent, sa peau brûla de la manière la plus délicieuse et exquise possible. Elena se positionna au-dessus de lui. Au début, Alex ne savait pas quoi faire. Jamais il n'avait laissé une fille le dominer physiquement. Il avait toujours été incapable de laisser quelqu'un d'autre avoir le contrôle pendant le sexe. Quand Elena l'embrassa à nouveau, toute résistance disparut. Si elle était un océan, il était le marin qui se laissait volontiers avaler par les vagues. Elena déboutonna sa chemise.

Le bruit d'une clé déverrouillant une porte les sortit de leur transe. Elena écarquilla les yeux, incapable de réagir. Sa poitrine se soulevait de manière saccadée, son regard était encore brumeux. Alex lui fit signe de bouger. Voir entrer Nina et Sophie dans cette position était quelque chose qu'il préférait éviter.

— Va vite dans ton lit avant qu'elles n'entrent dans la chambre.

Cela fit revenir Elena sur terre. Elle grimpa sur le lit superposé sans faire de bruit. Alex soupira. Elena lui manquait déjà, et elle était à peine à quelques mètres de lui. Si Sophie et Nina n'étaient pas rentrées si tôt, jusqu'où auraient-ils été ? Maintenant qu'il avait eu un avant-goût, il voulait savoir ce que cela faisait d'aller jusqu'au bout avec elle.

Avec Elena, tout était tellement différent. Tout était spécial. Ce n'était pas qu'une question de sexe. Alex voulait être avec elle, corps et âme. Il voulait la chérir, l'aimer et l'avoir à ses côtés. Ses sentiments l'effrayaient toujours, mais elle en valait la peine. Personne n'avait jamais été capable de le faire se sentir aussi vivant, sauf Elena. Nina et Sophie entrèrent dans la chambre à tâtons, et Alex se dépêcha d'aller à la salle de bain. Il avait vraiment besoin d'une douche froide. Il fallait absolument qu'il arrête de penser à quel point le corps de la danseuse s'emboîtait parfaitement avec le sien. En revenant dans la chambre, il attendait que le sommeil l'emporte. C'était peine perdue. Au moment où un ronflement retentit, Elena descendit de son lit et se faufila sous la couette d'Alex. Il s'écarta pour lui faire de la place et elle se colla contre lui. Ses doigts tracèrent des dessins invisibles sur ses bras, et Alex se détendit. La fatigue l'envahit petit à petit. Dans les bras de cette sirène, un sommeil paisible le submergea.

***

Du haut de la terrasse, Alex observa la mer caresser le sable. La porte s'ouvrit et Nina s'assit à côté de lui, le regard posé sur l'horizon.

— Salut.

Ils profitèrent du calme. Cela faisait longtemps qu'Alex et Nina ne s'étaient plus retrouvés seuls.

—Je vois que tu as enfin réussi à te rabibocher avec Elena. Le contraire m'aurait étonnée.

Non seulement ils s'étaient rabibochés, ils étaient devenus encore plus proches.

—Je suis contente que tu l'aies trouvée. Tu as l'air beaucoup plus heureux avec elle à tes côtés.

—Je croyais que tu trouvais qu'elle me menait par le bout du nez ?

Il fut surpris d'entendre que son ton était si mordant, mais Nina n'était pas intimidée le moins du monde. Elle connaissait Alex depuis toujours et n'était pas impressionnée par lui. Quelques semaines plus tôt quand Elena était venue le trouver en panique, lui demandant s'il avait l'impression qu'elle le menait en bateau, Alex en avait voulu à Nina. Même maintenant il ne comprenait toujours pas pourquoi elle avait dit une chose pareille. Elle était l'amie d'Elena après tout. Nina jouait avec une mèche de cheveux.

— C'est vrai. Pendant un moment, j'ai cru qu'elle ne savait pas ce qu'elle voulait et qu'elle te donnait de faux espoirs. Je ne trouvais pas ça très correct vis-à-vis de toi. Mais maintenant je comprends pourquoi elle prend autant son temps.

Elena avait parlé de sa vie avec Nina. Elle commençait enfin à s'ouvrir aux autres. La jeune femme faisait tellement de progrès.

— Elle t'a expliqué ?

— Grosso modo, oui. Elle est bien pour toi. J'ai l'impression de retrouver mon ami d'enfance. Tu avais changé après ton traumatisme. Mais tu sembles avoir retrouvé ta bonne humeur et ta joie de vivre, et je sais qu'Elena y est pour beaucoup.

En parlant du loup, la porte s'ouvrit et Elena apparut sur la terrasse. Mal réveillée, elle se frottait les yeux. Elle portait toujours sa robe de la veille et son maquillage avec coulé, lui donnant un air de panda. C'était étrangement adorable. Alex s'écarta pour faire de la place pour elle sur le banc. Elena s'assit sur ses genoux.

— Le banc n'est pas assez bien pour madame ?

Elle frotta sa tête contre son torse comme un chaton l'aurait fait.

— Oh ça va. T'avais ta langue dans ma bouche quelques heures plus tôt. Laisse-moi tranquille.

***

Sur le chemin du retour, Alex laissa sa main reposer sur la cuisse d'Elena. Un geste tellement simple, et pourtant si significatif. Ça ne passait pas inaperçu aux yeux des deux commères qui se trouvaient sur la banquette arrière.

— Vous êtes plus proches que d'habitude, observa Sophie d'un air très calme, trop calme. Il s'est passé quelque chose qu'on devrait savoir ?

Bien sûr qu'elle avait compris. Sophie cernait une personne en un rien de temps. Elena lança un regard vers Alex, souriant de manière complice. Beaucoup de choses s'étaient passées ces deux derniers jours.

— Pleins de choses.

— Vous l'avez fait ?! s'écria Nina. Dans l'appart des grands-parents de Sophie. J'y crois pas !

Elena et Alex levèrent les yeux au ciel à l'unisson.

— Mais non, rien de cela.

Enfin, pas entièrement. Mais ils auraient pu si les deux filles n'étaient pas rentrées si tôt de leur soirée. Alex soupira. Leur relation avait avancé de plusieurs pas, et il se demandait ce que cela signifiait pour eux. Même si Elena ne disait rien, elle ne se retenait plus autant qu'avant, ce qui donnait de l'espoir à Alex. Si elle avait été prête à franchir ce cap avec lui cette nuit, peut-être qu'elle était enfin prête à être avec lui pour de bon ? Comme si elle avait entendu ses pensées, elle lui fit un clin d'œil. Ils allaient devoir discuter de tout ça, mais ça c'était une question pour plus tard, lorsqu'ils seraient seuls.

— Nina, pas tout le monde est aussi impatient que toi, la réprimanda Sophie.

Nina se laissa retomber contre la banquette d'un air théâtral. Ce n'était pas un hasard qu'elle et Elena se soient trouvé.

—J'y peux rien. Pourquoi j'attendrais alors que je sais que ça va être un moment agréable ? Je n'aime pas perdre mon temps à anticiper. Moi aussi je veux un copain ! s'écria Nina en faisant la moue.

Sophie lui lança un regard en coin. Des trois, elle était la maman responsable alors que Nina était l'enfant turbulent, et Elena l'adolescente imprévisible.

— Tu vas quand même te lasser au bout de quelques semaines.

— C'est vrai.

— Comment ça, tu te lasses ? demanda Elena en se retournant vers ses amies.

— Princesse Nina espère trouver prince charmant en embrassant des grenouilles, annonça Sophie en analysant son vernis orange.

— Or les grenouilles se transforment toutes en crapauds, marmonna la princesse.

— Et si tu embrassais un crapaud ? demanda Léna. Peut-être que lui se transformera en prince.

Les filles se regardèrent avant d'éclater de rire.

— En voilà une idée.

***

Alex était stressé. Depuis qu'ils étaient sortis de la voiture, Elena faisait comme si de rien était. Elle avait l'air tellement calme alors que lui se sentait tellement agité. Il y avait un éléphant dans la pièce, mais Alex se demandait s'il était le seul à le voir. Au bout d'un moment, il craqua. Il fallait qu'il sache.

— Il faudrait qu'on parle de nous.

— C'est-à-dire ?

Elena ne levait pas les yeux de la pile de vêtements qu'elle sortait de sa valise. Comment pouvait-elle agir comme si tout était normal ? Ils avaient été plus proches que jamais ces derniers jours. Allaient-ils continuer sur cette lancée, ou allaient-ils revenir à ce qu'ils étaient avant le voyage ?

— On est quoi ?

— On est Elena et Alex. Qu'est-ce qu'il y a à rajouter ?

— Je suis sérieux.

— Moi aussi.

— Écoute, ce que j'essaye de dire c'est…

Elena le coupa.

— Je sais ce que tu essayes de dire. Mais je ne sais pas ce que tu veux que je te réponde.

Elle abandonna l'idée de défaire ses bagages et s'assit sur le divan, lui accordant enfin toute son attention. Son visage respirait la sérénité. Alors pourquoi était-il aussi anxieux ?

— Est-ce qu'on sort ensemble selon toi ?

— Officiellement ? Pas encore. Officieusement, très certainement.

— Ça ne répond pas à ma question.

— Disons qu'on officialise les choses une fois que ma vie est moins le bordel, mais qu'on essaye déjà de faire marcher les choses ? Tu peux vivre avec ça ?

— Tu te compliques la vie. Je suis déjà fou de toi, peu importe ce que tu fais.

— Est-ce que tu peux vivre avec ça ? répéta Elena en le suppliant du regard.

Alex voulait plus. Bien sûr qu'il voulait plus. Ces derniers jours avaient été incroyables. Alex n'avait pas été aussi heureux depuis sa vie d'avant… Et être si heureux devenait addictif. Tant que rien n'était officiel, il aurait toujours cette impression qu'Elena allait lui filer entre les doigts. Mais Alex n'avait pas le choix. Pas s'il voulait être avec elle. Et il n'y avait rien qu'il voulait plus qu'elle, même si cela signifiait attendre un peu plus longtemps. Alex était complètement à sa merci, et jamais il ne voulait pas qu'Elena le laisse partir. La torture était trop douce.

— Si j'accepte, je peux t'embrasser sans permission ?

Elena se positionna entre les jambes d'Alex et posa ses paumes sur ses joues. Elle rapprocha sa bouche de la sienne sans la toucher. Son souffle caressa son visage.

— Tu n'as jamais eu besoin de permission.

Elena l'embrassa. Plus ils s'embrassaient, plus il s'enivrait d'elle. Alors qu'elle s'assit sur ses genoux, Alex laissa glisser ses doigts sur ses cuisses sans rompre le baiser.

— Elena, tu… ah tu es occupée.

Alex se congela sur place en entendant la voix de sa future belle-mère. Elena déposa un bisou sur son nez.

— Salut, m'man.

Elena fit face à sa mère en riant tandis qu'Alex se décomposait sur place. Sa tête et son cou chauffèrent à cause de l'embarras. Tenant à la vie et au peu de dignité qui lui restait, il retira ses mains d'Elena. Maura lui lança un regard glacial qui l'intimida. Généralement, il se moquait de ce que pensaient les autres. Cette fois, c'était différent.

— Bonjour, Maura.

— Bonjour, Alex. Tu ne devrais pas rentrer ? Je suis sûre que ta maman a envie de te revoir.

— Je ne vais pas tarder.

Elena passa ses bras autour du cou d'Alex. La jeune femme sourit à sa mère, et ne montra aucun signe d'embarras ni de regret. Les deux femmes se jaugèrent du regard et Alex sentit une pointe de fierté naitre en lui. Elena tenait tête à quelqu'un sans baisser les yeux.

— Maman, cesse de le tourmenter.

Maura leur lança un sourire crispé. La relation mère-fille ne semblait pas s'être améliorée.

— Reste autant que tu ne le souhaites.

Une fois que Maura était partie, Alex se leva.

— Tu t'en vas déjà ? J'avais pourtant des projets pour nous.

C'était déjà la deuxième fois qu'ils se faisaient interrompre. Alex n'était pas du genre à croire aux signes qui se manifestaient, mais il était clair que ce n'était pas le bon moment pour eux.

— Je crois qu'on devrait attendre encore un peu.

Elena était sur le point de riposter, mais se ravisa. Elle fronça les sourcils. Comment pouvait-elle être aussi adorable ? Ou comment pouvait-il être si attendri alors que tout ce qu'elle faisait, c'était respirer.

— Tu n'avais pas dit que tu voulais être avec moi ?

— Être avec toi, c'est plus que du sexe, chérie. Je peux attendre.

Elena déposa un baiser sur sa joue avant de retourner défaire sa valise.

— Bonne réponse. Mais tu resteras quand même avec moi ce soir. Ça n'est pas négociable.

— Madame est exigeante.

Elle lui fit un clin d'œil taquin.

— Tu ferais bien de t'y faire si tu veux être avec moi.

Depuis qu'Elena était entrée dans sa vie, ces jours sombres auxquels il s'était habitué étaient devenus plus lumineux. Était-ce ça le destin ? Si oui, le destin est une femme, et son nom est Maura.

# CHAPITRE 28

# Alex

— T'es sérieuse là ?

— Ben quoi ?

— Chérie, on va à une soirée. Ta tenue est totalement inadaptée.

Elena portait une jupe en jean et un pull en V en fine laine blanche. Elle jeta un coup d'œil à son reflet dans le miroir, mais n'y vit aucun inconvénient.

— Je ne vois pas le problème avec cette tenue.

Ce style lui allait à ravir. Comme toujours, peu importe ce qu'elle mettait, Elena avait une élégance qui lui était propre. C'était également la première fois qu'elle portait des vêtements qui ne cachaient pas sa cicatrice. Rien que pour ça, Alex aurait préféré qu'elle garde cette jupe. Il avait la nausée en pensant aux mains baladeuses qui pourraient la toucher.

— Je vais choisir ta tenue.

Alex se dirigea vers la garde-robe pour choisir autre chose, mais Elena lui barra la route. La danseuse croisait ses bras devant sa poitrine en faisant la moue.

— Non, merci ! Je garde mes vêtements.

— Crois-moi. Tu ne veux pas aller à ce genre de soirée en jupe.

Voyant qu'Elena capitulait, Alex se mit à fouiller dans sa garde-robe. Il y trouva un jeans moulant avec beaucoup de trous. Sans hésiter, il balança le bout de tissus sur le lit. En continuant à chercher, il vit un crop top en dentelle noire avec des motifs orientaux, et sut que c'était parfait.

— Va te changer.

Elena observa sa nouvelle tenue d'un air sceptique. Finalement, elle saisit ses fringues et partit. Après ce qui semblait être une éternité, elle réapparut. Son maquillage était simple, consistant d'un trait d'eyeliner étiré et des lèvres rouges. Pourtant, ce peu de couleur en plus donnait à Elena un air encore plus élégant. Et tout aussi séduisante. Son haut en dentelle offrit une vue plongeante sur son décolleté, et Alex ne savait plus où regarder. Cette soirée allait être affreusement longue. Elena était magnifique, et il était sur le point de la lancer dans une mer remplie de requins affamés.

***

# Elena

— Franchement je ne vois pas pourquoi tu tiens absolument à ce que je m'habille ainsi. Ce n'était pas comme si j'avais l'intention de pécho ce soir.

Alex pouffa, m'ouvrant la portière de sa voiture pour que je puisse m'asseoir. Comme toujours, il était le parfait gentleman. Je vais tuer celui qui a inventé le skinny jean. Mon pantalon serrait tellement que j'avais du mal à me plier.

— Comme si tu savais ce que signifie pécho.

Il démarra la Polo et se mit en route. Je soupirai. Sophie et Nina avaient raison. J'avais vraiment une image de fleur bleue. Il était temps de rectifier ça.

— Contrairement à ce que tu crois, je sais ce que ça veut dire. Bien que ce ne soit pas ma tasse de thé.

Alex me jeta un regard en coin, semblant réaliser la tournure de la conversation.

— Ne me dit pas que…

Je mordillai l'ongle de mon pouce. *Oh, la la.*

— C'était une erreur, mais oui.

— Est-ce que je veux savoir ?

— Ça dépend. Tu veux savoir ou pas ?

Il fallait vraiment que j'arrête de me tirer des balles dans le pied toute seule.

— J'avoue être un peu curieux.

Oh la la la la… Le seul moyen d'en finir était de cracher le morceau. Je me raclai la gorge. Même Alex avait l'air nerveux. Mais il méritait de savoir.

— Ça s'est passé l'année passée. J'étais invitée au Nouvel An par Oscar, de mon cours de danse hip-hop. Et il y avait ce gars que j'aimais bien, Robin.

Il se retourna vers moi. Bien sûr qu'il avait compris de qui je parlais.

— Ah non ! S'il te plaît, ne me dis pas que c'est Robin Lafont !

Robin est le gars que tout le monde connaît. Bourré de talent, belle gueule. Il avait tout pour lui. Et comme la plupart des filles dans le club, je n'avais pas résisté à son charme. Avec du recul, je réalise que la seule chose qui m'avait intéressé chez lui était son physique. Mais qui pouvait m'en vouloir ? J'étais une jeune fille avec des hormones.

— Malheureusement, si, c'est bien lui. Peu importe. Robin avait suggéré de faire un bière-pong et comme je voulais me rapprocher de lui, j'avais accepté de participer au jeu. Oscar et moi faisions équipe, et avions perdu. On a dû afonner des verres, et bon voilà. Je ne me souviens pas très bien de la suite. Pas la première fois dont j'avais rêvé.

Cet aveu lui coupa le sifflet juste le temps qu'il assimile les informations que je venais de lui fournir.

— Euh… Ouais d'accord. Mais t'as pécho Robin du coup ?

Ou pas.

— Non, Oscar, avouai-je, mon teint rivalisant avec celui d'une pivoine.

Les yeux de mon ami s'écarquillèrent comme des soucoupes.

— Oscar ? Mais t'es sérieuse ?

— Ben quoi ? Oscar est mignon.

J'essayai de rectifier le tir tant bien que mal. C'était peine perdue. La seule chose que j'avais réussi à faire, c'était d'avoir creusé ma propre tombe, pour que je puisse mourir de honte après. Alex secoua la tête.

— Je suis sûr qu'il est gay.

— Il l'est. Il me l'a annoncé quelques semaines plus tard.

—Je ne devrais pas rigoler, mais ceci est hilarant, dit Alex, incapable de rester sérieux.

Il le prenait bien mieux que je ne l'avais craint. Non pas qu'il avait le droit de m'en vouloir pour avoir eu des antécédents. Je regardai le paysage défiler.

— Ce n'est pas le pire, continuai-je

— Pardon ?

— Ouais… j'ai recouché avec lui après le Nouvel An, avant qu'il ait sa réalisation.

Il ouvrit la bouche, mais aucun commentaire ne sortait. Il était juste hilare.

— C'était tellement gênant… on a arrêté en plein milieu de l'acte, tellement c'était bizarre.

Alex rit jusqu'à en avoir les larmes aux yeux. C'était gênant de lui avoir raconté cette mésaventure, mais quelque part je préférais qu'il sache tout de moi. Même mes pires moments de gêne. Après tout, il était mon futur petit ami.

—Je dois avouer que ça m'étonne de toi.

— Comment ça ?

—Je croyais que tu serais du genre à attendre de passer à l'acte jusqu'à ce que tu rencontres la bonne personne.

En soi, ça ne me dérangeait pas qu'on me voie ainsi. Je préférais mille fois avoir la réputation de sainte nitouche plutôt celle de la fille complètement dévergondée. Quelque chose me dérangeait malgré tout.

— J'aurais dû attendre qui, Alex ? Toi ? Tu ne m'as pas attendue non plus.

— Ce n'est pas ce que je voulais dire.

— Non, mais c'est ce que moi je veux dire. Qui sait quand on sortira ensemble.

—Je tiens à préciser qu'on a failli aller jusqu'au bout si tes amies n'étaient pas rentrées si tôt.

Je m'étouffai. Comment arrivait-il à en parler si calmement alors que j'étais là, en train de me décomposer sur place tellement j'étais gênée ? Alex posa sa main sur ma cuisse, le regard concentré sur la route.

— Et juste histoire que tu saches, avoua mon ami d'une voix calme, si j'avais su que ça allait être toi, j'aurais attendu.

À la fête, tout le monde dansait sur de la techno mise à fond comme si c'était le meilleur moment de leur vie. C'était tout simplement horrible. Adieu Dido, Ed Sheeran, Damien Rice et Birdy. Ce fut un plaisir inouï de vous avoir écoutés. Le son était trop fort et j'étais sûre qu'une fois que j'aurais quitté cette soirée, je deviendrais aussi sourde que mon grand-père. Dire qu'Alex avait l'habitude de venir à ce genre de fêtes et que Kelsey était prête à tuer pour y être invitée. Je me demandais ce qui clochait chez moi. Une fête de ce genre n'était pas l'endroit idéal pour une introvertie de ma trempe.

—Alex, j'ai oublié de poser la question. C'est l'anniversaire de qui ?

J'avais accepté de venir lorsque Alex m'avait demandé si je voulais l'accompagner, simplement pour pouvoir passer plus de temps avec lui. Si cela signifiait de le suivre à une fête dont je m'en fichais, ainsi soit-il.

— De Tiago.

*Oh putain.* Dans quel merdier m'étais-je encore foutue ? Et si Kelsey était ici ? Comment devrais-je réagir face à elle ? Je n'avais pas préparé suffisamment de scénarios possibles. Je n'étais pas prête. Alex me fit signe de le suivre. Il ne manquait plus que ça. C'était déjà la guerre froide entre Kelsey et moi, mais en plus de ça, je me trouvais à l'anniversaire de son copain. Je n'avais vraiment pas pu trouver un meilleur jour pour aller à une fête. En espérant ne croiser aucun des deux. Si je pouvais les éviter, ma soirée ne serait peut-être pas entièrement gâchée.

On entra dans le salon et je repérai immédiatement un divan vide poussé dans un coin. J'essayai de m'éclipser en douce. Mon plan tomba à l'eau quand Alex m'attrapa par l'arrière de ma veste en cuir. *Raté.*

— Je peux savoir où tu vas ?

— Euh… m'asseoir ? J'ai mal au genou, mentis-je.

Je n'avais plus eu mal au genou depuis des semaines, je voulais juste me cacher dans un coin et attendre que cette soirée se termine. Bon sang. Qu'est-ce qui m'avait pris de vouloir faire comme les autres ? Je ne voulais pas être comme les autres. Je voulais remettre les vêtements que j'aimais, écouter la musique que j'aimais, faire ce qui m'intéressait. Je n'avais absolument rien à faire ici. L'introvertie en moi avait la peur au bide et j'avais une envie folle de prendre mes jambes à mon cou.

— Restes près de moi.

Sans me laisser le temps de répondre, Alex se retourna. En tournant la tête, j'aperçus Kelsey. Elle était seule, mais radieuse. Heureusement, elle ne m'avait pas vue. J'attrapai Alex par la manche avant qu'il ne soit trop tard. Je ne m'étais pas préparée mentalement à la voir.

— Je veux rentrer, le suppliai-je.

— On vient d'arriver…

— Kelsey est là. Je ne suis pas prête à l'affronter.

— Si tu penses comme ça, tu ne le seras jamais, soupira-t-il.

—Je veux partir, s'il te plaît.

Alex passa une main dans ses cheveux, qui restaient toujours et naturellement en pique, et soupira à nouveau. Pourtant, il hocha la tête. Au moment où on quittait le salon, quelqu'un cria :

— Hé ! Alex !

*Tiago.* Je voulus partir en courant, mais Alex me retint, encore.

— Tu pars déjà ?

Ils se serrèrent la main et discutèrent de tout et de rien. Au bout de quelques minutes, Tiago me gratifia enfin de son attention. Ses yeux s'attardèrent quelques secondes de trop sur mon décolleté et son regard s'illumina. Mon malaise revint au galop. Maintenant que je voyais Tiago de si près, je comprenais pourquoi Kelsey le regardait toujours avec le filet de bave qui coulait du coin de sa bouche. Teint bronzé, des yeux bleu ciel et des cheveux bruns bouclés. Sans oublier le sourire digne d'une pub de dentifrice. Tiago était le stéréotype du beau gosse, ce qui cassait son charme. Alex était bien plus à mon goût. Mais mon avis était biaisé. Que pouvais-je bien dire ? J'avais fini par développer une préférence pour les hommes plus ténébreux.

— Qui est-ce ? demanda Tiago en me montrant du menton.

Je n'appréciais pas spécialement le fait qu'il se tourne vers Alex pour poser cette question, comme si j'étais une poupée incapable de répondre. J'étais peut-être une introvertie, mais j'étais capable de parler. Dix points en moins pour monsieur le beau gosse.

— C'est Elena, tu ne te souviens pas d'elle ?

— On est dans la même classe de biologie depuis cinq ans, précisai-je en levant les yeux au ciel.

Il se frotta l'arrière de la tête, ne sachant pas comment réagir. Tiago essaya de dissiper le malaise en nous proposant un verre.

—Je vous sers quoi ?

— Rien. On allait partir…

— Oh allez ! Rien qu'un petit verre.

Alex et moi nous regardâmes. Voyait-il ma panique ? Apparemment pas, car il se contenta de hausser les épaules avant de hocher la tête. Les choses ne se passaient pas comme je l'avais prévu. Je n'avais pas d'autre choix que de rester à cette stupide soirée.

On marcha jusqu'au bar où Tiago nous donna un gobelet de bière. J'observai le liquide en évitant d'y goûter. Entre mon père qui était un ivrogne et ma dernière mésaventure, j'avais appris à me méfier de la boisson.

Alex me fit signe de boire. C'était facile pour lui qui avait l'habitude de boire comme un trou et de fumer comme une cheminée dans les soirées. J'hésitai en continuant à fixer le liquide dans le gobelet. La dernière fois que j'avais touché à la bière était lors de cette fameuse partie de bière-pong. Et inutile de dire que la suite avait été peu glorieuse. J'inspirai un bon coup et pris une gorgée. Un verre n'allait pas me tuer. Mes erreurs du passé n'allaient pas se répéter. Le goût était dégueulasse, comme dans mes souvenirs, et je recrachai ma gorgée dans le gobelet en plastique. Cette fois, je ne devais pas me forcer à avaler le contenu pour tenter d'impressionner quelqu'un. Les deux garçons se plièrent de rire. *La honte.*

— Je vais aller te chercher autre chose, proposa Tiago en reprenant ma bière, riant toujours autant.

Alex me lança un air moqueur et je fis la moue. Tout ça, c'était de sa faute.

— Quoi ?

— Tu ne cesseras jamais de me surprendre.

Il pinça gentiment ma joue. Tiago me tendit un autre verre.

— C'est quoi ?

— Vodka Redbull.

Nous nous installâmes dans un des canapés moelleux. Les gens continuaient à se trémousser sur du bruit qui me tapait sur le système, et Tiago repartit vers son groupe d'amis. Finalement, Alex partit le rejoindre. Il me rassura en disant qu'il reviendrait vite, mais dès qu'il fut parti, la solitude m'envahit. Cette soirée allait vraiment devenir très longue. Je pris une gorgée de mon verre. Moi qui voulais passer une chouette soirée avec Alex, c'était vachement mal barré. Je levai mon verre à mon honneur.

— Santé.

# CHAPITRE 29

# Alex

Alex se retourna vers le divan, mais Elena n'était plus là. Il ne la vit nulle part.

— Où est Léna ?

— Elle est partie à l'étage avec quelqu'un, répondit Tiago.

Sans perdre de temps, Alex gravit les escaliers deux à deux et chercha dans chacune des chambres, ses sens en alerte. Est-ce que Elena avait l'intention de passer la soirée avec quelqu'un d'autre ? Rien que d'y penser le rendit malade. C'était pas possible. Après tout ce qu'ils avaient vécu, il ne pouvait pas accepter ce fait. Elena n'était pas comme ça. Il monta au deuxième étage et entendit sa voix.

— Non, arrête.

Alex entra dans la chambre et son sang se glaça. Il avait la peur au ventre. Vincent plaquait Elena contre le mur. Comment avait-il réussi à entrer ? Est-ce que personne n'avait remarqué sa présence ici ? Elena tenta de se dégager, sans succès. Vincent tourna la tête vers la porte et sourit.

— Alexandre, quelle belle surprise !

Un joli rose tinta les joues d'Elena. Était-elle saoule ? Elena le fixa avec ses grands yeux humides, le regard plein de regrets.

— Alex, je suis désolée.

— Elle est magnifique. Tu ne veux pas partager ?

Son ancien coach caressa sa joue et Alex sentit quelque chose se briser en lui. Sans réfléchir, il attrapa Vincent par son pull et le tira en arrière, s'interposant entre lui et Elena. Il se retourna vers la danseuse. Alex toucha son visage et elle se mit à pleurer.

— Je suis désolée.

— Tu vas bien ?

Elle hocha la tête. Alex sortit ses clés de sa poche et les lui donna.

— Va dans la voiture. J'arrive.

Elena quitta la pièce en titubant.

— Nous voilà enfin seuls. Je croyais qu'on ne se reverrait plus.

— Qu'est-ce que tu lui as fait ?

— Rien du tout, voyons. Je voulais simplement discuter.

Sous l'emprise de la rage, Alex le poussa contre le mur. Jamais il n'avait pensé se retrouver face à face avec Vincent. Encore moins en position de force. Pendant des années, ce visage avait hanté ses nuits, le conduisant jusqu'à la folie. Mais Elena avait raison. Alex était plus fort désormais. Son ancien coach ne pouvait plus lui faire de mal. Maintenant qu'Alex regardait Vincent dans les yeux, il ne ressentait rien d'autre que du dégoût et de la colère.

— Tu as détruit des années de ma vie. Je ne te laisserai pas détruire celle de quelqu'un d'autre.

— Je ne voulais que ton bien.

Alex vit rouge. Tous les mauvais souvenirs brouillèrent sa vue. Il donna un coup de poing à son bourreau, puis un autre, puis un autre. Se trouvant au-dessus de celui qui avait détruit son enfance, il laissa toute sa rage et sa douleur s'échapper.

— Alex, arrête.

Elle essayait de tirer Alex en arrière, mais il était devenu incontrôlable.

— S'il te plaît, arrête ! hurla Elena.

Elena se mit à genoux à côté de lui et posa sa main sur son épaule.

— Je t'en supplie. Tu vaux mieux que lui.

Alex tourna la tête vers Elena et laissa retomber ses bras. Voyant le corps inerte de Vincent à terre et son visage ensanglanté, il sentit la tristesse l'envahir. Elle avait raison. Il ne voulait plus être comme ça. Des larmes acides roulèrent sur ses joues. Se sentant soudainement impuissant, il se laissa tomber à côté de Vincent.

— Viens là.

Elena le prit dans ses bras et il éclata en sanglots.

— C'est fini. Tu vas bien.

Tout son corps tremblait. Pendant de longues minutes, elle continua à lui caresser les cheveux en le rassurant. Et pour la toute première fois, Alex réalisa à quel point elle l'aimait. Alex s'accrochait à cette pensée. Cette lumière au bout du tunnel qui le poussait à relever la tête. Elena l'observa. Toute trace d'alcool dans son système semblait l'avoir quittée.

— On y va ?

Elena se leva et lui tendit la main. Comme toujours, elle était là pour l'aider à se relever.

***

Alors qu'ils étaient en direction du bureau de police, Alex ne put s'empêcher de se poser des questions. Il le fallait, car il ne comprenait pas. Car il n'arriverait pas à comprendre tout seul.

— Qu'est-ce qui t'a pris de le suivre ? Tu sais qu'il est dangereux.

— Je… je suis désolée.

— Pourquoi tu as fait ça ?

Elena frotta ses joues du revers de sa main.

— Il avait dit qu'on parlerait de toi. J'avais besoin de savoir.

— Savoir quoi, bon sang ? s'écria-t-il.

— Je devais savoir pourquoi il t'a fait du mal.

— Elena, c'est un pédophile. Un malade. Peu importe ce qu'il t'aurait dit, tu n'aurais jamais pu le comprendre.

Elena baissa les yeux. Après ce qu'elle venait de faire pour lui, Alex tenta de rectifier le tir. Il lui devait une fière chandelle.

— Je sais que tu voulais bien faire, mais il vaut mieux ne pas savoir certaines choses. Ne recommence jamais, s'il te plaît. Je ne veux pas que tu vives la même chose que moi.

Alex n'aurait jamais pu se pardonner si quelque chose lui arrivait. Elena avait suffisamment souffert. Elle n'avait pas besoin d'un autre traumatisme. En entrant dans le bureau de police, Alex fit signe à Elena de s'asseoir tandis qu'il se dirigeait vers l'accueil.

***

# Elena

Alex suivit l'un des policiers à l'intérieur d'une autre pièce. J'essayais de rester calme, mais les nerfs me rongeaient. La policière à l'accueil me sourit et me proposa un café que j'acceptais volontiers.

— C'est ton copain ?

Pourquoi est-ce que je m'entêtais encore à vouloir dire qu'Alex et moi n'étions pas ensemble ? Après toutes les péripéties qu'on traversait ensemble, on était bien plus que de simples amis. Moi qui voulais le préserver de ma vie complètement déjantée, voilà que j'étais désormais mêlée à la sienne. Alors à quoi bon nier ce qui était devenu inévitable ?

— En quelque sorte. Est-ce qu'il va avoir des ennuis ?

— Je ne crois pas. Tout dépendra de la victime, et si elle veut porter plainte ou non. Mais le fait qu'il se soit dénoncé et qu'il y ait des antécédents va amortir les conséquences.

Je n'aurais pas utilisé le terme victime pour décrire Vincent, mais je me voyais mal objectiver en face d'une représentante de la loi. Alex et moi étions dans une situation délicate. Il valait mieux qu'on se tienne à carreau.

— Est-ce que je dois également faire une déclaration ?

— Tu veux en faire une ?

— Si ça peut aider Alex, alors oui.

Le regard qu'elle me lança était bienveillant.

— Comment une jeune fille comme toi s'est retrouvée dans une situation pareille ?

—Je me suis retrouvée au mauvais endroit au mauvais moment, et j'ai décidé de rester.

Une fois nos déclarations prises, on quitta le bureau de police. Le tableau de bord indiquait qu'il était trois heures passé.

— Tu veux bien me déposer chez moi, s'il te plaît ?

— Il est tard. Tu ne veux pas rester chez moi ? Je peux te déposer demain matin.

—J'aimerais rentrer. J'ai besoin de réfléchir.

L'agitation que j'avais sentie en moi ces dernières heures continuait à faire des siennes. J'avais besoin de prendre mes distances avec Alex. Il fallait que je mette de l'ordre dans mes idées. Cette soirée avait été tellement éprouvante, je ne savais plus où donner de la tête. Toute trace d'alcool embrumant mon esprit s'était dissipée, laissant place à un vide déchirant.

—Je suis désolé que tu aies vu ça, soupira Alex en se garant devant ma maison. Tu as dû avoir peur.

Il avait raison. J'avais été absolument terrifiée lorsque Alex avait bondi sur Vincent. Mais ma peur fut bien vite remplacée par autre chose : de l'envie. Ce soir-là, Alex avait enfin fait face à son fantôme, et il avait eu le dessus. Même s'il avait été submergé par la colère et la tristesse, il avait réussi à se reprendre en main. Il avait tenu tête à la personne qui l'avait détruit quelques années plus tôt. Alex avait gagné. Il était temps que je fasse face à mon démon et que je lui tienne tête moi aussi. Mais comment était-ce possible ?

— Elena, dis quelque chose.

Mon cœur se serra. Qu'est-ce que je devais faire ? Maintenant qu'Alex avait fait face à son passé, je ne pouvais plus être le boulet qui l'empêcherait d'avancer. Je me retrouvais devant un choix. Soit je choisissais d'aller de l'avant et d'être avec Alex, soit je continuais à mener une vie où j'aurais toujours peur. Ce qui signifiait que je devrais renoncer à Alex et notre avenir ensemble. Dans tous les cas j'avais un combat à mener seule, et je savais que je ne le gagnerais pas. À moins que la chance soit en ma faveur.

— Pourquoi ton regard est si triste ?

— Je t'aime, Alex.

— On dirait que tu me dis adieu.

Au lieu de répondre, je posai mes lèvres sur les siennes. Comme toujours, ses lèvres étaient douces et chaudes. Et si j'avais le choix, jamais je ne cesserais de l'embrasser.

— Ne pars pas.

J'inspirai une dernière fois son parfum avant de sortir de la voiture.

— À plus.

Je rentrai dans la maison. Sans prendre la peine de retirer mes chaussures, je me laissai tomber sur mon lit. Submergée par le silence de la nuit, de nouvelles larmes brûlèrent mes yeux. Je mis *To My Youth* de BOL4 et pleurai à chaudes larmes. Qu'est-ce que j'étais censée faire ? Malgré m'y être préparée psychologiquement, j'étais arrivée à l'un des plus grands tournants de ma vie, et j'avais peur. L'écran de mon téléphone s'alluma pour afficher le numéro d'Alex.

—Je suis désolée, Alex, murmurai-je.

Sentant que l'agitation en moi ne faisait qu'augmenter, je me levai. Je savais ce que j'avais à faire si je voulais encore être capable de me voir dans la glace un jour. Pour la première fois depuis trois ans, j'entrai dans la chambre de mon frère. Sur sa table de chevet se trouvait une photo de nous lorsque nous étions petits. Mon père me portait sur ses épaules tandis que ma mère et Mick se tenaient la main. Ces moments où ma famille avait été heureuse semblaient tellement lointains, comme s'il s'agissait d'un rêve et non d'une réalité. Mes larmes se mirent à couler de plus belle. Qu'est-ce que mon frère me manquait.

— Souhaite-moi bonne chance.

Je sortis un pull de sa garde-robe et l'enfilai. Fermant les yeux un instant, j'inspirai un bon coup. Cette soirée m'avait appris une chose. Le destin était capricieux, mais certaines choses étaient inévitables. Il était hors de question que je laisse ma vie dépendre des autres. Il était temps que je me débarrasse de mes menottes, comme Alex l'avait fait. Je méritais mieux. Ma détermination était dure comme fer. Je branchai la chaîne hi-fi et mis *Fade to Black* de Metallica à fond. Le groupe préféré de Mick. Et en ce moment précis, j'avais besoin de tout le soutien que je pouvais trouver. Mes pensées se dirigèrent vers Alex. *S'il te plaît, attends-moi. J'arrive.* J'attendais. Il y avait du bruit dans l'escalier, des pas se rapprochaient. *Nous y voilà.* Frank apparut dans l'ouverture de la porte, ma mère sur les talons. Maman me dévisagea. Elle savait comme moi ce qui allait se passer.

— C'est quoi ce délire ? demanda mon père l'air mauvais. Qu'est-ce que tu fous ici ?

La pièce, la musique, le pull… Mon père était déstabilisé en voyant tous ces liens avec son enfant mort. Il y avait seulement un intrus au milieu de tous ces souvenirs : moi. Mick n'était plus là. Moi oui. Frank se dirigea vers moi. Maman se précipita pour l'arrêter. Or, la machine était déjà en route désormais, et je n'avais pas l'intention de l'arrêter.

— Frank, arrête ! Tout ceci n'est qu'un malentendu, pas vrai, Léna ?

Ses yeux me lancèrent un regard désespéré. Je savais ce que je faisais, ou du moins je l'espérais. Je connaissais les risques. Ce ne serait pas la première fois.

— Retire immédiatement ce pull.

Son ton était glaçant. Je déglutis.

— Non.

— Retire-le, sinon…

— Sinon quoi ? J'ai plus peur de toi.

En réalité, j'étais terrorisée. Mais ma détermination prit le dessus de ma peur. Ou était-ce de l'imprudence ? Frank sembla pris de court par le fait que je lui tienne tête. Pendant des années, j'avais baissé la tête et encaissé les coups sans broncher. Cette fois-ci, je garderais la tête haute. Ce soir serait la dernière fois. Il se dirigea vers moi, et maman était assez stupide pour essayer de le retenir. On connaît tous la suite : l'homme bat sa femme pour arriver à ses fins. Maman roula à terre, un filet de sang coulait de son nez. Même si je sentais la culpabilité m'envahir, je devais continuer. Je devais nous sortir de cette situation. Pour son bien comme pour le mien.

— Espèce d'ordure ! hurlai-je. C'est entre toi et moi que ça se passe.

Et Frank reprit son chemin. Il n'y avait aucune trace d'amour paternel dans ses yeux bleus ni la moindre trace de regret. Nous nous retrouvions à un carrefour, et j'espérais qu'à partir d'ici, nos chemins se sépareraient enfin. J'inspirai un bon coup. *Ça va faire mal.* Il m'attrapa par la gorge, serrant son emprise. Maman était affolée, et je lui lançai un regard que je voulais rassurant. *Je t'en prie, fais ce que tu dois faire.* Maman quitta la pièce sans faire de bruit. Maintenant il ne me restait plus qu'à espérer qu'il me reste assez de temps. Je n'arrivais presque plus à respirer. Mes poumons brûlèrent de plus en plus. Je voulais crier, hurler avec tout l'air qui restait dans mes poumons, mais ma trachée était bloquée. Et même si elle ne l'était pas, personne ne m'entendrait. Comme la jeune fille muette de mon passé. Ma tête se mit à tourner. *Tiens bon, Léna.* De nouvelles voix se firent entendre, mais le son faiblit déjà, tout comme le visage hargneux de mon père. Des taches noires brouillèrent ma vue lorsque ma mère entra dans la pièce, suivie de mon voisin et son fils. Ils foncèrent droit sur l'ivrogne, mais je ne les ai jamais vus arriver jusqu'à moi. L'inconscience m'avait déjà engloutie.

# CHAPITRE 30

# Alex

Cela faisait quelques heures qu'Alex essayait de joindre Elena, sans succès. Dans la voiture, son regard avait été triste, mais déterminé. Cette nuit-là, elle avait fait un choix important, un choix qui les concernait tous les deux. Mais surtout un choix qui allait définir son futur. Elle l'avait embrassé. Un baiser qui avait eu un goût d'adieu. Savoir qu'il s'agissait peut-être de la dernière fois le rendait fou. Alex essayait de l'appeler, encore et encore. Il savait qu'elle l'ignorait. Elena avait son téléphone sur elle. Son Spotify était actif. Pendant plus d'une heure, elle avait écouté la même chanson en boucle. Voyant qu'il s'agissait de *To my youth*, Alex savait que quelque chose se tramait. Elena écoutait toujours cette même chanson quand elle avait l'impression que son monde s'écroulait. Il laissa retomber sa tête sur son oreiller. La taie était encore imprégnée du parfum de fleurs de cerisier qu'elle aimait tant porter.

Depuis le début, Elena avait fait comprendre qu'elle avait un choix à faire : se battre pour aller de l'avant et être avec lui, ou rester coincée dans la vie qu'elle avait menée jusqu'à maintenant. Pourquoi tout devait être aussi compliqué ? Il voulait être avec Elena, peu importe son choix. Même si elle avait décidé de ne pas se battre. Mais les choses ne sont jamais aussi simples. Pas pour Elena. Il était important pour elle de franchir cette étape de sa vie avant d'en commencer une autre. Et maintenant qu'elle avait pris une direction, Alex savait qu'il l'avait perdue. Toutes ses craintes avaient fini par se réaliser. Elena avait décidé d'avancer sans lui, le laissant seul et misérable. Mais il ne savait pas abandonner. Après tout ce qu'ils avaient vécu ensemble, Alex ne voulait plus vivre sans elle. Même s'il devait se battre ou se mettre à genoux pour la convaincre de rester, il ne la laisserait pas partir sans avoir fait tout son possible. Alors Alex continua à appeler, s'attendant à retomber sur son répondeur. Contre toute attente, elle décrocha.

— Allô ?

Ce n'était pas Elena à l'autre bout du fil, mais Maura.

— C'est Alex. Est-ce que Léna est là ?

— Oui.

— Je peux lui parler ?

— Pas pour l'instant.

Alex entendit sa respiration trembler, comme si elle cherchait ses mots. Le silence s'éternisa.

— Je te donne l'adresse de l'hôpital. Viens nous voir quand tu veux.

Sans lui laisser le temps de répondre, elle raccrocha. Pendant plusieurs secondes, Alex resta dans un état de béatitude, incapable de réagir. *L'hôpital.* Elena était à l'hôpital. Qu'est-ce qui avait pu se passer en si peu de temps ? Ils s'étaient vus à peine quelques heures auparavant. Les pires scénarios possibles s'enchaînèrent dans son esprit. Alex attrapa ses clés et descendit les escaliers en trombe.

— Où est-ce que tu cours comme ça ?

Lexi sortit sa tête de la cuisine et fronça les sourcils. Comme toujours, elle comprit que quelque chose n'allait pas. Alex n'arrivait pas à faire semblant quand il s'agissait d'Elena.

— Qu'est-ce qui ne va pas ?

— Léna est à l'hôpital.

— Pour quelle raison ?

Il se sentait tellement impuissant.

— Je ne sais pas.

Sa mère l'embrassa rapidement.

— Sois prudent sur la route.

En arrivant à l'hôpital, Alex croisa Maura près des ascenseurs. Elle fut étonnée de le voir arriver si tôt. Des cernes creusaient le dessous de ses yeux. Elle semblait avoir pris dix ans en une nuit.

— Quand je te disais de venir, je ne voulais pas dire dans la minute.

La mère d'Elena lui fit signe de la suivre jusqu'à la cafeteria. Au début, il marcha en silence, s'attendant à ce que Maura lui donne des explications. Mais tout comme sa fille, elle était du genre à se perdre dans ses pensées au point d'oublier le monde qui l'entourait. Alex dansa d'un pied à l'autre. Il avait envie de courir et de rejoindre Elena, mais Maura prenait son temps. De longues secondes s'écoulèrent avant qu'elle ne réalise l'agitation d'Alex. Maura lui sourit tristement.

— Ça ne sert à rien de se dépêcher. Elle est inconsciente.

Son inquiétude monta d'un cran. À quel point la soirée avait-elle dégénéré ?

— Que s'est-il passé.

— Je ne sais pas.

Des larmes brillèrent dans ses yeux bleus. Elle qui était toujours si stoïque et impassible, était sur le point de s'effondrer. Maura déposa sa tasse de café ; ses mains tremblaient trop.

— En plein milieu de la nuit, Elena a allumé la radio au maximum dans la chambre de son frère. Frank et moi sommes allés voir ce qui se passait et elle a commencé à le provoquer, expliqua-t-elle en passant une main dans ses cheveux auburn. C'était comme si elle voulait qu'il la frappe. J'ai cru qu'il allait la tuer. Pourquoi a-t-elle fait une chose pareille ?

Maura fondit en larmes. Alex sentit son cœur chuter. Elena avait décidé d'affronter ses démons, tout comme il l'avait fait quelques heures plus tôt. Elle avait fait son choix. Alex était son choix. Jamais il n'aurait cru qu'il était possible de se sentir si misérable qu'il se sentait maintenant. La personne qu'il aimait le plus avait risqué sa vie pour être libre. Pour être avec lui. Maura leva les yeux vers lui.

— Alex, pourquoi ma fille a-t-elle fait ça ?

— Elle veut être heureuse.

***

Lexi s'arrêta dans l'embrasure de la porte de la chambre d'Alex.

— Il y a quelqu'un pour toi à la porte.

Pendant un bref instant, son cœur se mit à battre la chamade. Était-ce Elena ? S'était-elle enfin réveillée ? Lexi secoua la tête, le regard triste. Elle aussi attendait des nouvelles de son état. Lorsqu'il était passé à l'hôpital, Elena était inconsciente. Maura l'avait forcé à rentrer, lui promettant de l'appeler dès qu'elle se réveillerait. Il avait insisté pour rester, mais elle n'avait pas accepté. Alex alla vers la porte d'entrée. Il secoua la tête, prêt à la fermer.

— Attends ! s'écria Kelsey en faisant un pas vers lui.

Alex croisa les bras. Il ne pouvait pas la sentir. Cette peste avait rendu Elena tellement malheureuse. Il ne voulait pas perdre son temps avec elle. Surtout pas maintenant.

— S'il te plaît, dis-moi au moins comment elle va.

L'inquiétude déformait son visage harmonieux. Pour une pétasse égocentrique, elle avait vraiment l'air mal en point. Alex regarda au-dessus de son épaule et vit Tiago qui attendait dans sa voiture. Depuis des mois, Alex se demandait ce que Tiago lui trouvait. Lui qui aimait les coups d'un soir et les relations sans prises de tête, ça faisait un bail que Kelsey était avec lui. Chose qui dépassait Alex. Elle était superficielle et égoïste, et tout le contraire d'Elena. Gentille, douce Elena. Ses yeux picotèrent, et il inspira un bon coup. Tiago lui fit un signe de tête encourageant. Alex leva les yeux au ciel, puis s'écarta. Kelsey écarquilla les yeux, mais se dépêcha d'entrer dans la maison avant qu'il ne change d'avis.

Ils s'installaient dans le canapé et Alex attendait qu'elle ouvre la bouche. Rien que sa présence le mettait à fleur de peau.

— Comment va Léna ?

— Elle va comme quelqu'un qui a failli se faire tuer par son propre père. À ton avis, comment elle va ?

Les mains de Kelsey tremblèrent. Lorsqu'elle s'aperçut qu'Alex l'observait, elle cacha ses mains entre ses jambes.

— Qu'est-ce qui s'est passé ? Pourquoi il a fait ça ? Frank a toujours été fou, mais il n'a jamais essayé de la tuer auparavant.

Alex souffla d'agacement.

— Tu sembles étrangement secouée pour quelqu'un qui a volontairement laissé tomber sa meilleure amie dans une situation pareille.

Kelsey haussa les sourcils. Il n'allait pas l'épargner. Elle méritait que quelqu'un lui dise ses quatre vérités.

— Tu viens te pointer ici en pleurnichant soi-disant parce que tu es inquiète pour Elena. Mais où étais-tu quand elle avait le plus besoin de toi ? Ne crois pas que je n'ai pas vu comment tu te comportais avec elle. Alors qu'elle était au plus bas, tu l'as laissée tomber, car c'était la chose la plus facile à faire.

Kelsey commença à être secouée par les sanglots et son visage se tordit. D'un seul coup, son visage n'avait plus rien de mignon ni d'harmonieux.

— Tu as raison. J'ai très mal agi vis-à-vis d'elle.

Alex dut tendre l'oreille pour arriver à comprendre ce qu'elle disait tellement elle pleurait. Avait-elle des regrets ?

—J'avais tellement mal que j'ai ignoré les sentiments d'Elena, même si je savais qu'elle avait besoin de moi. J'ai été méchante et égoïste, et je regrette. Elle ne méritait pas ça.

— Pourquoi tu es partie alors ?

Elle tenait à Elena à sa propre façon, bizarre et malsaine.

— Elle ressemblait trop à Mick.

— Tu… lui en voulais parce qu'elle ressemble à son frère ?

C'était tordu. Genre, vraiment tordu. Alex restait sans voix. Elena avait vraiment l'art de s'entourer de personnes particulières.

—Je ne lui en voulais pas, mais elle me le rappelait constamment. Son sourire, ses yeux… Mick était mon meilleur ami pendant plus de dix ans, et il a été mon premier amour. J'ai essayé d'être là pour Léna, mais je n'arrivais pas à faire le deuil de son frère. Comment aurais-je pu essayer de passer à autre chose si elle me rappelait constamment que je venais de perdre l'une des personnes que j'aimais le plus ?

—Tu te rends compte qu'elle aussi a perdu l'une des personnes qu'elle aimait le plus, pas vrai ?

Kelsey baissa les yeux, mais hocha malgré tout. Elle mordilla nerveusement l'ongle de son pouce. Une mauvaise habitude qu'il avait vu bien trop souvent chez une certaine ballerine.

— Tu crois qu'elle saura me pardonner ?

—Peut-être. Mais tu vas te faire lyncher. Ça, je peux te le garantir.

—Par Léna ?

—Je ne crois pas.

— … par toi ?

Alex renifla. Malgré le fait qu'elle lui avait raconté tout ce qu'elle avait sur le cœur, Kelsey semblait toujours avoir peur de lui. Elle devrait. Il n'allait plus laisser les gens faire du mal à Elena s'il pouvait les en empêcher.

— Pas si tu te comportes comme il faut.

La jeune femme fronça les sourcils, peu rassurée, mais redressa les épaules. Il y avait une certaine détermination dans son regard.

— J'imagine que je n'aurai que ce que je mérite.

Elle se levait et Alex la raccompagna jusqu'à la porte d'entrée. Kelsey se retournait vers lui. Elle lui offrit un sourire sincère.

— Merci de m'avoir accordé du temps. Dis-moi quand elle se réveille.

Alex hocha la tête en essayant de lui rendre son sourire. Du coin de l'œil, il remarqua que Tiago souriait également.

— Bon courage.

***

Elena ne se réveillait pas, et les médecins devenaient de moins en moins confiants sur son état. Et si Elena ne se réveillait pas ? Et si les séquelles étaient trop grandes et que les médecins avaient été négligents ? Les choses ne se passaient absolument pas comme prévu. Bien sûr, elle n'était pas mourante, mais son sommeil pouvait encore durer quelque temps.

Maura était partie travailler, laissant Alex seul à l'hôpital. Sa tête pesait une tonne et ses yeux brûlaient. Tous ces mois il avait eu ce mauvais pressentiment comme si quelque chose allait arriver. Malgré ça, Alex n'avait pas été préparé à ce qui venait de leur arriver. Son amie lui manquait. Toute sa vie n'avait tourné qu'autour du sport et les sorties. Jamais rien d'autre n'avait compté jusqu'à ce que cette danseuse se fraye une place dans sa vie, devenant la personne qu'il aimait le plus.

— Où suis-je ? croassa une voix faible.

Alex leva brusquement la tête et croisa le confus d'Elena, le regard confus. Sans perdre de temps, il courut dans les couloirs pour appeler les infirmières.


***


Quelques jours s'étaient écoulés sans qu'Alex ait pu aller à l'hôpital. Le réveil d'Elena avait été une situation délicate, et les docteurs lui avaient demandé de ne pas la déranger. Lorsqu'il entra dans la chambre d'hôpital, Elena était endormie. Les marques mauves qui avaient décoré son cou viraient au jaune. Une fois assis, toute la tension de ces derniers jours retomba. Ses yeux picotaient.

— Pourquoi tu pleures ?

Alex sursauta. Le visage d'Elena s'illumina en le voyant. Malgré les hématomes toujours visibles, elle rayonnait. Alex frotta ses yeux avec sa manche.

—Je suis soulagé que tu sois enfin réveillée.

— Crois-moi, moi aussi, soupira-t-elle, un sourire en coin sur les lèvres.

— Ce que tu as fait était très imprudent et dangereux. Il y avait d'autres moyens de sortir de là.

Elena laissa retomber sa tête contre les oreillers.

—Je sais. Je suppose qu'un cocktail fait d'alcool et de tristesse ne m'a pas aidée à avoir les idées claires. Mais même si c'était dangereux, au moins maintenant les choses sont terminées.

Il voulait dire à quel point elle avait été inconsciente d'avoir risqué sa vie ainsi, qu'il avait été mort d'inquiétude. En la voyant vivante et soulagée, ça n'avait plus d'importance. Tout ce qui comptait, c'était qu'elle était ici, maintenant.

— Comment tu te sens ?

— Comme quelqu'un qui a failli mourir par asphyxie. Par contre la nourriture de l'hôpital est dégueu. Dès que je sors d'ici, j'irai me chercher un bubble tea.

Elena lui fit signe de s'approcher et Alex la prit dans ses bras. Il n'arrivait toujours pas à croire qu'elle était de retour, même si elle n'avait été inconsciente que quelques heures. Elena serra à son tour. Tout irait bien pour eux.

—J'ai vraiment cru que tu ne reviendrais pas.

—Bien sûr que je serais revenue. Je serais toujours revenue pour toi.

Alex releva la tête. Ses larmes coulèrent de plus belle. Il se sentait toujours si vulnérable avec elle, de la meilleure façon possible.

— Ne sois pas si niaise.

— Mes niaiseries te font pourtant beaucoup d'effet.

Elena lui frotta gentiment les joues, ne cessant de lui sourire.

— Je suis sérieuse. Alex, tu es ma meilleure moitié. Rien ne pourra m'éloigner de toi.

Voyant qu'Alex continuait d'avoir les larmes aux yeux, Elena ne rit. Elle lui ébouriffa les cheveux.

— Quelle madeleine ! On croirait que je viens de t'annoncer que ton chiot vient de mourir.

— Désolé…

— Ne sois jamais désolé d'avoir des sentiments.

Alex s'allongea à côté d'elle. Maintenant qu'elle était revenue vers lui, il ne la laisserait plus partir.

— Où est Frank ? demanda Alex.

Il fallait qu'il sache. Elena posa sa tête contre son épaule.

— En taule. Il ne va pas en sortir dans les mois qui vont suivre. Et ensuite il ne pourra plus nous approcher selon les avocats.

— C'est ça que t'as essayé d'obtenir l'autre nuit ?

Elena hocha. Alex était fier d'elle. Elle avait réussi à éloigner ce connard d'elle pour de bon. Toute seule.

— Donc tout est fini maintenant ?

— Oui.

Alex embrassa sa tempe et Elena se colla à lui.

— Bien joué. Je suis fier de toi.

# CHAPITRE 31

## *Elena*

Nina, Sophie et Alex étaient venus me voir à l'hôpital. Les dernières fois où je m'étais retrouvée ici, j'avais toujours été seule. C'était bon de savoir que j'avais des amis qui me soutenaient maintenant. Nous jouions au Cluedo sans Alex. Depuis qu'il était arrivé ici une demi-heure plus tôt, il n'avait pas levé les yeux de son iPhone. Quelque chose le préoccupait. Je voulais lui demander ce qui se passait, mais je savais qu'Alex ne me parlerait pas tant que mes amies étaient là.

Alex se retourna vers la porte et sourit à quelqu'un. Je tournai la tête pour voir qui était là, et sentis mon cœur se serrer.

— Salut, dit Kelsey en me lançant un sourire gêné.

Je me retrouvais incapable de réagir. Cela faisait des mois que je l'évitais. Voir mon ancienne meilleure amie me donnait un étrange sentiment de malaise. Du coin de l'œil, je pouvais voir le regard de Nina s'assombrir, mais ce n'était pas son comportement qui m'interpela. C'était celui de Sophie. Elle se mit entre mon lit et la porte, les bras croisés.

— Approche-toi, et tu vas passer un sale quart d'heure.

— Calme tes nerfs ! Je ne suis pas là pour toi, rétorqua Kelsey en levant les yeux au ciel.

—Je crois que t'as pas compris, répéta Sophie en s'approchant de Kelsey. Approche-toi d'elle, et je te défonce.

Nina se plaça à côté de Sophie, imitant sa pose. La seule différence était que Nina faisait près d'une tête de plus que Kelsey. Malgré le fait que mon amie dressait dangereusement au-dessus d'elle, Kelsey avait juste l'air agacée. Elle lança un regard vers Alex. Celui-ci se contenta de hausser les épaules.

—Je t'avais prévenue.

*Attends*. Il savait qu'elle allait venir ? Comment était-ce possible ? Kelsey ignora les deux paires d'yeux furieux fixées sur elle, me regardant droit dans les miens. Ma respiration s'accéléra. Même si ces derniers temps j'avais tendance à me trouver au cœur de plusieurs conflits, je préférais éviter toute confrontation. Or, en voyant le regard de mon ancienne meilleure amie, je savais que je n'allais pas avoir d'autre choix que de l'affronter. Kelsey croisa les bras.

— Elena, si tu ne me laisses pas te parler, je vais faire un scandale dans le couloir. Et tu sais que j'en suis capable !

— Allons, allons, ce ne serait pas raisonnable, s'interposa Alex en essayant de calmer le jeu.

— Même moi, je ne ferais pas ça ici, répondit Sophie.

— Moi oui.

Dark Nina était de retour, et elle avançait dangereusement vers Kelsey. Alex se leva, et pendant un instant je croyais qu'il allait faire dégager Kelsey. Contre toute attente, il se plaça à côté d'elle et posa sa main sur son épaule. Elle le questionna du regard, et il hocha la tête. Sophie, Nina et moi étions bouche bée. Depuis quand Alex et Kelsey s'entendaient ? Et depuis quand Alex la défendait ? Le concerné se retourna vers moi.

— Laisse-la parler.

— Tu veux que Léna lui pardonne après l'avoir laissée tomber comme une vieille chaussette ? demanda Sophie en croisant les bras.

— C'est à Elena de décider si elle veut pardonner à Kelsey ou non. Ça ne nous regarde pas.

Sophie lança un regard vers Nina. La brunette hocha à contrecœur.

— Il a raison.

— Léna, je te demande juste de l'écouter. Tu sais que tu vas regretter et culpabiliser si tu ne le fais pas.

Pourquoi fallait-il toujours qu'il soit aussi mature ? Parfois, j'avais l'impression qu'Alex était bien plus âgé qu'un jeune homme de dix-neuf ans. J'avais envie de refuser. Et qu'est-ce qu'elle pouvait bien me dire que je ne savais pas déjà ? J'avais envie de pouvoir enfin avancer sans avoir de poids du passé qui me retenaient. Alex vint s'asseoir sur le lit, ma main dans la sienne. Sa chaleur se propageait dans mon corps, me donnant du courage. Je finis par hocher la tête.

— Parle.

***

Je n'avais jamais réalisé à quel point les divans chez Stacey étaient confortables. Ces dernières années, j'avais passé mon temps à être butée au point de ne même pas me rendre compte que son bureau était en réalité très cosy. Je m'étais enroulée dans un de ses plaids tout doux qui sentaient la fleur de coton. Stacey me sourit. C'était la première fois depuis que j'étais sa patiente que je m'installais en cherchant à être confortable.

— Comment te sens-tu ?

— Ça va.

Ces derniers jours avaient été incroyablement éprouvants. Entre l'altercation entre Alex et Vincent, mon père qui avait essayé de m'étrangler et Kelsey qui était revenue comme une fleur, je ne savais plus trop où donner de la tête. Frank et Vincent étaient tous les deux dans de sales draps, alors j'essayais de ne pas me rendre malade en y pensant trop souvent. Pour ce qui était de Kelsey, je ne savais pas trop où j'en étais. Je lui avais promis que j'allais réfléchir, mais je n'étais pas encore sûre de si je la voulais à nouveau dans ma vie ou non. Trop de choses s'étaient passées pour que je puisse décider maintenant. En dépit de l'avalanche d'événements, je voyais enfin la lumière au bout du tunnel. Stacey prit une profonde inspiration.

— Ta maman m'a expliqué ce qui s'est passé. C'était un pari dangereux. Tu aurais dû me parler de la violence de ton père. J'aurais pu t'aider.

Le jeu en valait la chandelle. Ceux qui choisissent la liberté le regrettent rarement. Si je devais revivre la même chose pour sortir ma mère et moi de là au plus vite, je le ferais sans la moindre hésitation.

— Je n'ai aucun regret.

— Tu tiens le coup ? Même si tu t'en es sortie sans séquelles, c'était une situation traumatisante.

Quand le sommeil m'emportait, je pouvais parfois sentir ses mains autour de mon cou. Quelques semaines n'étaient pas suffisantes pour pouvoir oublier.

— Je suis encore anxieuse. Quand j'entends une porte de la maison claquer, j'ai peur que ce soit lui. Pourtant je sais que c'est impossible.

J'avais du mal à m'habituer au fait qu'il avait levé la main sur moi sans la moindre hésitation, mais au fond de moi, je savais que les choses devaient se passer ainsi. Cette révélation était nulle à chier. Au moins maintenant, je pouvais reprendre ma vie en main sans que son ombre ne plane au-dessus de moi. Est-ce qu'il avait tenté de me tuer ou est-ce qu'il avait simplement voulu me faire mal ? Est-ce qu'il avait été saoul, ou avait-il agi de manière lucide ? Je l'ignorais. Ça n'avait plus d'importance. Frank ne faisait plus partie de ma vie désormais. J'étais libre, et mon avenir n'avait jamais été aussi prometteur. Il me fallait juste du temps pour guérir.

— Et Mick ?

— Il me manque tous les jours. Mais le fait qu'il me manque ne me semble plus si douloureux. Je n'ai plus l'impression de suffoquer quand je pense à lui.

— C'est incroyable. Tu deviens enfin la personne que tu es censée être.

Stacey vint s'asseoir à côté de moi et posa sa main sur la mienne. Ses yeux se transformèrent en croissants de lune.

— C'est-à-dire ?

— Une femme forte.

# CHAPITRE 32

## *Elena*

Les aiguilles de l'horloge sur le mur faisaient tic-tac avec nervosité, chaque son résonnant dans ma tête. L'angoisse me rongeait depuis des jours. Jade me serra la main. Son sourire était calme, comme si elle savait ce qui allait se passer. Elle n'avait pas l'air soucieuse. La porte s'ouvrit et le médecin nous fit signe d'entrer.

— Bonjour, Elena, comment vas-tu ?

— Pour l'instant ça va.

Il s'assit à son bureau et regarda mon dossier. Le docteur Petit posa quelques questions sur ma convalescence suite à l'opération, mais je n'arrivais pas à déchiffrer son regard. Son sourire était toujours aussi chaleureux. Or, j'étais incapable de pouvoir prédire ce qu'il allait m'annoncer. Il arrêta de parler et m'observa en silence. Le médecin finit par se lever et vint se placer en face de moi. Il prit mes mains, et je sentais mon cœur battre à tout rompre dans mes tempes.

— Ne t'en fais pas. Ta carrière n'est pas en danger. Tes résultats sont très bons.

Je me retournai vers Jade en écarquillant les yeux, incapable de répondre. Ma tante me serra dans ses bras. N'arrivant plus à me retenir, j'éclatai en sanglots. Voilà enfin la lumière au bout du tunnel. Jade me caressa les cheveux jusqu'à ce que mes pleurs se calment. Docteur Petit nous conduisit jusqu'à l'entrée du cabinet avant de s'occuper d'un autre patient. Ella et ma mère qui nous attendaient dans la cafeteria nous bombardèrent de questions. Jade leur donna tous les détails de la visite pendant que je profitais silencieusement de la bonne nouvelle. J'allais enfin pouvoir recommencer à danser.

***

Les lumières s'éteignirent et le rideau se leva. Des silhouettes de danseurs se tenaient sur la scène, attendant que la musique leur donne vie. Ce spectacle devait être le meilleur jour de notre carrière en tant qu'étudiants de ballet. Depuis les gradins, je pouvais sentir le bourdonnement d'anticipation dans la salle. Au moment où le spectacle commença, je retenais mon souffle. Ils dansaient tous avec tant de grâce et de passion.

J'étais partie pendant plus de six mois. Avec tout ce qui s'était passé, j'avais l'impression qu'une vie entière s'était écoulée. Je ressentis un pincement au cœur en voyant une des autres filles de ma classe faire mon solo. Si je n'avais pas eu mon accident, j'aurais pu être sur cette scène. Peut-être que j'aurais été repérée par une école de ballet professionnelle.

Peut-être pas. Mais plusieurs choses sont sûres. Je n'aurais pas appris à connaître Alex. Je n'aurais pas non plus renoué avec ma famille. Et surtout, je n'aurais pas été capable d'accepter la mort de mon frère et de me libérer de mon père. Tous ces petits miracles avaient une chose en commun : Alex, la personne qui m'avait appris à m'aimer et à ne jamais abandonner. La personne que j'avais fini par aimer plus que tout au monde.

Une fois le spectacle terminé, le public s'emballa. Les professeurs offrirent un bouquet de fleurs à chaque élève de dernière année, donnant un discours sur les performances.

— Et en dernier, on aimerait remercier Elena Fleureau. Même si tu n'as pas pu participer ce soir, tu fais partie de l'équipe et nous tenons à te remercier pour toutes ces années passées avec nous.

Les regards se tournèrent vers moi lorsque je descendis les gradins. J'acceptai les fleurs que ma prof m'offrait, reconnaissante et émue.

Certains danseurs de ma promotion furent approchés par des professionnels, et une certaine fierté naquit en moi. Tout le monde dans cette pièce a travaillé si dur pour être ici aujourd'hui. Il a fallu du sang, de la sueur, des larmes et beaucoup de passion pour pouvoir y arriver. Et ils avaient réussi.

La salle commençait à se vider et j'observais mon bouquet de roses blanches. J'avais l'impression qu'elles ne m'appartenaient pas.

— Elena ! Je suis heureuse de voir que tu es toujours là.

Marya, ma prof de danse, et un homme dans la trentaine s'approchèrent de moi. L'homme me détailla avec beaucoup d'attention. Je l'avais vu parler avec Pauline, une fille de ma promotion, quelques minutes plus tôt.

— Je te présente Dimitri.

— Enchanté.

Sa poigne était ferme. J'essayai de lui serrer la main avec autant de force.

— C'était un beau spectacle, n'est-ce pas ?

— Oui, c'était très réussi.

Son accent russe était à peine perceptible.

— Je suis déçu de ne pas t'avoir vue sur scène ce soir. J'attendais avec impatience ta performance.

Ce n'était pas possible. Mon nom avait été retiré du programme à la suite de mon accident. Je me retournai vers Marya. Elle fut elle aussi surprise par cette révélation.

— Allons boire un verre, proposa Dimitri.

Nous le suivîmes jusqu'au bar. Marya et Dimitri prenaient du vin. Comme j'étais mineure, je m'en tenais à un lait russe. Ironique, non ? Dimitri focalisa son attention sur moi.

— Tu as eu un parcours de danse très intéressant malgré ton jeune âge. Tu as sauté une classe, tu as gagné beaucoup de concours. Ça fait quelques années que nous suivons ton évolution. Que comptes-tu faire désormais ?

— Je vais continuer la danse. Mon médecin m'a annoncé que je peux reprendre mes activités sportives à plein-temps.

Je plaquai un sourire que je voulais posé sur mon visage. Tout le contraire du choc que ses mots m'avaient procuré. Marya me félicita et leva son verre en mon honneur. Dimitri, quant à lui, joua avec le bord de son verre à vin. Son regard était impénétrable.

— Plusieurs mois d'arrêt ne sont pas très prometteurs dans une carrière de danseuse. Crois-tu pouvoir rattraper ton niveau ?

Il me mettait à l'épreuve. *Tu n'es pas prêt.* J'étais une bonne danseuse. Non, j'étais une excellente danseuse, et rien ne pouvait me retenir cette fois. J'étais prête à reprendre ma vie en main. Je levai les yeux vers lui et soutins son regard.

— Je n'en doute pas.

Dimitri hocha la tête et se retourna vers ma prof.

— Je suis curieux de voir ça. Très bien. Marya, qu'en penses-tu ?

— Elena est ma meilleure élève, elle l'a toujours été. Elle vous étonnera. Je n'ai aucun doute là-dessus.

Je fixai vers Marya, bouche bée. Ils ne disaient pas ce que je pensais qu'ils disaient, n'est-ce pas ? Dimitri me sourit enfin, et leva son verre dans ma direction.

— Je surveillerai ta performance lors du concours d'entrée de l'académie Vaganova. Épate-moi.

Vaganova, l'académie de mes rêves.

— Pincez-moi. Je crois que je rêve.

Marya me pinça, mais rien ne changea. Dimitri était toujours là.

— Tu vas quand même devoir repasser ta dernière année au conservatoire, ajouta Dimitri en prenant une gorgée de vin, mais j'ai confiance en toi.

***

Je tins mon bouquet de fleurs contre ma poitrine en regardant le soleil qui commençait à se coucher à l'horizon. La lumière baignait le terrain de basket dans une lumière douce et orangeâtre. J'avais toujours l'impression de rêver. Tout semblait si surréaliste. La vie me souriait enfin. Des bruits de pas attirèrent mon attention. Alex se tenait à quelques pas de moi. La lumière du soleil lui donnait l'air de briller de l'intérieur, tel un ange. Peut-être qu'il avait raison depuis le début et qu'il était un ange qu'on avait placé sur mon chemin. Je me levai et lui tendis le bouquet. Alex prit les roses en souriant.

— Tu aimes vraiment m'offrir des fleurs, pas vrai ?

— On me les a offertes au spectacle de danse, avouai-je.

Ma nervosité attisa la sienne.

— Alors pourquoi tu me les donnes ?

— Je ne les mérite pas, mais toi oui.

— Je ne suis pas sûr de comprendre, dit-il en passant une main dans ses cheveux.

Je lui fis signe de s'asseoir et Alex s'installa sur le banc, gardant les fleurs sur ses genoux. Je mordillai l'ongle de mon pouce le temps de mettre mes idées au clair, faisant les cent pas. Mon esprit partait dans tous les sens, je ne savais plus où donner de la tête.

— J'ai été voir le spectacle auquel j'étais censée participer. Marya m'a offert ces fleurs en me remerciant, mais je ne me sentais pas à l'aise. Cette année a été incroyablement éprouvante, et je réalise que si j'ai réussi à m'en sortir, c'est grâce à toi. Alors je veux que tu acceptes mes fleurs.

Alex hocha la tête.

—J'ai l'impression qu'on se trouve à un carrefour et que les choses sont sur le point de changer.

Je ne pouvais qu'acquiescer. Tout allait être chamboulé désormais. Mais bon sang, j'étais prête pour ces changements. Alex fronça les sourcils, l'air inquiet. J'espérais vraiment que je n'allais pas tout foutre en l'air.

— Alex, je dois t'annoncer quelque chose.

— D'accord, parle-moi.

Il serra les fleurs contre son torse comme je l'avais fait quelques minutes plus tôt.

—J'ai vu mon médecin cette semaine. Je vais pouvoir recommencer à danser.

— Sérieux ? s'écria-t-il. Je suis tellement heureux pour toi.

Mon ami se leva d'un bond et me prit dans ses bras. Son étreinte me donna ce sentiment de chaleur que j'avais fini par associer à Alex. Il me faisait me sentir spéciale et aimée. Maintenant, il était temps pour moi de lui rendre la pareille. Mon cœur s'accéléra au point où je pouvais sentir les battements dans ma gorge. Je déglutis tant bien que mal. Je reculai suffisamment pour pouvoir le regarder en face. Alex se mordit la lèvre. Il avait du mal à me déchiffrer et ça l'angoissait. Je le voyais à son regard.

—J'ai autre chose à te dire.

— Tiens donc ?

J'inspirai un bon coup. Il n'y avait aucune chance que je me dégonfle cette fois.

— Sois mon petit ami ?

Pendant un bref instant, il me regarda, incapable de réagir. Alex secoua la tête et afficha un sourire taquin.

— Quoi ? Je suis désolé, mais je n'ai pas bien entendu.

Je levai les yeux au ciel, mais jouai le jeu. Je repris avec plus d'assurance :

— Alexandre Niessen, sois mon petit ami.

Alex me serra à nouveau dans ses bras, plus fort cette fois. Il déposa une pluie de bisous sur mes tempes et mon visage.

— Si tu insistes autant, je crois que je vais accepter.


FIN

# PETIT LEXIQUE DE BELGICISMES

Un(e) biesse : un(e) idiot(e)

Être biesse : être idiot(e)

Aller à la gare : aller se faire voir

Ne pas avoir toutes les frites dans le même paquet : ne pas avoir la lumière à tous les étages

Un essuie : une serviette

Une wasserette : une blanchisserie

Trop is te veel : trop c'est trop

# ET MAINTENANT ?

Avant toute chose : merci d'avoir donné une chance à mon premier livre ! Encore plus merci d'être arrivé jusqu'ici. J'espère de tout cœur que vous aurez passé un bon moment avec mes personnages adorés (mais désespérants). En espérant vous revoir pour la suite :)

Et si le cœur vous en dit, n'hésitez pas à laisser un petit commentaire sur Amazon et/ou Goodreads. Chaque avis aide énormément !

Cœur sur vous,

Josie

# À PROPOS DE L'AUTRICE

Acheteuse compulsive de livres de jour, autrice sadique de nuit, Josie est passionnée par les histoires depuis son plus jeune âge et a commencé à écrire depuis qu'elle sait tenir un porte-mine (au grand désespoir de ses professeurs qui devaient corriger plusieurs pages alors qu'une seule était demandée). Cette autrice belge aime autant la fantaisie qu'elle n'aime ses frites.

TikTok: @josie.n.winters_08

Goodreads: Josie N. Winters